驼庵传文录

顾随讲中国古典散文

叶嘉莹 笔记
高献红 顾之京 整理

河北出版传媒集团
河北教育出版社

图书在版编目（CIP）数据

驼庵传文录：顾随讲中国古典散文 / 顾随讲；叶嘉莹笔记. -- 石家庄：河北教育出版社，2015.3
ISBN 978-7-5545-0421-5

Ⅰ. ①驼… Ⅱ. ①顾… ②叶… Ⅲ. ①古典散文－散文评论－中国 Ⅳ. ①I207.62

中国版本图书馆CIP数据核字(2015)第049601号

驼庵传文录：顾随讲中国古典散文
顾随 讲　叶嘉莹 笔记　高献红 顾之京 整理

出 版 人　杨　才
策　　划　刘贵廷　张　辉
责任编辑　刘相美　何春雅
装帧设计　于　越
出版发行　河北出版传媒集团
　　　　　河北教育出版社
　　　　　http://www.hbep.com
　　　　　（石家庄市联盟路705号，050062）
印　　制　衡水红旗印刷有限责任公司
开　　本　787毫米×1092毫米　1/16
印　　张　20.75
字　　数　380千字
印　　数　1—5000册
版　　次　2015年4月第1版
印　　次　2015年4月第1次印刷
书　　号　ISBN 978-7-5545-0421-5
定　　价　42.00元

目录 CONTENTS

《论语》六讲

一　“君子”与“士”

“君子”一词，含义因历代而不同。字是死的，而含义现装。讲书人有自己主观，未必为作者文心。

一切皆须借文为志达，好固然好，而也可怕——写出来的是死的。生人、杀人皆此一药，药是死的，用是活的。用得不当，人参、肉桂也杀人；用得当，大黄、芒硝也救人命——而二者药性尚不变。而文字则有时用得连本性都变了。

“君子”向内方面多而向外的少，在《论语》上如此。向内是个人品格修养，向外是事业之成功。此是人之长处，亦即其短处。

佛教“度人”，即儒家所谓“己欲立而立人，己欲达而达人”（《论语·雍也》）。而佛教传至中国成为禅宗，只求自己“明心见性”。再看道教，老子原来是很积极的，老子“无为”是无不为。“水善利万物而不争”（《道德经》八章），但什么都受它支配；“天下莫柔弱于水，而攻坚强者莫能之先”（《道德经》七十八章）。可是现在所说黄老、老庄，只是清静无为，大失老子本意。

君子不仅是向内的，同时要有向外的事业之发展。向内太多是病，但尚不失为束身自好之君子，可结果自好变成“自了”，这已经不成，虽尚有其好处而没有向外的了——二减一，等于一。宋元明清诸儒学案便只有向内、没有向外。宋理学家愈多，对辽、金愈没办法，明亦然。

只有向内、没有向外，是可怕的。而现在，连向内的也没有了——一减一等于零了。《官场现形记》写官场黑暗，而尚有一二人想做清官。《阅微草堂笔记》记一清官死后对阎王说，我一文钱不要，“所至但饮一杯水”。阎王哂曰：

植木偶于堂，并水不饮，不更胜公乎？（卷一《溧阳消夏录一》）

刻一木人，一口水不喝，比你还清。而那究竟还清。其实只要给老百姓办点儿事，贪点儿赃也不要紧；现在是只会贪赃，而不会办事——向内、向外都没有。这是造成亡国的原因。老子“无为”是无不为。

曾子在孔门年最幼，而天资又不甚高，“参也鲁”（《论语·先进》）。曾子虽“鲁”而非常专。“鲁”，故专攻，固守不失。然此尚为纸上之学、口耳之学，怎么进来，怎么出去，禅家所谓稗贩、趸卖，学人最忌。曾子不然，不是口耳之学，固守不失；而是身体力行，别人当作一句话说，而他当作一件事情干。他是不但记住这句话，而且非要做出行为来。他的行为便是老师的话的表现，把语言翻成动作。所以，颜渊死后只曾子得到孔子学问。

何以看出曾子固守不失、身体力行？有言可证：

曾子曰：“士不可以不弘毅，任重而道远。仁以为己任，不亦重乎？死而后已，不亦远乎？”（《论语·泰伯》）

此曾子自讲其对“士”的认识。“士”乃君子的同义异字。我们平常用字、说话、行事，没有清楚的认识，在文字上、名词上、事情上，都要加以重新认识。曾子对“士”有一个切实的认识，不游移；有一个清楚的认识，不模糊；有一个深刻的认识，不浮浅；而且还不只是认识，是修、行。

（一）认识；（二）修；（三）行

“修”，如耕耘、浇灌、下种，是向内的。若想要做好人，必须心里先做成一好人心。如人上台演戏，旦角，男人装的，而有时真好。如程砚秋一上台，真有点儿大家闺秀之风，心里先觉得是闺秀。狐狸成人，先须修成人的心，然后才能成为人的形。人若是兽心，他面一定兽相。至于“行”，不但有此心，还要表现出来。

读经必须一个字一个字地读，固然读书皆当如此，尤其经。先不用说不懂、不认识，用心稍微不到，小有轻重，便不是了。《史记·孔子世家》引《论语》往往改字，而以司马迁天才，一改就糟，就不是了。《论语·述而》曰：

> 三人行，必有我师焉。

《史记》改为：

> 三人行，必得我师。

是还是，而没味了。“士不可以不弘毅，任重而道远”若改为：

> 士必弘毅，任重道远。

是还是，而没味了。

曾子所谓“弘毅”，“弘”，大；“毅”，有毅力，不懈怠。“任重而道远”，不弘毅行吗？曾子语气颇有点儿孔夫子味：

> ……不亦重乎？……不亦远乎？

讲牺牲，第一须破自私，人是要牺牲到破自私。而人最自私。想，容易；做，难。坐在菩提树下去想高深道理，易；在冬天将自己衣服脱给人，难。而这是仁，故曰：“仁以为己任，不亦重乎？”而若只此一回，还可偶尔办到，如“慷慨捐生易”；而“死而后已，不亦远乎”，至死方休，故须弘毅。曾子对士之认识、修、行算到家了，身体力行。

任 ←— 重 —— 弘

道 ←— 远 —— 毅

合此二者为仁，道远亦以行仁。

仁（道），君子（人），以道论为仁，以人论为君子。

朱注："仁者，人心之全德。"这太玄妙，无从下手，从何了解？从何实行？朱子之"心之全德"恰如《楞严》之"圆妙明心"。——弄文字学者结果弄到文字障里去了，弄哲学者结果弄到理障里去了也。本求明解，结果不解。故禅宗大师说"知解边事"不成。

知解乃对参悟而言。如云桧树为何门类，枝叶如何，此是知解。要看到桧之心性、灵魂，此是参悟，虽不见其枝叶无妨。禅之喝骂知解，正是找知求解，参悟正是真知真解。禅欲脱开理障，其实正落入理障里了；不赞成知解，正是求知解。

儒家此点与宗教精神同，知是第二步，行第一。《论语·雍也》云：

> 知之者不如好之者，好之者不如乐之者。

即此意也。因好之、乐之，故肯去办、肯去行。人总不肯行远道、背重任，不肯去背木梢、抬十字架。"好""乐"是真干，只"知"不行。人不冤不乐，绝顶聪明人才肯办傻事，因为他看出其中乐来了。

先生讲尽心尽力，学生听聚精会神，这是知解，连参悟都不到，何况"行"？人若说，我不"好"、不"乐"，怎能"行"？其实行了就好、就乐，互为因果。

二　“低处着手”与“犯而不校”

余要使人看出曾子之学问、精神、思想——合为其真面目。曾子之所以为曾子，在此；其所以能表现孔门精神，亦在此。而前所说“任重而道远”太笼统、太高，现在讲低的、细的功夫。

> 曾子曰：“以能问于不能，以多问于寡，有若无，实若虚；犯而不校。昔者吾友尝从事于斯矣。”（《论语·泰伯》）

高处着眼，低处着手。浅近，是着手练习，不是满足于此浅近。理想了现实，现实了理想，浅近是高远之准备，并非停顿于此、满足于此。浅近并非简单。

《论语》文字真好，而最难讲，若西洋《圣经》文字。

曾子“以能问于不能”诸句，图解为：

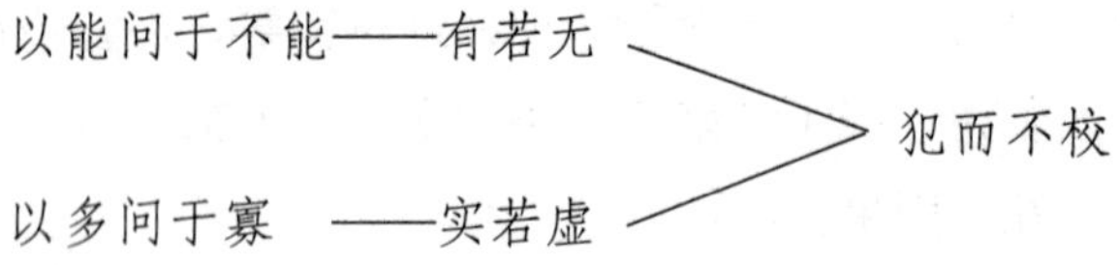

句形如：

“犯而不校”，一句支住。其好不仅在辞，辞意合一，内外如一。辞是有形之意，意是无形之辞。不是在辞上能记住，是在意上，“犯而不校”就有力。（“犯而不校”，不但儒家，宗教精神亦然。）而其文之前后，又并非只为这样写着美，其意原即有浅、深、轻、重之分，由浅入深，由轻入重。无论在辞上、在意上，皆合逻辑。

“以能问不能”，“以多问寡”，不是开玩笑。

开玩笑是不好的，但看用在什么时候。人敢跟死开玩笑——除了穷凶极恶之人不算，那是无意义的——但其大无畏勇气已可佩服。敢跟有势力的人开玩笑，跟暴君开玩笑，你是皇帝，我没看起你。因有意义，玩笑往往成为讽刺。犬儒学派（Cynic）是讽刺。亚历山大（Alexander）谓某哲人将说其坏话，哲人说：“我还不至于无聊到没话可说非说你坏话不可。”中国人开玩笑先相一相对手，口弱的他便骂，力气小的他便打，这是阿Q。鲁迅先生说话真了不得，除非他说的话你不信，你若信便无法活。中国的笑话有许多是残忍的，如讥笑近视眼、瘸子。人多爱向有短处人开玩笑，这是不对的、残忍的。又，开玩笑必须心宽才成，跟死开玩笑而非穷凶极恶，跟人开玩笑说话幽默，而绝非无心肝，这便因其心宽大，但宽大绝非粗。（其实，他的乐真是“哭不得所以笑了”。）可是现在人心是小而不细。人在极端痛苦中很难说出趣话，若能而尚非无心肝、穷凶极恶，这便可观了。

曾子虚心到极点，强中更有强中手，能人背后有能人。普通说自己不能，自谦，是为自己站住脚步，是计较利害，连知解都谈不到。是非是知解，利害是计较。计较利害，学文、学道最忌此。怕自己跌倒，怕能人背后有能人，不是曾子精神。曾子之虚心也许是后天的，但用功至极点，则其后天与先天打成一片。

学道最忌诳语、骄傲。骄傲之对面是虚心。慢说“能”“多”，便是“不能”“寡”，也不肯“问”，这样人永远不会长进。会的不想再长进，不会的也不求补充，这样人没出息。曾子虚心是后天功夫与先天个性合于一。

智者千虑，必有一失；愚者千虑，必有一得，故须“下问”。愚人之知，有时虽圣人有所不知也。

“能”“不能”，“多”“寡”，是从表面看，实际也许多还不如寡。

“有若无，实若虚”，岂非虚伪？不是。“有”是表面，内心感觉着是“无”。富人装穷人，对金钱有此功夫。而对学问则不成。人对学问、对道，往往是“无”而为有，“虚”而为丰，这是俗人。曾子压根儿就没觉得够过，没觉得有过，这是虚心。然但虚心不成，还要猛进。虚心是猛进的一个原因，肚子饿则需要食物之情绪更浓厚。学道、学文必先虚心，然后才能猛进。而猛进有进取之精神，又往往爆发，猛进则爆发而不能收敛，有进取之人则往往于人、于事多有抵牾。所以曾子赶快拿“犯而不校”补上，“犯”正是抵牾。

“昔者吾友尝从事于斯矣”，曾子真是虚心，不肯说自己。汉儒、宋儒皆指吾友为颜渊。未必是，也未必不是，总之都是孔门高弟。

“犯而不校。”朱注：“校，计较也。”何晏注引汉人包咸曰：“校，报也，言见侵犯而不校之也。”

犯而不校，以前在中国颇有人实行。凡世人所谓“老好子”“好人”，皆是犯而不校。但他们的犯而不校，的确没什么了不起，虽然他们也要有多年修养；但他们的修养不可佩服，因为他们的“不校”是消极怯懦，不能猛进，不能向前。这或者也不失为明哲保身之道，但这样人能进取向上、向前吗？《论语》则不然。

但犯而不校，在宗教上熟。宗教之经上可曾有一次教人着急、教人怒？如耶稣直到临死未曾怒过，还说叫人怒？佛经戒嗔，不但打你、骂你不能怒，甚至节节肢解，亦不须有丝毫嗔恚之心。《圣经》上说人打你右脸把左脸也送过去，这岂不与乡下“老好子”之“犯而不校”相同？其实，宗教上的“犯而不校”不是消极的，是积极的。余以为一个做大事业的人看是非看得很清楚，但绝不生气，无所用其恼。恼只能坏事，凡失败的人都是好发怒的人。三国刘备最能吃苦忍辱，故曰刘备为枭雄。刘备只生过一回气——伐吴，结果一败涂地。诸葛亮说：“法孝直若在，必能制主上东行也。”（《三国演义》第八十一回）所以刘备一死，诸葛亮赶紧派人向东吴求和。这还是就事业上而言。

在宗教上，在己是求道，对人为度人，都不能发怒。怒，对人、对己两无好处，还不用说怒是最不卫生的一件事。乡下“好人”是明哲保身，是怯懦、偷生苟活，不怒是不敢怒。宗教上所讲不怒，是“大勇”。罗曼·罗兰（Romain Rolland）提倡大勇主义，佛教提倡大雄，这还不仅是自制、克服自己。因为要做人、做事，我们都不能生气，不是胆怯、偷生苟活。“愤怒乃是对于别人的愚蠢加到自己身上的惩罚”，这话说得很幽默，可是很有道理，很有意思。（知礼不怪人，怪人不知礼。）这往上说，够不上大雄、大勇主义，但至少比乡下“老好子”好得多。这两句话是智慧，生气没惩罚别人，自己受罪。韩信受胯下之辱是大雄、大勇，但胆怯者不可以此为借口。一种宗教式的不计较与怯懦是两回事，宗教上不怒是道德。

一怒、一校，耗费精神、时间；而一切修养，皆需利用精神、时间。我不相信一个人在怒中能做出什么事来，气来时读书也读不进去。越王勾践卧薪尝胆不是怒，是狠。怒如汽水，冒完沫就完。所以，“犯而不校”看怎么说。匹夫匹妇之勇，是你自己气死，人更痛快。

三 “唯”与“拈花微笑”

曾子可代表儒家。

禅宗有语云：

> 丈夫自有冲天志，不向如来行处行。（真净克文禅师语）

禅宗呵佛骂祖，这才是真正学佛，即使佛见了也要赞成。

然则不要读古人书了？但还要读。受其影响而不可模仿。但究竟影响与模仿相去几何？小儿在三四岁就会模仿父母语言，大了后口音很难改过来；自然后天也可加以修改补充，但无论如何小时候痕迹不能完全去掉。读书读到好的地方，我们就立志要那样做，这也是影响。小儿之影响、模仿只因环境关系，无所为而为。而我们不然，只是环境不成，因为我们有辨别能力，能分辨是非、善恶、美丑、好坏。

但任何一个大师他的门下高足总不成。是屋下架屋、床上安床的缘故吗？一种学派，无论哲学、文学，皆是愈来愈渺小、愈衰弱，以至于灭亡。这一点不能不佩服禅宗，便是他总希望他弟子高于自己。禅宗讲究超宗越祖，常说：

> 见与师齐，减师半德。（百丈怀海禅师语）

“减师半德”，成就较师小一半。你便是与我一样，那么有我了还要你干吗？“见过于师，方堪传授”。僧人自当以佛为标准，而禅宗呵佛骂祖。没有一个老师敢教叛徒，只有禅宗。

狮子身中虫，还吃狮子肉。

这是很正大光明的事，不是阴险，虽然有时这种人是阴险、恶劣。阴险是冒坏，恶劣是恩将仇报。逢蒙学射于羿，那也是“狮子身中虫，还吃狮子肉”，那即是阴险。还有猫教老虎，此故事不见经传，但甚普遍，这不行，这是恶劣、阴险。禅宗大师希望弟子比自己强，是为“道”打算，不是为自己想；只要把道发扬光大，没有我没关系。这一点很像打仗，前边冲锋者死了，后边的是要踏着死尸过去。有人说狮子是要把父母吃了本身才能强，狮子的父母为了强种，宁可让小狮子把自己吃了。大师门下即其高足都不如其自己伟大，只禅宗看出这一点毛病，而看是虽然看到了这一点，做却不易做到这一点。所以，禅宗到现在也是不绝而如缕了。

曾子乃孔门后进弟子，但自颜渊而后，最能得孔子道、了解孔子精神的是曾子。

子曰：“参乎！吾道一以贯之。”曾子曰：“唯。”（《论语·里仁》）

你的心便是我的心，你的话便是我要说未说出的话。“唯”字不是敷衍，是有生命的、活的，不仅两心相印，简直是二心为一。

人说此一“唯”字，等于佛家“世尊拈花，迦叶微笑”那么神秘。孔门之有曾参，犹之乎基督之有彼得。有人说若无圣彼得，基督精神不能发扬光大，基督教不能发展得那么快。但总觉得曾子较孔子气象狭小，就是屋下架屋、床上安床的缘故。

气象要扩大。谁的自私心最深，谁的气象最狭小。人都想升官发财，这是自私，人人皆知；人处处觉得有我在，便也是自私：我要学好，我怕对不起朋友……曾子曰：

吾日三省吾身。（《论语·学而》）

为自己而升官发财，是自私；但自己总想学好，也是自私。所以抒情作品没有大文章，世界大而有人类，人类多而有你，一个大文学家是不说自己的。为了自己要强，也还是自私狭小，参道、学文忌之。

不但大师希望弟子不如他，这派非亡不可；即使是希望弟子纯正不出范围，也不成。愈来愈小，小的结果便是灭亡。天地间无守成之事，学如逆水行舟，不进则退。不但宗教、文学如此，民族亦然。日本便是善于吸收、消化、利用，所以暴发。人家是暴发，而我们是破落户。暴发户固不好，但破落户也不好。

有的大师老怕弟子胜过自己，其实你不成，显摆什么？成，自然不会显不着。“不用当风立，有麝自然香。”再一方面，弟子好，先生不是更好？只要心好，水涨船高。除非弟子不好，弟子真好，绝不会忘掉你的。

孔子总鼓励他弟子，凡弟子赞美他太多，他总不以为然。

> 子曰：“君子道者三，我无能焉。仁者不忧，知者不惑，勇者不惧。”子贡曰：“夫子自道也。”（《论语·宪问》）

孔子所讲三种美德不缥缈，易知、易行，但并非不高远。说仁、知、勇做不到，但不忧、不惑、不惧总可做到了。孔子此语朱注云：

> 自责以勉人也。

对是对，但是不太活。孔子以为：你们以为我是圣人，其实我连这还不会呢。你们若能办到，岂非比我更强？你们若办到，比我还强；办不到，咱们一块儿用功。

禅家说离师太早不好，可是从师太久也不好。（余之门下跟余太久）老有大师孔子在前，便从小心成小胆。子贡曰“夫子自道也”——“您客气”，还是胆小。夫子这样勉励都不行。胆大，便妄为；胆小，便死的不敢动，活的不敢拿，结果不死不活。小心是细心，与窄狭不同。

在《论语》中，“原”通“愿”，不必改。“乡愿”指外表拘谨，实际上凶狠。

曾子是小心而且有毅力。因为小心，所以能深思；因为有毅力，故能持久实行。“吾日三省吾身”，“任重道远”“死而后已”。而小心和毅力之间，还要加上一个意志坚强。所以孔门颜渊而下，所得以曾子为最多，此非偶然，因其知、仁、勇三种皆全。好在此，但病也在此。结果小心太多，成为不死不活之生活，坏事固然绝不做，可是好事也绝不敢做。这还是好的，再坏便成为好好先生，“乡愿，德之贼也”（《论语·阳货》）。

何以见出曾子小心？

“人之将死，其言也善。”（《论语·泰伯》）要想真观察、认识一个人，要在最快乐时看他，最痛苦时看他，得失取与之际看他。一个也跑不了。生死是得失取与之最大关头，小的得失取与还露出原形，何况生死？就算他还能装，也值得佩服了。

《论语·泰伯》曰：

> 曾子有疾，召门弟子曰：“启予足，启予手。诗云：战战兢兢，如临深渊，如履薄冰。而今而后，吾知免夫，小子。”

曾子一生永在“战战兢兢，如临深渊，如履薄冰”（《诗经·小雅·小旻》）十二字之中，视、听、言、动，一准乎礼，这不容易。“而今而后，吾知免夫”，八个字沉甸甸的。临死还如此说，可见他一世小心，不易。

此尚非曾子全部，更有长处：

> 曾子曰：“吾日三省吾身：为人谋而不忠乎？与朋友交而不信乎？传不习乎？”（《论语·学而》）

四　“三省吾身”与“直下承当”

《学而》中，第一章“子曰……”，第二章“有子曰……”，第三章“子曰……”，第四章“曾子曰……”。足以证明有子、曾子在孔门非同寻常。

余对有子无甚认识，只子游说过：

> 有子之言似夫子。（《礼记·檀弓上》）

言似夫子，行未必似；且似夫子，似则似矣，是则非是。余对曾子比较清楚，并非余对《论语》记曾子处特别注意，对有子便不注意，乃是一般读《论语》的都对有子摸不着。

《论语》是记者记的。在《论语》上，姓加“子”，A；“子”加“字”，B。孔子而外，仅有子、曾子是姓加“子”，“子”字在下。所以，有人说《论语》是有子或曾子门人记的。而《论语》记有子之言常有不通处。

盖治学要有见解；并且先有见，然后才能谈到解。禅宗讲见，“亲见”，一是用眼见，一是心眼之见，mind as eye。肉眼要见，肉眼不见不真；心眼要见，心眼不见不深。如大诗人也说花月，他可以传出花月的高洁、伟大；我们则不成，我们的诗也说花月，但花月的高洁、伟大我们写不出来。我们肉眼也见了，但是我们的心眼压根儿没开，甚至压根儿没有。用肉眼见是浮浅。

若说见，一是见的何人，二是见的什么。有子当然见过夫子，但心眼见得不真，所以说出话来才使人得不到一个清楚的观念。凡写出文章、说出话来使人读了、听了不清楚的，都因他心眼儿没见清楚。至于曾子，则真是用心眼儿见了。

余常说："着眼不可不高，下手不可不低。"余虽受近代文学和佛学影响，但究竟是儒家所言，儒家之说。只向低处下手，不向高处着眼，结果成功必不会大；只向高处着眼，不向低处下手，结果根基不固。有子便如此。言似夫子——只向高处着眼，没有低处下手功夫。曾子才也许不高，进步也许不快，但用力很勤，低浅处下手，故亲切。

儒家讲正心、诚意、修身、齐家、治国、平天下。高处着眼，低处下手。最能表现此种精神、用此种功夫者，是曾子"吾日三省吾身"：

> 曾子曰："吾日三省吾身：为人谋而不忠乎？与朋友交而不信乎？传不习乎？"（《论语·学而》）

"日"字，下得好。"三省"是说以"为人谋""与朋友交""传"三事反观。"身"，定名曰"身"，并非身体之身。曾子所谓"身"，并非身体，乃是精神一方面，"身"说的是心、行。这真是低处着手。人为自己打算没有不忠实的，但为人呢？"为人谋而不忠乎？"十个人有五双犯此病。"与朋友交而不信乎？"说谎是人类本能，若任其泛滥发展就成为骗人，所以当注意。"传不习乎"，"传"，传是所传，传授，动词；传，平声。朱注："传，谓受之于师，习，谓熟之于己。"传，师所授；习，己所研。讲起来省事，说起来简单，但行起来可不容易。努力，努力，有几个真努力的？曾子是真想了，也真行了。缺点补充，弱点矫正，这是曾子反省的目的。

但余讲此节意不在此。

愈反省的人，愈易成为胆小、心怯；反之，愈是小心、胆怯的人，愈爱用反省功夫。余意以为：一方面用鞭拷问、鞭打自己灵魂；一方面还要有生活的勇气。能这样的人很少。曾子三省，就是自己鞭打自己灵魂。但往往拷打结果，失去生活勇气了。这不行。我要拷打，但我还要有生活下去的勇气，怎么能好？怎么能向上、向前？

在这一点，仍举《论语》：

季文子三思而后行。子闻之曰："再，斯可矣。"（《公冶长》）

"三思"之"三"，一、二、三之三，三，多次也。三思后行，前怕狼后怕虎，疑神疑鬼，干不了啦！一个文人干不了什么事，余初以为乃因文人偏于思想，没有做事能力，其实便是文人太好三思后行，好推敲，这样做事不行。禅家直下承当，当机立断，连"再"思都没有。

《北齐书·文宣纪》记，高洋，高欢之子，欢子甚多：

高祖（欢）尝试观诸子意识，各使治乱丝，帝（高洋）独抽刀斩之，曰："乱者须斩。"

于是，欢以国事付之。

曾子有三思功夫，但还有生活勇气，做事精神。

一个大教主、大思想家都是极高的天才，有极丰富的思想，他们的思想是复杂的。许多他知道的，我们不知道，这真是平凡的悲哀。尼采（Nietzsche）说："我怎么这么聪明呀！"（《瞧！这个人》）我们是：我怎么这么平凡啊！思想复杂，是从生活得来。他一个大思想家，是一个大的天才。但他的思想深刻，我们浮浅；他的眼光高，我们眼光低；他是巨人，我们是小孩儿，当然不能跟他赛跑。故颜渊曰：

夫子奔逸绝尘，而回瞠若乎后矣。（《庄子·田子方》）

夫子步，亦步也；夫子言，亦言也；夫子趋，亦趋也。（《庄子·田子方》）

"步"，常步；"趋"，小跑。（古时"步"是走，"走"是跑。）不是想到步，便说步；想到趋，便说趋，此中有层次。复杂是横面的，高深是纵的功夫。我们在横的方面，没有那样的经验；在纵的方面，我们又没有天才眼光之高、思想之深。即以“君子”而论，《论语》中所论每节不同。他是巨人，我们不成，跟不上。他的话都道的是诸峰一脉，而我们费半天劲，甭说追不上，连懂都懂不了。有的事，我们干不了，可是懂得了、想得到；而《论语》之说君子，甭说办，连想也不成。如鸟飞，我们不能飞，但我们能想到，所以有的想象跟现实相差甚远。就算我们跟着他爬山，虽然他跑得快，我们慢，但还能爬。而若遇一深涧，他一抬腿过去了，我们过不去，打住了，怎么办？所以天才不可不有几分在身上。还不用说没天才，只小大短长之分，就够我们伤心的。

孔子我们跟不上，但曾子老实，与我们相近，你学尚易。我们要找头绪，抓住一点儿是一点儿。我们不能攀高树枝，但可从低处攀起。我们要从曾子对君子的解释，看到孔子对君子的解释。

我们要知曾子对“君子”解释，先须观察曾子为人。主要是两段：即上所举一为“曾子有疾……”，一为“吾日三省吾身……”，此二章可见其为人与素日功夫。为人乃其个性，功夫即其参学。小心谨慎盖其天性，凡天才差一点儿的人没有不谨慎的。天才胆大，可不是妄为，他绝没错；天才稍差，便不可不小心，不可图省力。

既了解曾子为人，然后可看其对君子解释。

曾子所说的君子也是战兢小心吗？

平素用功要小心谨慎，否则根基不固，易成架空病，但是做人、做事需要大胆，若没大胆，不会做出大的事业来为人类、为自己。其实，为自己也就是为人类。

天下伟大的人，没有一个是“自了汉”的。中国儒家末流之弊，把君子讲成“自了汉”了。人不侵我，我不犯人，甚至人侵我，我亦不犯人，犯而不校。把自己藏在小角落里，这样也许天下太平，但现在世界不许人闭关作“自了汉”。

印度佛教到中国成为禅宗，禅宗末流也成“自了汉”。佛家精神是先知觉后知，自利、利他，自度、度他，所以做事业为自己，同时也是为人类。为他的成分愈多，所做事业也愈伟大，他的人格也愈伟大。

某杂志记有这样的事：天下最伟大的英雄是谁？有人提议用大英百科全书各名人传之长短为标准，观察结果以拿破仑（Napoleon）传最长，于是以拿破仑为最大英雄。但余意不然。拿氏虽非“自了汉”，乃“自大汉”，自我扩张者。天下英雄皆犯此病，但没有一个这样的英雄是不失败的。自我愈扩张便是要胀裂的时候，自我扩张结果至胀裂为止。亚历山大、拿破仑、希特勒（Hitler），皆然。他们倒是想着做事，但他们之做事是为了过瘾，过自私的瘾。这种人是混世魔王，所谓“一将功成万骨枯”（曹松《己亥岁》）。这种人不是自了汉，是自大汉，我们也不欢迎。

一个伟大的人做事，比任何人都多；而自私心比任何人都小——并非绝对没有自私心。

五　“託六尺之孤”，“寄百里之命”

以曾子之小心谨慎，他所说“君子”如何？

曾子在孔子门下是能继承道统的，只是小心谨慎不成。低处着手，是为高处着眼做准备，如登楼，为了要上最高层，不能不从一、二级开始。我们既没有天才那么长腿，又不甘心在底下待着，非一步步向上走不可。

“士不可以不弘毅……”，高处着眼。眼光多远，多精神，多高！再想到他的“吾日三省吾身”，那是小学，这是研究院了。从初小一年级到研究院相差甚远，然也是一级级升上来的。

再举一段更具体一点儿：

> 曾子曰：“可以託六尺之孤，可以寄百里之命，临大节而不可夺也。君子人与？君子人也。”（《论语·泰伯》）

先不用说这点儿道理、这点儿精神，这点儿文章就这么好，陆机《文赋》所谓“要辞达而理举，故无取乎冗长”。文章真好。一般说不完全，说不透彻，是没弄明白。“君子人与”一句，可不要，但非要不可。此所以为曾子，任重道远，不只是小心谨慎。三代而后，谁能这样？仅一诸葛亮。

颜渊从《论语》一书中看不出什么来，纵不敢说幽灵，也是仙灵。看不清楚。佛家偈颂曰：

> 海中三神山，缥缈在天际。舟欲近之，风辄引之去。（《揞黑豆集》卷首《拈颂佛祖机用言句》）

写得很美，神话中美的幻想。此为美的象征，象征高的理想。颜渊亦孔门一最高理想而已。至于有点儿痕迹可寻的，还是曾子。

曾子有点儿基本功夫，“吾日三省吾身”；然而他有他远大眼光，“士不可以不弘毅，任重而道远……”，读之真是可以增意气，开胸臆。

青年最怕意气颓唐，胸襟窄小。而增意气不是嚣张，开胸襟而非狂妄。增意气是使人不萎靡，青年人该蓬蓬勃勃；开胸襟是使人不狭隘，如此便能容、能进。曾子这几句真叫人增意气，开胸臆。

三省吾身，任重道远，合起来是苦行。然与禅宗佛门不同，他们是为己的，虽最早释迦亦讲度他，“自度、度他，自利、利他”。佛门及儒家到后来，路愈来愈窄，只有上半截——自度、自利，没有下半截——度他、利他。

苦行是为己，而曾子苦行不是为己，“仁以为己任”。

一己为人——仁，自己做一个人是仁，对己（己欲立，自度）；施之于人——仁，施之于人是仁，对人（立人、度人）。朱子讲“仁者，人心之全德”（此如佛家《楞严》之“圆妙明心”），余以为“心之全德”不如改为“人之全德”。“仁”字太广泛，“仁以为己任”，绝非为己。

要想活着，不免要常想到曾子这两句话：“士不可以不弘毅”“任重而道远”。至“可以託六尺之孤，可以寄百里之命”，真伟大起来了。

“六尺之孤”——国君（幼）；“百里之命”——国政。

“寄”，犹託也：“託”与“托”很相近，自托曰托，託人受託曰託。“寄”，暂存。

“临大节而不可夺”，梁皇侃疏曰：“国有大难，臣能臣之，是临大节不可夺也。”（《论语义疏》）南朝北伐成功者，一桓温、一刘裕。桓温没造起反来，然亦一世跋扈；刘裕成功，归而篡位，是亦变节(自变)。受外界压迫、影响而变节曰“夺”。此言国有大难臣能死之，只说了一面。文天祥、史可法至今受人崇敬，便因临大难能死之。然家贫出孝子，国难显忠臣，何如家不贫、国无难？

愧无半策匡时难，惟余一死报君恩。

死何济于事？依然轻如鸿毛，不是重于泰山。不死而降不可，只死也不成。这点朱子感到了，他说：

其才可以辅幼君，摄国政，其节即至于死生之际而不可夺，可谓君子矣。（《论语集注》）

单单注意“才”字，要有这本领。程子则不然，程子单注意节操。程子曰：

节操如此，可谓君子矣。（《论语集注》引程子语）

曾子的话原是两面，前两句“託六尺之孤，寄百里之命”是积极的作为；后一句“临大节而不可夺”是消极的操守。真到国难，作为比操守还有用，可补救于万一；操守无济于事。

不是说不办坏事，是说怎么办好事；不是给人办事，是给自己办事。曹操求人才，便不问人品如何，只问有才能没有。曹操所杀皆无用之人，乱世无须如孔融、杨修等秀才装饰品。遇到曹操因死一人而哭的时候，那仅是真有才能的人。由此，可见曹操是英雄。

现在有操守固然好，而更要紧是有作为，“不患人之不己用，求为可用也”。鲁迅说四里路能走吗？四两担能挑吗？自己没能，发什么牢骚？“居则曰，不吾知也。如或知尔，则何如哉？”（《论语·先进》，知——知用。）所以朱子讲得好。朱子生于乱世，北宋之仇不能报，而现在局面又不能持久，故先言“才”。程子生于北宋，不理会此点，而且程子人太古板。伊川先生为侍讲，陪哲宗游园，哲宗折柳一枝，伊川责之。其实不折固然好，折也没关系，何伤乎？书呆子，不通人情，不可接近。北宋末洛、蜀之争，即程与东坡之争。东坡通点儿人情，看不起伊川。朱子乃洛派嫡系，而此点较程子强，即因所生时代不同。

正心、诚意、修身、齐家、治国、平天下。后世儒家只做到前三步。前三者是空言，无补；后几句是大言不惭。前三者不失为“自了汉”，后者则成为妄人。《宗门武库》云：

> 儒门淡薄，收拾不住，皆归释氏焉。

就算我们想做一儒家信徒，试问从何处下手？在何处立脚？只剩一空架子，而真灵魂、真精神早已没有了。

《论语·阳货》有言：

> 诗可以兴。

岂但诗，现在一切事皆有待于兴。兴，是唤醒；兴，起来了。一种是心中有思想了，一种是在形体上有了作为、行为。譬如作诗，不是该不该的问题，是兴不兴的问题。

书怕念得不熟，也怕念得太烂。亦如和尚念南无阿弥陀佛，他自己懂吗？厌故喜新不是坏事，是一件好事；否则，到现在我们还是椎轮大辂，茹毛饮血，巢居穴处。而现在，我们进步了，这都是厌故喜新的好处。有这一点心情推动一切。

新的是新；在旧的里面发现出新来，也是新。儒家教义没有新鲜的了，所以淡薄没味，都成为臭文，当然陈旧了。所以，现在需要“兴”。

死人若不活在活人心里，是真死了；书若不在人心里活起来，也是死书，那就是陈旧了，成为臭文了，一点儿效力也没有了。我们读书不是想记住几句话，为谈话时壮自己门面。

君子“可以託六尺之孤，可以寄百里之命”，如此则君子并非“自了汉”，还可以兴，可以活。

读《论语》上述曾子“可以託六尺之孤，可以寄百里之命”一段话，真可以唤起我们一股劲儿来，想挺起腰板干点儿什么。

六 “以友辅仁”与“为政以德”

曾子曰：“君子以文会友，以友辅仁。”（《论语·颜渊》）

孔安国曰：“友以文德合也。”又曰：“友有相切磋之道，所以辅成己之仁也。”（何晏《论语集解》引孔安国注）

朱注：“讲学以会友，则道益明；取善以辅仁，则德益近。”（《论语集注》）

佛是神秘，禅是玄妙，但禅宗中有“平实”一派。惟孔门不曰“平实”，而曰“中庸”。儒家未尝不玄妙，但他们避讳这个。治学在思想方面不要因他写得玄妙就相信，许多道理讲来都很平实，在文学方面不要以为艰深便好；简明文字，力量更大，但不是浮浅。文章绕弯子是自文其陋。

然越平常的字越难讲。

文——→友——→仁

“以文会友，以友辅仁”，“友”为上下二句连索。

凡“文”是表现于外的，文章礼仪。孔门四科：德行、言语、政事、文学（《论语·先进》），孔门重视行为（表现），咱们现在是知识。《论语·颜渊》云：

博学于文，约之以礼。

“文”与“礼”为二，此“文”与今所谓学问相似。人与人之相联系，盖都因表现于外（表现于外者如礼仪、学问……）这一点，故曰“以文会友”。但并没做到此为止，因文而结合，而结合不为此，乃欲以“辅仁”。（现在是以利会友，以友取利。）

季康子问政于孔子。孔子对曰：“政者正也。子帅以正，孰敢不正？”（《论语·颜渊》）

季康子患盗，问于孔子。孔子对曰：“苟子之不欲，虽赏之不窃。”（《论语·颜渊》）

季康子问政于孔子曰：“如杀无道，以就有道，何如？”孔子对曰：“子为政，焉用杀？子欲善而民善矣。君子之德风，小人之德草，草上之风，必偃。”（《论语·颜渊》）

此即政治上个人主义。

然此与西洋不同，西洋只是竭力发展自己，不管好坏善恶；孔门个人主义乃自我中心，并非抹杀旁人，抹杀万物，不过以自己为中心就是了。修、齐、治、平的道理也由此而出。

也可以说这是政治上唯心主义。

若唯物是内旋，，自外向内，自远而近，自物而心。唯物史观特别注意历史，同时非常注意环境背景，前者（历史）是纵的，后者（环境背景）是横的。他研究历史注重在演变，以古推今。

而唯心无论在政治上、哲学上皆并非唯心就完了，涅槃是唯心的顶点。儒家唯心是外旋的，修、齐、治、平，并非自己成一“自了汉”便拉倒。

“子帅以正”，“帅”，跑在头里！这是儒家、道家不同之处。老子三原则是“慈”“俭”“不敢为天下先”（《道德经》六十七章）。“不敢为天下先”，是儒、道不同之一点，由此而成为杨朱之“拔一毛而利天下不为”。“不为天下先”，是不为福首，不为祸始。而老子“不为天下先”有意思，他以为这样倒可替天下干点儿事；若“为天下先”，结果连我也掉在火里。“欲取故与”，“欲擒先纵”，老子“不敢为天下先”正所以为天下先。大家围着他转、跟着他跑，但不能露出痕迹；后来一转为消极，无作、无为，此非老子本意。如某妇遣女曰：“慎勿为善。”某女曰：“然则为恶乎？”母曰：“善尚不可，欲恶乎？”此即老子“不敢为天下先”之一转为“无为”；至杨朱之“拔一毛利天下而不为”，乃老子三转。现在多是这种人，无为之人已很少，至于老子原意没人做到。

“子帅以正”，孔子心里想什么，口里说什么，这一点以勇气论，儒家超过道家；以聪明论，儒家不如道家。

文学不容易说出自己话来，往往说出也不成东西。孟子说孔子：

> 圣之时者也。（《孟子·万章下》）

这话该是赞美之意。“江汉以濯之，秋阳以曝之。皓皓乎不可尚矣。”（《孟子·滕文公上》）“圣之时者”，没有恶意。但便因此句使孔子挨了多少骂，说孔子为投机分子，“是亦不思而已矣”（朱熹《孟子精义》）。

为时势所造之英雄固为投机分子，即造时势之英雄也未免有投机嫌疑。总之，无此机会造不成此时势。假如我们生于六朝，敢保我们不清谈吗？生于唐，敢保我们不科举诗赋吗？宋之理学、明清八股，皆投机也。使现代人不坐汽车、火车，非要坐椎轮大辂、独木舟，倒不投机，但这算什么人了？我们现在作白话文，岂非也是投机？

我们是得拿我们自己的眼来批评、观察了，而且还该用自己力量去作。投机、投机，不投机，落伍怎么好呀！《吕氏春秋》论邓析子云：

> 无功不得民，则以其无功不得民伤之；有功得民，则又以其有功得民伤之。

此即《左传》“欲加之罪，何患无辞”。要说“时”字是投机，谁不投机呢？说不投机，便不是投机。夏日则饮水，冬日则饮汤，这也是投机吗？夏雷冬雪，岂非也投机？这不投机不行。

大概孔子在他那时是崭新的见解。哲学与文学一样，自其不变而观之，则万物皆定于一；自其变者而观之，则日新月异，是创作。“定于一”（《孟子·梁惠王上》）与“日新月异”是一个是两个呀？今之人犹古之人，今之世犹古之世，不变；古者茹毛饮血，现在烹调五味，日新月异。孔子的政治、哲学，真是崭新崭新的。现在看起来是迂阔、绕弯子，不着实际，否则就是落伍，虽然现在看来未尝不新。（旧同新，有时也相通。）

我们读《论语》，又不想拿孔子抬高自己身价，想也不肯，肯也不能。我们读《论语》，不想迂阔落伍，但也不想被人目为投机。人活着，只有混容易。其实，混也要费点儿心思、拿点儿本事，何尝容易？

天下事进化难说，有的由繁趋简，有的由简趋繁。字由繁趋简，文由简趋繁。

> 子适卫，冉有仆。子曰：“庶矣哉！”冉有曰：“既庶矣，又何加焉？”曰：“富之。”曰：“既富矣，又何加焉？”曰：“教之。”（《论语·子路》）（仆，御车；庶，众也。）

> 子贡问政。子曰：“足食，足兵，民信之矣。”子贡曰：“必不得已而去，于斯三者，何先？”曰：“去兵。”子贡曰：“必不得已而去，子斯二者，何先？”曰：“去食。自古皆有死，民无信不立。”（《论语·颜渊》）

冉有是想着做事的，近于事功。曾子精力多费在修养上，是向内的、个人的。冉有是向外的，对大众有影响，故对政治留心。

一庶，二富，三教。

“庶”（人口多）不是最终目的，要“富之”，最终“教之”。

“教”，连朱子都以为是立学校，此教未尝无立学校之意，但还不仅是知识；教未尝没有教育之意，但孔子尚非此意。孔子所谓教是“教以义方”（《左传》）。现在教育只教知识，不教以“义方”。“义”之为言，宜也；“方”之为言，向也，向亦有是非之意。明是非，知礼义，有廉耻。孔子盖以此较知识尤为重要，否则知识只使其成为济恶之工具。“教之”不仅立学校，立学校也不仅读书识字。

“自古皆有死，民无信不立”，真结实，也真有味。结实，有味，二者难以兼有，但《论语》真是又结实又有馀味。老子说话不老实，而无馀味。冉有问政是“加”，子贡问政是“去”，夫子说来又结实又有味。

古本《论语》“民信之”上有“令”字，“令民信之”，“之”指为政之人，有“令”字好。“民无信不立”，立：（一）立国；（二）存在。总之，在上位的人要得民心。得民众拥护也有失败，但民众对失败原谅，对错事了解，因为民众信得及他。能信故能得人拥护，若不得人拥护，办好也是不好。

庄子真是思想家，中国思想非玄不可。别国“玄”是复杂，而中国玄妙在简单中。如佛学，虽是宗教家，实是思想家，能想象又极能分析。佛学传入中国，信佛老成为净土，简单化了；解的人成为禅宗。无论净土、禅宗释家，皆不用佛之丰富想象、琐碎分析。

孔子不玄。最注重实际，日用平常，所以结果是平易近人。好处，人人觉得他可亲；坏处，使人易视他（虽不见得轻视）。其实，儒家之日用平常、平易近人，道理虽非懂不完、知不尽（一看就懂），可是永远是我们行不尽、用不尽的。

《子路》中第十三“子适卫，冉有仆”一章可与《颜渊》“子贡问政”章参看。“冉有仆”一章，一庶（人众多），二富，三教（乃教育哲学）。“子贡问政”一章，按文章次序：一食、二兵、三信；按重要分，则：一信、二食、三兵。精神不能脱离物质而独立，物质缺乏能造成人道德之堕落。犯法罪人多为物质缺乏的结果，穷生奸邪，富长良心。推而广之，扩而充之：以个人为出发点天下，以物质为出发点精神。并非离开个人而能有天下，也不能离开物质而言精神。

子曰："为政以德，譬如北辰，居其所而众星共之。"（《论语·为政》）

现在只讲势力、人多势众，不讲修养。修养是个人的。现在团结若说为一个主义信仰，还要修养。现在人根本谈不到信仰，只是为势力而势力。

孔子之说法不行。一因现在时代不同，一因若曰个人作起，"俟河之清，人寿几何"（《左传·襄公八年》子驷引《周诗》）？所以孔老夫子显得迂阔。但若想根深蒂固，还非从个人精神修养下手不可，否则其兴也勃，其亡也忽。我们做事太书呆子气，不太世故。世故使人不能成为书呆子，而书呆子往往不能去做事。现在是要成一种势力，而领导此势力的人必须有崇高人格修养才配作领袖。"为政以德"，自己精神修养至完善境界便是德。"为政"是天下事，而曰"以德"，还是以个人作基础"而众星共之"。"居其所"是他的精神，"众星共之"，做成一种势力。而要造成一种势力，先要有纯洁、高尚的人格才能永久。而往往有修养的人，无办事能力；能办事的人，无修养。

附

《论语》断说

释“孟敬子问病”

曾子有疾，孟敬子问之。曾子言曰：“鸟之将死，其鸣也哀。人之将死，其言也善。君子所贵乎道者三：动容貌，斯远暴慢矣。正颜色，斯近信矣。出辞气，斯远鄙倍矣。笾豆之事，则有司存。”（《论语·泰伯》）

“曾子言曰”，与《论语》体例不合，多一“言”字。

“孟敬子问之”，“问”，疑问、问讯、问候。小孩子游山水，问山如何、水如何，也不知道他所看是水里有条鱼还是路上有乞丐。

人孟敬子来问病，曾子何必说这个？这么多事！不像曾子干的。

“君子所贵乎道者三”，“道”者，汉儒郑康成曰：“道，礼也。”存于心者为道，现于外者为礼，道与礼压根两回事。

“动容貌”“出辞气”，“动”与“出”是两面的，“正颜色”是一面的，这与文法修辞不合。“远暴慢”“远鄙倍”——“斯远”，故用“动”“出”，两面；“近信”——“斯近”，故用“正”，一面。勉强讲过去了。但何以“出辞气，斯远鄙倍矣”？

谦与骄

子曰：“学如不及，犹恐失之。”（《论语·泰伯》）

骄傲、自负，可使人有勇气；而过分的骄傲是狂妄。只有骄气、没有实力，是说大话、使小钱。过分的谦虚（虚伪的谦虚）与过分的骄傲同样要不得。“学如不及，犹恐失之”，“学，然后知不足”（《礼记·学记》），这是真的谦虚。

“吾与点也”

《论语·先进》篇中“子路、曾皙、冉有、公西华侍坐”章，以每个人说的话表现此人物的性格，正如《阿Q正传》中阿Q的话，《水浒传》中李逵的话。阿Q偷了静修庵的萝卜，被老尼姑抓住，阿Q说：“我什么时候跳进你的园里来偷萝卜了？”还指着兜在大襟里的萝卜说：“这是你的？你能叫得他答应你么？”李逵从梁山上下来接老娘，在山里老娘却被老虎吃了，李逵说：“我千辛万苦背到这里，却把来与你吃了！”活画出阿Q、李逵的性格。

> 子曰：“以吾一日长乎尔，毋吾以也。居则曰，不吾知也。如或知尔，则何以哉？”

语言婉转、跳动。孔子主张兼善天下，如抓不到政权就独善其身。曾皙所言“莫春者，春服既成，冠者五六人，童子六七人，浴乎沂，风乎舞雩，咏而归”，正中孔子不能兼善之时之下怀，故“喟然叹曰：‘吾与点也。’”赞同曾皙之言，实是无奈之语。

“丘不与易也”

> （桀溺）曰：“滔滔者，天下皆是也，而谁以易之？且而与其从辟人之士也，岂若从辟世之士哉？”耰而不辍。子路行以告。夫子怃然，曰：“鸟兽不可与同群。吾非斯人之徒与而谁与？天下有道，丘不与易也。”（《论语·微子》）

孔子是热心事业的，要改良社会，然而孔子又非仅一政治家，同时乃哲学家，如孔子在川上，见逝者如斯，而感叹道世事之无常。

子在川上曰："逝者如斯夫，不舍昼夜。"（《论语·子罕》）不但意味无穷（具有深刻哲理），而且韵味无穷（富有深厚诗情）。

《中庸》说解

"公案""话头"，话头即前言，公案即经行。

《云门广录》卷中记云门一则公案：

> 举世尊初生下，一手指天，一手指地，周行七步，目顾四方，云：天上地下，惟我独尊。师云："我当时若见，一棒打杀与狗子吃却，贵图天下太平。"

疑（一切法），悟（佛法）；小疑，小悟；大疑，大悟。如此是学。

一切烦恼皆是菩提种子，自己想错了，都比说别人道理说对了强。

说教学：

《论语·述而》："不愤不启，不悱不发。"

《孟子·公孙丑上》："勿忘，勿助长。"

一　《中庸》发端

《中庸》之由来

《汉书·艺文志·六艺略》著录《礼》十三家，五百五十五篇，中有《中庸说》二篇，其下颜师古注云："今《礼记》有《中庸》一篇，亦非本《礼经》，盖此之流。"

《汉志》无"礼记"之名，而单称《记》，《记》百卅一篇。《记》百卅一篇，班氏自注："七十子后学者所记也。"总之是儒家嫡派。

至宋，朱子始自《小戴礼记》单提出《大学》《中庸》两篇，与《论语》《孟子》合称"四书"。（《大学》，亦《小戴礼记》的一篇。）故欲讲《中庸》，先讲《礼记》。

朱子以《礼记》为秦汉诸儒详解仪礼之书。梁任公先生以为《礼记》乃研究战国秦汉儒家思想之重要史料。（《礼记》不能算儒家思想史，乃史料。）

礼——形式，礼必合乎理。然《中庸》但讲"理"而不讲"礼"。理，偏于思想——内；礼，偏于形式——外。故礼虽合理，然讲理时不讲礼。

孔子后，儒家思想分荀、孟两大派。《礼记》与荀子甚有关，尝抄荀子《劝学》篇二三百字之多，故《礼记》与《荀子》相近，此不得不承认。然就《中庸》考之，则又抄《孟子》。总之，《礼记》乃孟、荀之后学者所记。

以上说《礼记》与儒家思想。

在《礼记》中，《大学》《中庸》两篇为研究儒家思想的重要史料，朱子摘此二篇使之独立，与《论语》《孟子》并称"四书"，诚有见解。

《中庸》所以列于《礼记》

近代心理学家有所谓行为派，礼便是讲儒家的“行”。无论心地如何光明、品格如何高尚、经济如何广大，皆可自行为（礼）观之。

行为，合乎“礼”，即合乎“仁”。（仁，人也。标准的人即完全的人。）仁、礼有内、外之分，而非二：有内在的仁，便有外在的礼；有外在的礼，便有内在的仁。《论语》颜渊问仁：

> 子曰：“克己复礼为仁。一日克己复礼，天下归仁焉。为仁由己，而由人乎哉？”颜渊曰：“请问其目。”子曰：“非礼勿视，非礼勿听，非礼勿言，非礼勿动。”（《颜渊》）

宗教仪式、宗教戒律，皆礼也，限制身，所以限制心，使其合乎最高境界标准。佛所谓戒律，今所谓仪式，即儒家所谓礼。孔子所谓视、听、言、动，佛所谓行、住、坐、卧，皆有礼。唐有道宣律师得道，每日天厨送天食。窥基大师闻之（窥基，乃尉迟敬德之侄，唐三藏弟子。后之唯识派宗之，主三界唯心、万法唯识，与近代哲学家认识论近似。窥基建唯识派，锡杖上挂酒肉），至道宣律师处居三日，天厨不送天食。后窥基走，天厨始来，曰：“真菩萨在此，不敢至。”

一部《礼记》皆讲外在的礼，惟《中庸》篇讲内在思想。然则《中庸》一篇为《礼记》一书之灵魂，读《礼记》不读《大学》《中庸》，则只有躯壳，无灵魂。故孔子说：

> 礼云礼云，玉帛云乎哉？（《论语·阳货》）

明乎此，则明《中庸》所以列于《礼记》矣。玉帛所以成礼，而非所以为礼。林放问礼之本（玉帛乃礼之末），子曰：

大哉，问！礼，与其奢也，宁俭。（《论语·八佾》）

千里送鹅毛，礼轻情意重。

仁必用礼来表示，故重“行”，礼与行有关：

子曰：“君子义以为质，礼以行之。”（《论语·卫灵公》）

子曰：“君子博学以文，约之以礼。”（《论语·雍也》）

子曰：“……依于仁，游于艺。”（《论语·述而》，“游于艺”即文）

颜渊喟然叹曰：“……夫子循循然善诱人，博我以文，约我以礼。”（《论语·子罕》）

“约”，束之也，使之就范、上轨道。然行与约，其礼之本与？制度、仪式，皆其末也，只是外表。

如此，则《礼记》一书可分两大部分：一讲仪式，如《仪礼》《曲礼》《内则》《丧服》等篇，是外；二讲如《大学》《中庸》《经解》等篇，是内，是礼之本。

中庸与儒家思想

儒家思想代表人物孔子。孔子重学。

《论语》第一章开篇：

子曰：“学而时习之，不亦说乎？有朋自远方来，不亦

乐乎？人不知而不愠，不亦君子乎？”（《论语·学而》）

又曰：

学而不思则罔，思而不学则殆。（《论语·为政》）

“罔”，如网，惑也；“殆”者，危也。“学”与“思”，看似二者并重；而孔子实重视“学”，认为“学”比“思”重要：

子曰：“吾尝终日不食，终夜不寝，以思；无益，不如学也。”（《论语·卫灵公》）

而夫子所谓“学”，所学何事？

子曰：“……五十以学《易》，可以无大过矣。”（《论语·述而》）

孔子之所谓“学”与行有关，故学与习有关。一回是偶然，久则必然，故与习有关，所以学与行有关。

孔门之学经意在行，且绝不大言欺人，重在“易行”，其学必重“行”，故取易知、易行。《中庸》不易知、不易行，是儒家思想，不是孔子思想。

宋王晋卿得耳疾，求方于东坡，东坡回信（return）曰：“限三日疾去，不去，割取我耳。”晋卿悟，病已，与东坡诗：“我耳已聪君不割，且喜两家皆平善。”

can 能
shall（should）会
must 必
may 可

will（would）肯

老子曰：

吾言甚易知，甚易行。天下莫能知，莫能行。（《道德经》七十章）

老子所谓“能”，当译为would，肯义。“后其身而身先，外其身而身存”（《道德经》七章），不是不能，是不肯。老子云：“水善利万物而不争。”（《道德经》八章）子贡所谓“君子恶居下流”（《论语·子张》），与老子所指非一，子贡在世上看出一个不应该，老子看出一个应该。老子是败中取胜，世人但欲身先身存，不肯后、外。

孔子道理易知、易行，从来不说莫能知、莫能行。《中庸》不是儒家思想，而不能不承认其为儒家嫡传，亦犹释家之于佛。

禅宗有“平实”一派，后人讥之曰“无事甲里坐地”。（见《宗门武库》，《宗门武库》乃禅家最后一大师宗杲大师语录。）“无事甲里坐地”，白受罪也没干了什么。而佛曰“放下屠刀，立地成佛”（立地，犹立着也）。

所有道最忌讳“知”，须要“悟”。想学游泳，只读游泳教科书绝不能会，需要到水里淹一淹，即因但“知”不行。知是旁观的，悟是亲身体验的。学佛须亲眼见佛，须是亲见始得，常人病在不亲，皆是旁观，“悟了同未悟”（提多迦尊者语）。

参——疑——悟

不参、不疑，不足以言学。大疑，大悟；小疑，小悟。悟了，“悟了同未悟”。

赵州八十犹行脚，只为心头未悄然。
及至归来无一事，始知空费草鞋钱。（张商英《赵州从

谂禅师公案诗》）

尽日寻春不见春，芒鞋踏遍岭头云。
归来笑拈梅花嗅，春在枝头已十分。（宋尼悟道诗）

先是疑，后是悟。山何以是山，水何以是水，如此是山，如此是水。

学佛在悟，学儒在行，三岁孩儿道得，八十老翁行不得。孔子所谈甚易知、甚易行，《中庸》所说不易知、不易行。

白杨顺和尚病中示众：

久病未尝推木枕，人来多是问如何。
山僧据问随缘对，窗外黄鹂口更多。

道可遇而不可求。禅之所以为禅，即因从世谛（世法）看去是没道理不可解的。

世法——出世法

吾辈不出家，固无须出世法，然有时须打倒世法，如此方能勇猛精进。看苹果落地者，何止千万；而发现地心引力者，仅牛顿（Newton）一人。人皆是凡夫，牛顿是勇猛精进。一切皆用世法看，既辜负天地间现象，亦辜负自己心灵。无论何种事业，创立特别学说者多非常人，虽有流弊，然不可忽视其一片苦心。

用世法看，天地间事物皆相对的。文学、哲学、科学最高境界皆是打破世法的，一切学问精妙之处皆是绝对的。子曰：

吾道一以贯之。（《论语·里仁》）

佛说"阿耨多罗三藐三菩提"，皆是此意。阿，梵文相当"无"字。"阿耨多罗三藐三菩提"，意译"无上正遍知"。"遍"，绝对，即儒家所谓“一”。无所不用其“一”，不一，不能成为力（常）、知（儒所谓德、道）。“道可道，非常道；名可名，非常名”（《道德经》一章），不可用世法看。一切学问最高境界皆是“一”，大无不包，细无不举。不是一，便不是绝对的，而是相对，须“定于一”（《孟子·梁惠王上》）。

咱把性命交与了上苍，此非消极，而是积极。子曰：

> 天生德于予，桓魋其如予何！（《论语·述而》）

> 天之未丧斯文也，匡人其如予何！（《论语·子罕》）

一头倒在娘怀里，是有信仰，此绝非消极。而消极即积极，积极即消极，是绝对，非相对。

> 十分筋力夸强健，只比年时病起时。（辛弃疾《鹧鸪天·重九席上再赋》）

> 如今病起衰颓甚，只似年前带病时。（苦水仿辛词之断句）

六朝思想发达而非儒家正统，虽然佛已染上东方色彩，老已染上儒家色彩，而究竟是佛老，魏晋六朝唐对义理之学无可发见。宋之义理之学，虽非绝后，而的确空前。宋人性理之学（道学），只做到孔门之学一半，只知不行。至明王阳明识“知行合一”，始悟宋儒之弊。（宸濠作乱，王阳明一鼓而平。吾人固不能以成败论英雄。）王阳明第一次贬官贬为贵州龙场驿丞，作有《瘗旅文》。“若使忧能伤人，此子为不得永年矣。”（孔融《论盛孝章书》）忧，即佛家所谓“无明”（愚）。阳明少年进士，遭此打击而能不死，是无忧，而非麻木。鲁迅先生说，可怕的是使死尸自己站起来，看见自家的腐败。而孔夫子是“知其不可而为之”（《论语·宪问》），可见老夫子是何等精神，即在前两种情境中杀出一条路来。看见自己腐败，为的是使自己不腐败，而结果仍不能免。糊涂的，浊气，固不行；聪明，思前想后，亦不行，必能用聪明打破无明，杀出一条路来始可。如明末黄梨洲、顾亭林，真了不得，能知能行。黄梨洲作有《原君》《原臣》，在专制时代能有此思想，真不易。明清之能超过宋理学，即因知行合一。

唐宋以来思想多受佛家影响，朱子讲义理多与佛家暗合。后世不受佛的思想影响者甚少。或曰阳明学即禅，而其最与禅不同者，即“行”之一字。能知即应能行，能知而不能行等于不知。如钱，花得不当是浪费，有而不花等于没有。（但视其合理与否，不必管是禅与否。）

读佛教书不但可为吾人学文、学道之参考，直可为榜样。其用功（力）之勤、用心之细，皆可为吾人之榜样。然释宗亦有弊病。自六祖来，主张自性是佛，即心即佛，心即是佛，能悟则立地成佛。然即使能如此，又将如何？亦不过单为一“自了汉”而已，即孟子所谓“唯我”。然《孟子》亦言“使先知觉后知，使先觉觉后觉”（《万章上》），所谓一切众生皆得成佛。

自度——度人
自悟——悟人
自利——利他

后来和尚只做到自度、自悟、自利，是知；度人、悟人、利他、觉后知、觉后觉，是行。儒家“穷则独善其身，达则兼善天下”（《孟子·尽心上》）。虽如此说，然又说“知其不可而为之”（《论语·宪问》），始终不承认“穷则独善其身”，其精神始终在“兼善天下”。

一部《论语》就是“平实”，易知易行，如问“仁”，曰“爱人”；问“知”，曰“知人”。崔东壁以为《论语》乃曾子后之弟子所记，尤其曾子，如《学而》一章，“子曰”后即有“曾子曰”，崔氏说盖可信。

凡大师门下得道最多者，不是聪明最高的，而是用力最勤的人。

曾子得圣人之传最多。《论语》记：

> 子曰："参乎，吾道一以贯之。"曾子曰："唯。"子出。门人问曰："何谓也？"曾子曰："夫子之道，忠恕而已矣。"（《里仁》）

曾子所言，真能抓住要点。故曾子的弟子所记，亦是"平实"。战国末诸家并出，以其学说悟人，只平实不足以胜人，故有《中庸》一书出，说一点儿难知、难行道理，故有《中庸》《孟子》。

禅，"说似一物即不中"（南岳怀让禅师语）。一种学问，总要和人之生命、生活（life）发生关系。凡讲学的若成为一种口号（或一集团），则即变为一种偶像，失去其原有之意义与生命。儒家所谓仁义，《中庸》所谓道，与佛之所谓禅，是否同？道不可须臾离，可离非道也。禅也者不可须臾离，可离非禅也。禅，可会，不可说，甚至不可知；如用筷子，不可知，不可说，而绝对能会。

文学艺术，代表一国国民最高情绪之表现。说情绪，不如说情操。情绪人人可有，而情操必得道之人、有修养之人。情操非情绪，亦非西洋所谓个性。每人作品皆有其简单而又神秘之境界，西洋谓之个性，不对。因个性乃听其自然之表现；而文学艺术最高之情操表现，非听其自然之表现。个性与生俱来，故曰：禀性难移、三岁见老。大艺术家所表现之个性，绝与此不同，实为一种禅，以之：

（一）发掘自己（掘出灵魂深处）。然此仍但为原料raw-material。

（二）完成自己。须自己用力始得。可是圣人绝非自了汉，禹之过其门而不入，可见儒家精神；佛说"众生有一不成佛我誓不成佛"；耶稣背十字架为世人赎罪，担荷人间罪过。

（三）表现自己。人不表现，如何能知是什么。人用什么表现？为人类办一点儿事情即表现自己，不是自吹，是做一点儿真正的事。

禅在表现上不成，在发掘、完成上有佛之精神，而无"众生有一不成佛我誓不成佛"之决心。近人在为学方面，只是发掘、完成两方面，不能踏实去干。必踏实，始能有真表现。

欲了解中国文学艺术，必须了解一点儿禅。

（有《禅学讲话》一书，日本日种让山著，释芝峰译，民国卅二年九月出版，丁字街佛经流通处售。序中提到《禅学讲话》原名《攻禅宗学》，余以为原名较佳。）

任公《要籍解题及其读法》论及《礼记》，讲《礼记》之价值有五项，第四项讲《礼记》之价值云：

> 孔子设教，惟重力行。其及门者，亲炙而受人格的感化，亦不汲汲以骛高玄精析之论。战国以还，“求知”的学风日昌，而各派所倡理论亦日复杂。儒家受其影响，亦竞进而为哲理的或科学的研究。孟、荀之论性论名实，此其大较也。两《戴记》中亦极能表现此趋势。

“孔子设教，惟重力行”，故易知易行。战国以后，儒家受其影响，为其所迫，不得已，故渐有精深之理，自有玄妙之言矣。《中庸》是儒家，而非孔门之学，孔学平实，《中庸》玄妙。（孔子不言性与天道，以其有流弊也。后世禅宗流于口，没用。）

“中庸”释义

中庸，朱熹章句引程子语：

> 不偏之谓中，不易之谓庸。

中——不偏；庸——不易，即不变，佛所谓常。以程子之言，则“中庸”二字为对举（并举）。余意以为此二字乃骈举，如“国家”实指国意，“庸”字义包在“中”字内，可删去，是骈举而非对举。骈举乃为文气、语气方便。

第一章，“喜怒哀乐之未发，谓之中；发而皆中节，谓之和。中也者，天下之大本也；和也者，天下之达道也。致中和，天地位焉，万物育焉。”只是“中”而未言“庸”；二、三章，始二字皆见，如第二章“君子中庸……君子之中庸也，君子而时中”，第三章“中庸其至矣乎”。

中庸，郑氏注：“庸，常也。用中为常道也。”此说与程朱有异，可取。

二 《中庸》结论

天命之谓性，率性之谓道，修道之谓教。

此《中庸》第一章之首三句。

“天命之谓性，率性之谓道，修道之谓教”，是结论。

古人写文开门见山。古文写法有：代数写法，由未知已知；几何写法，由已知已知。孟子常用前法，用包围法；古人多是后法。《中庸》如轰炸，上去便一炮。

中国人好言天。

孔子曰：

吾谁欺？欺天乎？（《论语·子罕》）

《论语》中言“天”之处甚多，然与公教所说“天”不同。公教所说“天”指上帝，至尊无上，是惟一的，这一点公教所讲最具体、最严肃。佛将天分为三十三天，常言诸天；亦曰天帝，多数与公教不同；或曰帝释。故佛所谓天，既不及公教之严，亦不及其惟一。中国所谓“天”，亦惟一，而不及公教之严肃；儒所谓天，亦至尊无上。子曰：

知我者其天乎！（《论语·宪问》）

然不及公教严肃，故是哲学而非宗教，所以为儒家而非儒教。

儒家所谓“天”，要非人力所能转移、参与者，“莫之为而为者，天也”（《孟子·万章上》）。凡自然而然，莫之为而为，莫之致而至，统曰天命。如谓天为上帝，意旨则严肃矣，成为宗教的。今所谓天命，颇似近世科学家所谓自然律（law of nature）。

成年以后，后天习惯与先天之性颇不易分，人往下□①，不往上□②，“功成身退”。人类进化在第二代的好坏，若不如此，人类灭绝久矣。凡有生之物皆如此。

“天命之谓性”。

青是山，绿是水，花花世界。花之□③在此。

“性”，性，形声字，若依古文说则不然，生亦有意。《易传》云：

> 天地之大德曰生。（《系辞传》）

世界之所以为世界，即全在此“生”。《中庸》所言“性”，与公教所谓“灵魂”不同，与佛教所谓“明心见性”之性亦不同。公教不承认植物有灵魂；而在儒家，植物有性，柳宗元《种树郭橐驼传》即云“能顺木之天以致其性”。佛家所谓明心见性之性，“自性圆明，本无欠缺”（《圆觉经》），在智（圣）不增，在愚（凡）不减，圆满光明。儒家“受命于天”与佛教“自性圆明”不同，佛说人之可以成佛，不假非术。公教在认识上帝，佛教在认识自己。余于此，借用柳宗元之语曰“是二者，余未信之”（《小石城山记》）。

《论语》子曰：

> 君子有三畏：畏天命，畏大人，畏圣人之言。小人不知天命而不畏也，狎大人，侮圣人之言。（《季氏》）

朱注：“天命者，天所赋之正理也。”此注等于不注，且不是孔

① 原笔记“下”字下缺一字。

② 原笔记“上”字下缺一字。

③ 原笔记“之”字下缺一字。

门家法，孔门是显宗，朱子是秘宗了。“天命”，本能；既曰天命是本能，何畏之？“小人不知天命而不畏也”。孔夫子心是很热烈，而说得很安详。“畏”字何等有力，“知”字何等有分寸！

《论语·尧曰》又言：

> 不知命，无以为君子也。

此所谓“命”，盖即天命，并非二物，说法者是当机立断，听法者是直下承当。

《论语》云：

> 子罕言利与命与仁。（《子罕》）

孔子与人以显（具体事物），故“罕言”命，命太抽象，实则很重视命与仁。“罕言”是慎重之意，非禁止之辞。

《宪问》篇孔子有言：

> 道之将行也与？命也。道之将废也与？命也。

圣人不曾离道，道不能离圣人，道之行废，皆与命有关。今所谓“命”字与夫子所用，理有深浅，意无同异。现在所谓认命，近于消极；孔夫子所谓命，近于积极。“道之将废”是不可，是命也；而老夫子是“知其不可而为之”（《论语·宪问》），是尽人事而听天命，是积极。（今人是不尽人力而听天命。）故曰：

> 不怨天，不尤人，下学而上达，知我者其天乎！（《论语·宪问》）

天助自助者，“道之将废也与？命也”，是“不怨天，不尤人”。知命，然后心平气和，然后能努力；否则，虽努力是无明，是客气，不是真力。真力生于真知，欲得真力，必须真知。“不怨天，不尤人，下学而上达，知我者其天乎”，此孔子自述其治学、为人、用功之态度。人与学发生关系而成道，人可助。人可助，若天、人不助，不怨不尤。“下学而上达”，夫子是渐而非顿，由低及高，由浅及深，“低处着手，高处着眼”（下学而上达）。

然孔子所谓“命”与《中庸》之“天命”，乃截然二事。佛家禅宗说“自性圆明，本无欠缺”（《圆觉经》），即天命。“天命之谓性”，与孔子所谓“命”不同，孔子所谓命甚严肃，乃至高无上之主宰，莫之高而高，莫之致而至，凡人力所不能达者皆谓之命。《中庸》“天命之谓性”，非此意。《楞严经》有云：

妙觉明心，清净本然。

“妙觉明”三字与“清净本然”四字，皆是讲心的，此方是《中庸》“天命之谓性”之“天命”。故中庸是儒家思想，而非孔门思想，光此一句可知。孔子所谓“天命”，只是天命，或简称天，或“命”，不能再加别字；而《中庸》曰“天命之谓性”。

“性”，《论语》有云：

子曰：“性相近也，习相远也。”（《阳货》）

子贡曰：“夫子之文章，可得而闻也。夫子之言性与天道，不可得而闻也。”（《公冶长》）

夫子言性“不可得而闻”，可见孔子不言性。宋儒好言性，岂孔子家法？性——隐微，无法讲。

“率性之谓道”。

“率”，《小戴礼记》郑氏注：“循也。”朱子注同。“率由旧章”（《诗经·大雅·假乐》）之“率由”，即此意。循，依也；“率”，由也。“由是而之焉之谓道”（韩愈《原道》），然此非性善不可。然孔子未言性善，“相近”是有区别，故“率性之谓道”，亦非孔子家法。

孔子亦讲道，如“士志于道”（《论语·里仁》）、“朝闻道，夕死可矣”（《论语·里仁》），唯不常言天道耳。道，念兹在兹。孔门重道，而夫子所谓道究为何物？何谓道？

《论语·学而》篇记有子之言：

> 君子务本，本立而道生。孝弟也者，其为仁之本与？

“道”“本”二字，后成一名词，佛家、道家均用，元曲有“清闲真道本”句（马致远《陈抟高卧》）。“本立而道生”，“立”字、“生”字好，生于其所不得不生。“其为仁之本与”，“仁”即人。“孝弟也者，其为人之本与”？佛说“因缘”，“因”即生机，儒家所谓“本”即“因”。宋儒讲义理是秘宗，孔子是显宗，易知易行。

《论语·里仁》篇：

> 子曰：“参乎，吾道一以贯之。”曾子曰：“唯。”子出，门人问曰：“何谓也？”曾子曰：“夫子之道，忠恕而已矣。”

孔门高弟“子”字多在下，如曾子；较次者“子”字在上，如子路。“有子之言似夫子”（《礼记·檀弓上》），曾子乃后进，年青，孔子曰“参也鲁”（《论语·先进》）。有子闻、知似孔子，盖行稍差；曾子盖闻、知、行得夫子之道最多，有子、曾子之言当能得夫子意。要说言中之物、孔门之法，专在“吾道一以贯之”；曾子曰“唯”，直下承当，息息相通，心心相印。

佛传法，世尊拈花，迦叶微笑，羚羊挂角，无迹可求，心心相印，用不着说；虽不说而有象征表现，故有拈花、微笑。于此，言语道尽，言语之道尽。“吾道一以贯之”，尚非言语道尽，“并却咽喉唇舌，道将一句来”（百丈大智禅师语）。“吾道一以贯之”六字，千回百转，道此一句，较拈花微笑是显，实一样秘。“一”究为何物？“一”即拈花，“唯”即微笑。“子出”，真好，上合天理，下合人情，如佛传法后之涅槃。曾子曰“夫子之道，忠恕而已矣”，其如释家所谓“今日事不获已，一场败阙”（呆庵普庄禅师语）。所谓“忠恕”，中心谓忠，如心谓恕；尽其在己曰忠，对人曰恕；知有我谓之忠，知有人谓之恕。曰忠，恕在其中；曰恕，忠在其中，天下岂有不忠之恕，不恕之忠？居心是静，行事为动，在日用居心行事，无时无地不合忠恕，则无时无地不合道。犹少“末后一句”在——“夫子之道，忠恕而已矣”。

“孝弟”“忠恕”非二事，本是“孝弟”，道归于“一”，“一”即忠恕。《孟子》有云：“老吾老，以及人之老；幼吾幼，以及人之幼。”（《梁惠王上》）“老吾老”“幼吾幼”，是孝弟；“以及人之老”“以及人之幼”，是恕。科学一加一是二，哲学一加一往往仍是一，孝弟忠恕是一，万殊归于一本。天下岂有不能忠恕而孝弟者，又岂有不能孝弟而有心忠恕者？上举“老吾老，以及人之老；幼吾幼，以及人之幼”得之。

“率性之谓道”。

“率性之谓道，修道之谓教”，与佛教“本来□[1]学”不同。

“率性之谓道”，是秘，是中庸，非孔门。

“率”即《诗经》“率由旧章”（《大雅·假乐》）之“率”，“率由”即由也。“能顺木之天以致其性焉尔”（柳宗元《种树郭橐驼传》）即率性，即顺自然律。西洋哲学在征服自然；中国哲学在顺应自然，即率性。“率性之谓道”，顺本性生存、发展者也。

何以“率性之谓道”？

> 告子曰：“性犹杞、柳也，义犹杯、棬也；以人性为仁义，犹以杞柳为杯棬。”孟子曰：“子能顺杞、柳之性而以为杯、棬乎？将戕贼杞、柳而后以为杯、棬也？如将戕贼杞、柳而以为杯、棬，则亦将戕贼人以为仁义与？率天下之

① 原笔记“来”字下缺一字。

人而祸仁义者，必子之言夫！”（《孟子·告子上》）

告子主性恶，孟子主性善，荀子主无善无恶（可善可恶）。孔子“性相近，习相远”之说，荀子与之相近。孟子主性善，乃奖励说；告子主性恶，乃警戒说，其用心未可厚非，而说理未尝圆满。

“义犹杯、棬”，义中有仁。从修辞上看，“义犹杯、棬”是骈举。parallel sentence，骈句，排句，偶句。骈举有时是单举，如“中庸”；单举有时是骈举，如“义犹杯、棬也”，乃为修辞整齐。

“顺杞、柳之性”，“顺”即“率”字义，率，循、由、依。“戕贼”杞、柳之性，“率”即不戕贼、为害。

孟子云：

人，性之善也，犹水之就下也。（《告子上》）

自然，便非戕贼；比为杞、柳，则有戕贼。“从善如登，从恶如奔”（《国语·周语下》），奔跑下坡路，依孟子人性之善如水之就下，则当为“从善如奔”矣。外国怀疑派谓：若人性是善，则不必圣贤鼓励人为善了。故《中庸》“率性之谓道”，足见乃孟子之说，而非孔子之说。“率性之谓道”，即任其自然为道，太玄。

人可分三阶段：（一）初生，自然；（二）少壮，重染（见《大乘起信论》）；（三）衰老（或也许是少壮），还原（克复，克己复礼）。克己，在去其重染之气；复者，还也，如“七日来复”（《易经·复》）。第三时期无论少壮、衰老，此期皆为克复期，在智不增，在愚不减，恢复本来面目。重染非本来，重染愈甚，克复愈难；而克复之后，见道愈最真，愉快亦愈大。佛教说“放下屠刀，立地成佛”，孟子说“虽有恶人，斋戒沐浴，则可以祀上帝”（《孟子·离娄下》），人虽恶而要能真回心向善，比原来善人还诚。

某人问一大师：“何谓道？”大师曰：“平常心是道。”平常心若与道分为二，则非道矣。平常心是道，日用法是道。有子拈出“孝弟”二字，曾子拈出“忠恕”二字，即平常心。《论语》之道乃忠恕孝弟，孝弟忠恕如何下手？人人可为。《中庸》则曰“率性之谓道”，所谓“率性”则神秘，“率性之谓道”，如何致力？如何下手？道家所谓道，自然，率性；佛教所谓道，自性，率性，此皆非孔门家法。

道，韩愈谓：

> 仁与义为定名，道与德为虚位。（《原道》）

如言用功，是虚位，如何用功？用何功？“率性之谓道”是虚位；孝弟忠恕是定名，容易行。禅宗说悟道，儒教说行道。“悟”是白搭，说饭不中饿人吃；“道”是无从下手。若下手，孔子儒教是方便法门。

> 梓匠轮舆，其志将以求食也；君子之为道也，其志亦将以求食与？（《孟子·滕文公下》）

于道：一闻；二知；三行。闻、知、行，三者为一，不可分。闻后便行，知行合一；若不能行，仍为不闻不知。

《论语》载：

> 子路问：“闻斯行诸？”子曰：“有父兄在，如之何其闻斯行之？”冉有问：“闻斯行诸？”子曰：“闻斯行之。”公西华曰：“由也问闻斯行诸，子曰‘有父兄在’，求也问闻斯行诸，子曰‘闻斯行之’。赤也惑，敢问。”子曰：“求也退，故进之；由也兼人，故退之。”（《先进》）

《论语》有“未若贫而乐，富而好礼者也”（《学而》）句，旧本“乐”字下有“道”字，与下“好礼”对。然此不必然，所乐是道不必言，所闻是道，“道”字亦可略。因症与药，凡大师说道皆有此等处。与子路则曰“如之何其闻斯行之”，子路猛于行而略于知，故孔子为是言。

（一）性（天命）；

（二）道（率性）；

（三）教（修道）。

“修道之谓教”。

郑注：“修，治也，治而广之，人仿效之，是曰教。”言简而当。“治而广之”一句，尽其在我。治者，修治之意；广者，发挥广大之意。孟子云：“老吾老，以及人之老；幼吾幼，以及人之幼。”（《孟子·梁惠王上》）“老吾老”“幼吾幼”，是治；“以及人之老”“以及人之幼”，是广之。

朱注：“修，品节之也。性道虽同，而气禀或异，故不能无过不及之差，圣人因人物之所当行者而品节之，以为法于天下，则谓之教，若礼、乐、刑、政之属是也。”言多而无当。孟子云：“比而同之，是乱天下也。”（《孟子·滕文公上》）朱子言岂非“比而同之”，不如郑注之“治而广之，人仿效之，是曰教”。

“修道之谓教”，此处所谓“教”，盖有二义：教诲、政教。

“教”之二义：

（一）教诲（教育）义。孔子“诲人不倦”（《论语·述而》），孟子“得天下英才而教育之”（《孟子·尽心上》）。教诲与仿效是一非二，西洋重在方法，中国以身作则，教育不是给人方法，是给人榜样。“修道之谓教”，没仿效；而修学与教学中有仿效。

（二）政教义。政教今谓政治，教，须自己先会；治，己不正而正人。教，无为而治。儒家政治思想皆与教相连，今乃以法治。儒家政治思想与教育思想同，教育不是给人方法，政治亦不是给人规则、法律。

然“教”字当还有“教化”之意味。“教化”由“教诲”与“政教”合成，办教育亦须以身作则，以身作则是化。

《论语·颜渊》篇载：

季康子问政于孔子。孔子对曰："政者，正也。子帅以正，孰敢不正？"

此精神真伟大，此所谓"教"不是怕，是从心里不好意思，故中国儒家言政必曰"政教"。"子帅以正，孰敢不正"，岂非仿效之？此种政治学太理想。《论语·子路》篇又云：

以不教民战，是谓弃之。

可见政治并非机械的支配。近代政治多为机械的支配或消极的防闭。教民不是机械的支配、消极的防闭，而是人格的感化，以一人精神、人格感化全国，真是积极精神，政治与教育打成一片，皆是以身作则。而孔子之学说是圣人，不是宗教。耶稣、释迦不言政治，不能抓住政权之心；孔子之教与政有关，不是宗教。

孔子所谓教育有二：一修道，一行道。穷而在下，则聚徒讲道（教，修道）；达而在上，则得君行道。可见，儒教在借政治推行其道，否则事倍功半；借政治之力，则事半功倍。夫子周游，原想以政教推行，而失败了，遂归而教诲。教，须先修道。

对"天命之谓性"三句今做一譬喻：

"天命之谓性"，如钢铁，具坚利性。钢铁不可用人为，是天生具坚利性。

"率性之谓道"，乃制钢铁成刀剑，是因坚利性。若为铅，则不能为刀剑，根本无坚利之天性。"天命之谓性"，身性所关，然后因之加以磨炼。

"修道之谓教"，是用刀剑割刺，是用坚利性。

三 《中庸》言道

“天命之谓性，率性之谓道，修道之谓教”，一性、二道、三教，由道见性、生教。

《中庸》所讲便是道，《中庸》卅馀章不言“性”与“教”，只言“道”。

《论语》曰：

士志于道。（《论语·里仁》）

卖什么，吆喝什么，探索卑下，不足为耻，要忠于所事。

要做天地间不可少的人，而不必为伟人，如人在离别以后要使人想念，不是自己要如此，而是自然如此。《世说新语·赏誉》篇载：“桓温行经王敦墓边过，望之云：可儿，可儿。”（可儿、可人，人、儿古通。可，唐人刘禹锡《金陵五题·生公讲堂》有“一方明月可中庭”诗句，宋人陈师道《绝句》有“客有可人期不来”诗句。The Darling，契诃夫作、周岂明译，《可爱的人》。charming，darling，昵；中国“可”字较西文“charming”大方，较硬。）

桓温曾曰：大丈夫不能流芳百世，亦当遗臭万年。桓温（312—373），字元子，东晋权臣、军事家，曾剿灭成汉、收复蜀地，后三次出兵北伐，晚年欲废帝自立，未果而死。《世说新语·尤悔》：“桓公卧语曰：‘作此寂寂，将为文、景所笑！’既而屈起坐曰：‘既不能流芳后世，亦不足复遗臭万载邪？’”天下没有好人是寂寞，没有坏人也是寂寞。“再过三旬是寒食，不知春上柳梢无”（林纾诗句，林纾有《践卓翁小说三辑》），冬风刺骨，深刻；春风侵肤，浮浅。天地不能有春无冬、有昼无夜，则有善亦当有恶。未知生之可乐，焉知死之可悲？而“寿无金石固”（“古诗十九首”之《驱车上东门》），时不我与；惟其如此，故觉生命之可贵，故能努力有进步。人命的短促，但造成了生命的价值；冬日寒甚，故始觉春之可贵。四时不谢之花，八节长青之草，老如此也没意思。流芳、遗臭，总还是非常人。而以近代眼光看之是错误。

非常人固不可少，没有则国家、民族皆寂寞；而平常人之不可少，正不下于彼非常人，缺少一样不成世界。彼非常人，于常人只是少见多怪，“是亦不思而已矣”（朱熹《孟子精义》）。世上不但万紫千红，即不为人注意之小花也在拼命长。“是法平等，无有高下”（《金刚经》），爱仇人与爱人无分别，一视同仁而非无思想。民胞物与，草木之一切是环境自由造成，而主要卖什么吆喝什么，要忠，所谓“士志于道”。志，念兹在兹，“造次必于是，颠沛必于是”（《论语·里仁》）。

志 ⟵ 念兹在兹 ⟵ 造次必于是，颠沛必于是

士志于道

子曰：“朝闻道，夕死可矣。”（《论语·里仁》）不死更好，死也可矣，不是必。

《宗门武库》载：

> 一僧问师云：“某甲参禅不得，未审病在甚么处。”师云：“病在这里。”僧云：“某甲因什么却参不得？”师云：“开眼尿床汉，我打尔去。”

> 净云：“适来只对，一一灵明天真，及乎道个佛手便成窒碍，且道病在甚处？”准云：“某甲不会。”净云：“一切现成更教谁会。”

禅宗语录云：

向上一路，千圣不传。（圆悟克勤禅师语）

丈夫自有冲天志，不向如来行处行。（真净克文禅师语）

禅宗胜祖，见过于师，皆是“向上”。而如何“向上”，千圣不传，不是不能会，不能懂，只是我不讲，不是说讲不出来，能讲也不讲。不用说绕弯子，碰钉子都不怕。

禅宗语录，夫子所无。不可以为训者，夫子不言，夫子所言皆可身体而力行者。“向上”是好，而孔子不说，“千圣不传”。夫子有教无类，“吾未尝不诲也”（《论语·述而》）。老夫子未尝没有“向上一路，千圣不传”之心，而不以为训。一部《论语》处处是性，是天道，而弟子说“言性与天道，不可得而闻也”（《公冶长》）。盖夫子所说乃具体事物，不言抽象言辞。性，太隐微，不可以训；教，在人而不在己。性隐微，教在人，不在其位，不得其教，又由何言教。道既比性显明，而又在己，故专言道。

第一章

天命之谓性，率性之谓道，修道之谓教。道也者，不可须臾离也，可离非道也。是故君子戒慎乎其所不睹，恐惧乎其所不闻。莫见乎隐，莫显乎微。故君子慎其独也。喜怒哀乐之未发，谓之中；发而皆中节，谓之和。中也者，天下之大本也；和也者，天下之达道也。致中和，天地位焉，万物育焉。

无事而非道，无时而非道，无地而非道。若有一事、一时、一地无道，“是亦不思而已矣”（朱熹《孟子精义》）；若思之，则皆道矣。后人说道理，其即“道”。没有一事离开道，若以为离开，便是不思，终身由之而不知，习而不察。人不生则已，生则不离时、地、事，即不离道。现在人既不能真知“道”，又不说不知“道”，只是装知“道”。现在人就难得，上台一样，下台一样，即人格之分裂，就是可离，非道也。“是故君子戒慎乎其所不睹”。

“莫见乎隐”，“见”，重现。

“故君子慎其独也”，“独”对上“戒慎乎其所不睹，恐惧乎其所不闻。莫见乎隐，莫显乎微”四句而言，“不睹”“不闻”“隐”“微”是独。在台下看过的，比在台上更要紧。

如何修道？“喜怒哀乐之未发”——静，“发而皆中节”——动，二者相反而又相成，二而一，动由静出而又必归于静。君子之道，“一张一弛”（《礼记·杂记》），如天不能无昼夜。

“中也者，天下之大本也”，“本”，所以生，一切事物皆生于此。“和也者，天下之达道也”，“道”，所以行。必中，始能生；必和，始能行。天地若不能生，便不成为天地。现在须中，现在还要行，便须和。“致中和”，结果“天地位焉，万物育焉”。

> 僧问：“如何是道？”师曰：“大道通长安。”

> 恁么也不得，不恁么也不得，恁么不恁么总不得。

> 不思善，不思恶，哪个是上座本来面目。

道，求则得之，求——即《中庸》所谓“修”。孟子云：

> 夫道，若大路然，岂难知哉？人病不求耳。子归而求之，有余师。（《孟子·告子下》）

迷路师老马，掘井师老树。不求，“是亦不思而已矣”（朱熹《孟子精义》）。僧问云门：“如何是佛？”门云：“干矢橛！”（矢，通“屎”，出《史记》。）东郭子问道，庄子言“道在瓦砾”“道在屎溺”，东郭子问曰：“何其愈甚邪？”庄子答曰：“每下愈况。”每下愈况，愈浅显，道理愈明。

体——→静，无处不在。要发挥、体验，即《中庸》所谓“修”。视、听、言、动，一准乎礼——“君子慎其独也”。必如此，才是道，才是修道。“非礼勿视，非礼勿听，非礼勿言，非礼勿动”（《论语·颜渊》），即《大学》所谓“慎独”功夫。修，从慎独下手。孔子所以先“视”“听”而后“言”“动”者，人可不言、不动，不能不视、不听。言、动合礼易，视、听合礼难，一日暴之、十日寒之，固不可；十日暴之、一日寒之，也不成。禅宗所谓住、行、坐、卧，皆须合法。赵州和尚曰：“二时粥饭是杂用心处。”其实，二时粥饭也非杂用心，亦仍在道上，在法上。

《中庸》有时不免有点儿苦，“莫见乎隐，莫显乎微”。“十目所视，十手所指”，这有点儿恐吓人，不及《论语》和平，而意思是好。处处小心，但是小心还不成，还要处处努力。古人见担夫与公主争路而悟得书法，古人见屋漏之痕而悟得用笔之法，此乃“用心”。俗语云“不怕贼偷，就怕贼想”，这是心动。不是无别人的眼，是没别人的心，有此心则有此眼，则可见道。

道与人行道同，皆是求生，不求碰壁，直截了当。（中国说哲理书不好，也有好，好是“直下承当”。）《楞严经》云：

> 中间永无，诸委曲相。

如人受杖觉痛，此是顿悟功夫，豁然贯通。吾辈凡夫不能顿悟而可渐修，但行好事莫问前程。

《中庸》第一章讲：道、修道、得道。

道，如何是道，“道也者，不可须臾离也”。

修道，如何修，“慎其独也”。

得道，“喜怒哀乐之未发，谓之中；发而皆中节，谓之和”。

先须知道，又须信道，然后肯修道。

常人以为认识与信是二事，实是一事。必真认识，始能真信，否则终是不可靠的、无根基的。认识——信，知——行。是先知后行，还是先行后知？是悟了修，还是修了悟？实则二者互为因果、互为先后！随行随知，随知随行，随修随悟，随悟随修，这样才能常有进步，不至停顿。“大事已完，如丧考妣”（睦州和尚语），此有英雄气概。“如人便是无事之人也”，这话不可靠，不进则退。（禅宗给人是抓不住。）故当“如临深渊，如履薄冰”（《诗经·小雅·小旻》），戒慎、恐惧，永远如此。

然得道甚艰难。见道不明，“望道而未之见”（《孟子·离娄下》），吾望而未之见，如何能讲得道后境界？我们现在是“望道”。

“中”“和”是得道气象，夫子“望之俨然，即之也温”（《论语·子张》），大概就是中、和注脚。有的东西见过后想着好，有的东西没见过也想着好。“望之俨然，即之也温”，是中和气象，蔡元培先生似之矣。静的是中，动的是和；消极是中，积极是和。“恁么也不得，不恁么也不得，恁么不恁么总不得”，是中；“不思善，不思恶，哪个是上座本来面目”（上座是高足），是中。用功要在不言、不动时，不思善、不思恶时。

《中庸》第一章图解：

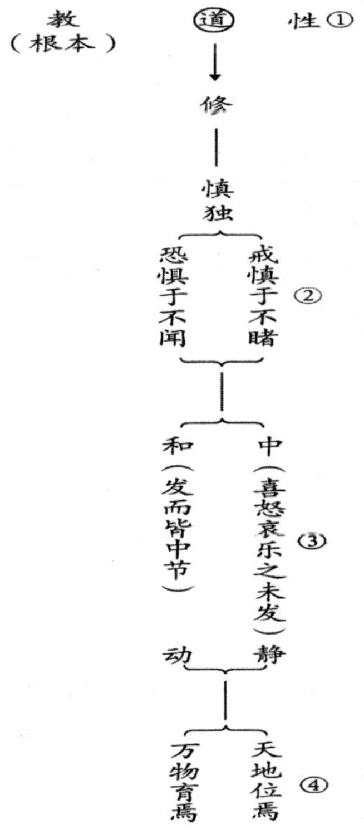

“道也者，不可须臾离者也”，何不修？目的与结果不同，结果是自然而然。会一点儿，只是一点儿；抓住一点儿，只是一点儿。禅宗谓人是不能会、不能抓的。

“喜怒哀乐之未发，谓之中”，禅宗谓本无喜怒哀乐。《心经》云：

> 是诸法空相，不生不灭，不垢不净，不增不减。是故空中无色，无受想行识，无眼耳鼻舌身意，无色声香味触法，无眼界，乃至无意识界。无无明，亦无无明尽，乃至无老死，亦无老死尽。无苦集灭道，无智亦无得。以无所得故，菩提萨埵，依般若波罗蜜多故。

佛经中《心经》如儒家《中庸》。“诸法空相”，诸法只是一法，凡说有法，皆是佛法，“一本万殊，万殊一本”。“色、受、想、行、识”——五蕴，“眼、耳、鼻、舌、身、意”——六根，“色、声、香、味、触、法”——六尘，“无眼界，乃至无意识界”，综六根言之也。（世人可与守成，不可与创始。）“无无明”，无明尽也不成，“亦无无明尽”，世上岂但无可逃，简直无可立。“菩提萨埵”，菩萨全称，意译为“觉有情”，使有情人觉悟。非有情人，不能得悟道，悟道然后可以证道。情广而诚。“般若”，智慧，有智慧才可渡过迷海达于彼岸。（从糊涂修到聪明，从聪明修到糊涂，以至连糊涂都没有。）

喜怒哀乐未发，是中；发，自然是和。喜怒哀乐未发，不能是中；发出来之，自然不是和。“但愿空诸所有，慎勿实诸所虚”（庞蕴居士语），然没法用功，将聪明人都拴住了，然此亦只知□□[1]。

朱子章句曰：

> 右第一章。子思述所传之意以立言：首明道之本原出于

① 原笔记“知”字下缺二字。

天而不可易，其实体备于己而不可离，次言存养省察之要，终言圣神功化之极。盖欲学者于此反求诸身而自得之，以去夫外诱之私，而充其本然之善。

自救、为人禅
自利、利他佛
独善、兼善孟子

于此，后来人多只能做到一半，朱子所说也只是自救。若不是佛家“自性圆明，本无欠缺”（《圆觉经》），即是孟子性善了，否则反求何求？自得何得？“以去夫外诱之私”，若为外来，便不得谓；若为自有，便不得谓外诱。人自有始以来，便有无明，即宗教所谓原罪，既是自有，便非外诱。

第二章

仲尼曰：“君子中庸，小人反中庸。君子之中庸也，君子而时中；小人之中庸也，小人而无忌惮也。”

“君子而时中”，“时中”，犹言无时不中，“中”为兼“庸”而言。

“小人之中庸也”，魏王肃本作“小人之反中庸也”，是。小人无忌惮，无忌惮即无所谓“慎独”，无慎独功夫。君子戒慎乎所不睹，恐惧乎所不闻。《论语》云：“君子有三畏：畏天命，畏大人，畏圣人之言。小人不知天命而不畏也。”（《季氏》）“不畏”，即无忌惮。

第三章

子曰："中庸其至矣乎！民鲜能久矣！"（《中庸》）

子曰："中庸之为德也，其至矣乎！民鲜久矣。"（《论语·雍也》）

"鲜"是少；"鲜能"很少能。"鲜能久矣"与"鲜久矣"，表述上差一点儿，可意义差得远了。《论语》总是"不为"也，非"不能"也。

第四章

子曰："道之不行也，我知之矣，知者过之，愚者不及也；道之不明也，我知之矣，贤者过之，不肖者不及也。人莫不饮食也，鲜能知味也。"

"明道"是独善其身，"行道"是兼善天下。
"知""愚"就智慧、能力言；"贤""不肖"就品格言。
《孟子·离娄上》云：

道在迩而求诸远，事在易而求诸难。

所谓"远"与"难"，是此章两"道"字[①]之意。是人，就离不开日用平常，日用平常就是道。"平常心是道"（赵州从谂禅师语），故孟子曰在"迩"、在"易"。如吃饭是平常，自己有饭吃，

① 两"道"字，指《中庸》第四章"道之不行也"之"道"与"道之不明也"之"道"。

是自利；还要使天下人有饭吃，利他。现在方知吃饭难，锅是铁打的。自救、自利是平常，是不平常？救人、利他，便是大同。地藏菩萨说："有一众生不成佛者，我誓不成佛。"儒家说："人溺己溺，人饥己饥。"

"人莫不饮食也，鲜能知味也。""味"，味觉、触觉。不渴、不饥之外，还要知味。"人莫不饮食也，鲜能知味也"，学道不是学饮食，是要知味。终身由之而不察，不行。我们要察，要知道，这是学道之人比平常人多的责任。一个学道之人要有他生活的智慧，便是由于知味。我们受困苦艰难，要自其中得到智慧；否则，白受了。"天将降大任于是人也"（《孟子·告子下》），就因他在饮食中得到味了，在困苦艰难中得到智慧了。鲁迅先生所写之阿Q，便是不知味。平常随处是道，常人只是食而不知其味。阿Q亦有道，只是他不知。我们士大夫负有知味责任。

法国大思想家帕斯卡尔（Pascal）说：

> 人是能思想的芦苇，脆弱固然，而有思想。（《思想录》）

风虽能摧残芦苇，而风并不知他在摧残芦苇；芦苇虽被摧残，而有思想，便是了不起处。老虎吃人，若是有心人，当被吃时亦当不动声色欣赏、观察。学道当如此。猛虎起于前而目不瞬，泰山崩于后而神不慑，鲁迅以为学道当如此。兜率悦禅师说：

> 眼光落地时将何抵对生死。

"生死"实只说死，"眼光落地"盖即指死。了生死，生好了，死如何对付？子曰：

> 未知生，焉知死。（《论语·先进》）

此是不肯说。会怎样活，就会怎样死；会怎样死，就会怎样活。

活时一丝不放，死时亦然，便如是“抵对”。武松打虎，见榜文，不肯下山，怕人笑话自己怎样。武松打虎一点儿把握没有，要是林冲根本不上山，要是鲁达上山也不怕。此二人，一诗人、一英雄，武松只是俗人。“眼光落地时将何抵对生死”？一点儿把握没有。一个学道之人尽管被虎吃了，也还是心平气和，此即人之了不起。芦苇摧折，可是知道是怎样被摧折的。笛卡儿（Descartes）云：“I think therefore I am.”（我思故我在。To be being，在；am，即存在之意。）

懒残禅师，性懒而贪馋，垂涕甚长，或谓其拭涕，曰：

> 无工夫为俗人拭涕。

懒残似西洋犬儒学派（Cynic），鲁迅晚年有点儿如此。唐梵志，王姓僧人，有诗云：

> 梵志翻着袜，人皆道是错。
> 乍可刺你眼，不可隐我脚。

做宰相如穿新鞋袜，外面好看，里面“不自在”。鲁迅先生原也是如此，后一变而为热烈，向世人挑战。

行，对外，入世；

明，对内，在我。

道，原来就只是不行、不明，“太初有道”（《新约·约翰福音》）。

道 { 儒——狭义
　　 道（明以前，道家）——广义

儒是狭义，道是广义，此只是说明，不是批评。儒家所谓道，只限于高深的道——正心诚意，修齐治平，推恩足以保四海——扩而广之，扩而充之。道家什么都是道，不仅高深的是道，平常也是道。宗教哲理曰“太初有道”，庄子云“道无不在”（《庄子·知北游》）“盗亦有道”（《庄子·胠箧》）。禅宗云“还晓得大唐国里无禅师么”“不道无禅，只是无师”（黄檗希运禅师语），禅宗所谓禅即道也，不是不可以懂，是不可以教。

道——传，即便无人知、无人行，道总是在的。只要行、得道，盗亦有道。行不通，便不是生，生便有道。能行、能明，二者二而一，一积极、一消极耳，互为因果，愈明愈行，愈行愈明。

第五章

子曰：“道其不行矣夫！”

朱子以“道其不行矣夫”为第五章。私意“道其不行矣夫”六字正是上章结尾，“子曰”二字恐是衍文。

苏曼殊，“以情求道”。“矣夫”二字，把老夫子悲天悯人都表现出来，还是希望行。“矣夫”，了吧。“这孩子完了”，“这孩子怕完了吧”，还是希望好。第五章当是第四章结尾，真好。

胡适先生说，作白话诗文，有甚么话，说甚么话，想怎么说，就怎么说，写出后读来爽口，听来爽耳。“道其不行矣夫”六字，得之矣。

第六章

子曰：“舜其大知也与！舜好问而好察迩言，隐恶而扬善，执其两端，用其中于民，其斯以为舜乎！”

“慎独”，是修道之基；“好问”“好察迩言”，便是悟道之基。时时、处处、事事留心，如此，饮食才可以知味，才不致“由之而不知其道”，“习矣而不察”（《孟子·尽心上》）；如此，智慧自生。

智慧非道，而为学道之利器。佛在《心经》，开口便言“般若波罗蜜多”。（唐玄奘译《大般若经》，有六百万字之多，尚为简本。般若，梵语译音，智慧之意。）佛言般若，意即智慧义；波罗蜜多，意即到彼岸。佛说众生是在苦海中，是在迷海中，是在孽海中，因其为无明。用智慧道破无明，到彼岸，到觉岸。

“好问”是圣门功夫，“不耻下问”（《论语·公冶长》）。“好察迩言”，浅近之言常含有至理。“三人行，必有我师焉”（《论语·述而》），即好察迩言。

“隐恶而扬善”，与前“好问”“好察迩言”，是一事非二事，后者是前者结果。

“执其两端，用其中于民”，《礼记》郑氏注：“两端，过与不及也。用其中于民，贤不肖皆能行之也。”朱子注：“两端，谓众论不同之极致。”说似深微而实费解，不如郑氏之明白。

第七章

子曰：“人皆曰予知，驱而纳诸罟擭陷阱之中，而莫之知辟也。人皆曰予知，择乎中庸而不能期月守也。”

孔子说“不能期月守”，还是客气，其实一时一刻不能守。

第八章

子曰：“回之为人也，择乎中庸，得一善，则拳拳服膺而弗失之矣。”

“择乎中庸”，朱注：“辨别众理以求所谓中庸。”实即选合，择选其合于条件者。

第九章

子曰："天下国家可均也，爵禄可辞也，白刃可蹈也，中庸不可能也。"

自第六章至此，算一段。

舜合乎中庸，颜回合乎中庸，其他人皆不能。说"中庸不可能也"，正希望人能。

第十章

子路问强。子曰："南方之强与？北方之强与？抑而强与？宽柔以教，不报无道，南方之强也，君子居之。衽金革，死而不厌，北方之强也，而强者居之。故君子和而不流，强哉矫！中立而不倚，强哉矫！国有道，不变塞焉，强哉矫！国无道，至死不变，强哉矫！"

自为一段。

夫子之言简单而神秘，此段不似夫子言。

☯、卍、十，凡符号可代表象征，皆当简单而又神秘。

强有力，无论学文、学道，皆要有力。佛家龙象之称，一水中有力者，一陆上有力者，惟其有力，故能担荷大法。基督打左脸把右脸也给他，爱敌如爱邻，是强不是弱。孔子曰"吾未见刚者也"（《论语·公冶长》）；尼采（Nietzsche）则曰"超人""强者的道德"，其学说未免偏激。此文人、诗人与哲人不同处，即庄子恐怕也还是天才的文人、诗人而非哲人。天才的文人、诗人，其所说话还是任性纵情的结果，故不免偏激；而哲人说话流弊较少。凡事之末流皆未免流弊，最平常如吃饭尚出毛病，何况其他。无论任何宗教哲学必须有强，夫子曰“吾未见刚者也”，强由智慧来。

操守。中国，不求有功，先求无过；不求得胜，先求不败，看家本领就是操守。有为有守，英雄有为，未必有守（狂，狷）。见得明白，把得结实，方是真守。宗教家能以身作则，就是守，就是智慧，这不是浊气、客气、无明。因为他见得明白，所以把得结实，至死不变，“强哉矫”！

我们在社会上看多少年，那些人不露出泥脸也露出羊脚来（周作人《中年》），（羊脚疑是希腊神话。）社会譬如烘炉，“金佛不度炉”，金刚是强的象征，要在烘炉里烧不毁、炼不化，才是真强者。

“南方之强与？北方之强与？抑而强与？”“抑”，郑注：“辞也。”（中国文字除方块、单音外，语词特别多，今语尾有词，语首之词已消失。）“而”，尔，郑注：“而之言女也，谓中国也。女音汝。”

“宽柔以教”，“教”，较，计较之较。

“不报无道”，郑注谓即《论语·泰伯》“犯而不校”之义。

“君子居之”，“居之”，即守而行之之义。

巨人giant，如托尔斯泰（Tolstoy）、尼采，简直是大老妖。托尔斯泰文能“勿抗恶”（打左脸把右脸也给他），这近于“南方之强”——“君子居之”，犯而不校；尼采，以牙还牙，以眼还眼，此“北方之强”——“强者居之”，血气之勇。

“故君子和而不流，强哉矫！中立而不倚，强哉矫！国有道，不变塞焉，强哉矫！国无道，至死不变，强哉矫！”真好！此四“强哉矫”，是解释南方之强而非北方之强。自“故君子和而不流”至“至死不变，强哉矫”，郑氏与朱子皆谓为“而强”，私意只是解释“君子之强”。

“君子之强”，只是有守。

“和而不流”，并不奇异，然而“不流”。

“强哉矫”，“矫”，郑注、朱注皆曰：“强貌。”朱子举诗“矫矫虎臣”（《诗·鲁颂·泮水》），是也。

“不变塞焉”，“塞”字难解。塞，郑注训实。按《诗经·鄘风·定之方中》“秉心塞渊”，郑笺：塞亦训实。马瑞辰谓塞当为“寋”之假（《毛诗传笺通释》）。朱子训塞为未达。按即通塞之意，通为达，故塞为未达，通塞对举，犹言穷达。达而达，在上主达，有道易达，得志易变其所守。朱子，“不变塞焉”，不变未达道，即不改其本来面目。朱说较郑说为通，也绕弯子，总之不变而已。

“君子固穷，小人穷斯滥矣。”（《论语·卫灵公》）好，不变，有坚意，无不为。“君子固穷”，即至死不变。后之“不变”是结果，若能和而不流，中而不倚，即能不变，此是君子之强。

孔门之问有二种：（一）不知；（二）不自信。如问仁、政、孝，非不知也，乃是禅宗“取证”之意。子路问强，亦是如此。

第十一章

子曰：“素隐行怪，后世有述焉，吾弗为之矣。君子遵道而行，半途而废，吾弗能已矣。君子依乎中庸，遁世不见，知而不悔，惟圣者能之。”

此一章，朱注：“子思所引夫子之言，以明首章之义者止此。”

第十二章

君子之道费而隐。夫妇之愚，可以与知焉，及其至也，虽圣人亦有所不知焉。夫妇之不肖，可以能行焉，及其至也，虽圣人亦有所不能焉。天地之大也，人犹有所憾。故君子语大，天下莫能载焉；语小，天下莫能破焉。《诗》云：“鸢飞戾天，鱼跃于渊。”言其上下察也。君子之道，造端乎夫妇；及其至也，察乎天地。

此一章，子思之言。

第十三章

子曰："道不远人。人之为道而远人，不可以为道。《诗》云：'伐柯伐柯，其则不远。'执柯以伐柯，睨而视之，犹以为远。故君子以人治人，改而止。忠恕违道不远，施诸己而不愿，亦勿施于人。君子之道四，丘未能一焉：所求乎子以事父，未能也；所求乎臣以事君，未能也；所求乎弟以事兄，未能也；所求乎朋友先施之，未能也。庸德之行，庸言之谨，有所不足，不敢不勉，有余不敢尽；言顾行，行顾言，君子胡不慥慥尔！"

第十四章

君子素其位而行，不愿乎其外。素富贵，行乎富贵；素贫贱，行乎贫贱；素夷狄，行乎夷狄；素患难，行乎患难。君子无入而不自得焉。在上位，不陵下；在下位，不援上；正己而不求于人，则无怨。上不怨天，下不尤人。故君子居易以俟命，小人行险以侥幸。子曰："射有似乎君子；失诸正鹄，反求诸其身。"

第十五章

君子之道，譬如行远必自迩，譬如登高必自卑。《诗》曰："妻子好合，如鼓瑟琴；兄弟既翕，和乐且耽；宜尔室家，乐尔妻孥。"子曰："父母其顺矣乎！"

第十三章、第十四章、第十五章，承第十二章，论君子之道。

第十六章

子曰："鬼神之为德，其盛矣乎！视之而弗见，听之而弗闻，体物而不可遗。使天下之人齐明盛服，以承祭祀。洋洋乎，如在其上，如在其左右。《诗》曰：'神之格思，不可度思！矧可射思！'夫微之显，诚之不可掩如此夫。"

此一章，论鬼神，以"诚"结。

哲学、政治、宗教。中国哲人多不忘情政治，又往往不忘情鬼神。"洋洋乎如在其上，如在其左右"，"祭如在，祭神如神在"（《论语·八佾》），神道设教。

第十七章

子曰："舜其大孝也与！德为圣人，尊为天子，富有四海之内。宗庙飨之，子孙保之。故大德必得其位，必得其禄，必得其名，必得其寿。故天之生物，必因其材而笃焉。故栽者培之，倾者覆之。诗曰：'嘉乐君子，宪宪令德，宜民宜人。受禄于天，保佑命之，自天申之。'故大德者必受命。"

第十八章

子曰："无忧者，其惟文王乎！以王季为父，以武王为子。父作之，子述之。武王缵大王、王季、文王之绪，壹戎衣而有天下，身不失天下之显名，尊为天子，富有四海之内，宗庙飨之，子孙保之。武王末受命，周公成文武之德，追王大王、王季，上祀先公以天子之礼。斯礼也，达乎诸侯大夫，及士庶人。父为大夫，子为士；葬以大夫，祭以士。父为士，子为大夫；葬以士，祭以大夫。期之丧，达乎大夫；三年之丧，达乎天子；父母之丧，无贵贱，一也。”

第十九章

子曰：“武王、周公，其达孝矣乎！夫孝者，善继人之志，善述人之事者也。春秋修其祖庙，陈其宗器，设其裳衣，荐其时食。宗庙之礼，所以序昭穆也；序爵，所以辨贵贱也；序事，所以辨贤也；旅酬下为上，所以逮贱也；燕毛，所以序齿也。践其位，行其礼，奏其乐，敬其所尊，爱其所亲，事死如事生，事亡如事存，孝之至也。郊社之礼，所以事上帝也；宗庙之礼，所以祀乎其先也。明乎郊社之礼、禘尝之义，治国其如示诸掌乎。”

第十七章、第十八章、第十九章，论舜，论文王，论武王、周公。由此可见，中国哲人不忘情政治。

第二十章

哀公问政。子曰：“文武之政，布在方策。其人存，则其政举；其人亡，则其政息。人道敏政，地道敏树。夫政也者，蒲卢也。故为政在人，取人以身，修身以道，修道以仁。仁者，人也，亲亲为大；义者，宜也，尊贤为大。亲亲之杀，尊贤之等，礼所生也。在下位不获乎上，民不可得而治矣。故君子不可以不修身；思修身，不可以不事亲；思事亲，不可以不知人；思知人，不可以不知天。天下之达道五，所以行之者三，曰：君臣也、父子也、夫妇也、昆弟也、朋友之交也五者，天下之达道也；知、仁、勇三者，天下之达德也，所以行之者一也。或生而知之，或学而知之，或困而知之，及其知之一也。或安而行之，或利而行之，或勉强而行之，及其成功一也。”

子曰：“好学近乎知，力行近乎仁，知耻近乎勇。知斯三者，则知所以修身；知所以修身，则知所以治人；知所以治人，则知所以治天下国家矣。”

凡为天下国家有九经，曰：修身也、尊贤也、亲亲也、敬大臣也、体群臣也、子庶民也、来百工也、柔远人也、怀诸侯也。修身，则道立；尊贤，则不惑；亲亲，则诸父昆弟不怨；敬大臣，则不眩；体群臣，则士之报礼重；子庶民，则百姓劝；来百工，则财用足；柔远人，则四方归之；怀诸侯，则天下畏之。齐明盛服，非礼不动，所以修身也；去谗远色，贱货而贵德，所以劝贤也；尊其位，重其禄，同其好恶，所以劝亲亲也；官盛任使，所以劝大臣也；忠信重禄，所以劝士也；时使薄敛，所以劝百姓也；日省月试，既禀称事，所以劝百工也；送往迎来，嘉善而矜不能，所以柔远人也；继绝世，举废国，治乱持危，朝聘以时，厚往而薄来，所以怀诸侯也。凡为天下国家有九经，所以行之者一也。

凡事预则立，不预则废。言前定则不跲，事前定则不困，行前定则不疚，道前定则不穷。

在下位不获乎上，民不可得而治矣；获乎上有道：不信乎朋友，不获乎上矣；信乎朋友有道：不顺乎亲，不信乎朋友矣；顺乎亲有道：反诸身不诚，不顺乎亲矣；诚身有道：不明乎善，不诚乎身矣。

诚者，天之道也；诚之者，人之道也。诚者，不勉而中，不思而得，从容中道，圣人也。诚之者，择善而固执之者也。

博学之，审问之，慎思之，明辨之，笃行之。有弗学，学之弗能，弗措也。有弗问，问之弗知，弗措也。有弗思，思之弗得，弗措也。有弗辨，辨之弗明，弗措也。有弗行，行之弗笃，弗措也。人一能之己百之，人十能之己千之。果能此道矣，虽愚必明，虽柔必强。

此一章，论政，以“诚”结。

儒家治学不忘政治。或有云：此是儒家狂妄。

一诚意、二正心、三修身、四齐家、五治国、六平天下（《礼记·大学》），此儒家之全套功夫。后之儒家只做到前三项，顶多做到“齐家”而已。后人有攻击儒家云其狂妄，谓“治国”“平天下”非读书人所能行。此不尽然，亦有读书人而做成大事业者，如希特勒（Hitler），出身微贱，裱糊匠，而为一国之首领，组织纳粹党，造成铁之纪律，难道他有政治天分？故儒家之政治精神并非夸大、狂妄。（余自无政治之倾向，是近于宗教，虽然无任何信仰。）儒家不忘政治，时时思以政治之力量推行其学说，因为此乃最便捷的法子。

儒家之政治哲学与宗教哲学皆是“诚”。“诚”之功夫便“自不妄语始”（宋儒语），此语颇得儒家精神。宗教亦是如此教训我们。不说瞎话，真难。在社会上混的年代越多，经验越多，谎话也越多，此种人等于零。宋儒的话对了一半，因其是说内——对己；如对外——对事，则应“自以身作则始”（余之说法）。每一政治领袖在政治舞台上得到成功，在政治的事业上能光华灿烂，都是从“诚”始，由“以身作则始”。无论话说得如何光明正大，如何有条有理，也不能使人相信，如为吏者训其治下勿贪，则其本身就应当清廉，即应以身作则也。（口中公正廉明，背地使黑手者，则绝无成绩。）

骤然观之，儒家之政治以“诚”为根本，则未免有点儿“瘟”。此不是说其没价值、没用，就是无人欢迎。然除“诚”外，更无好法子。极端常有获得民众，即得人、得民心处，此政治领袖之第一条件。如欲得人，则非“诚”不可也。诚，天之经也，地之义也，古今中外都不能改变。行之万世而不变，推之四海而皆准，唯“诚”而已。人是动物，时时在动，只要想做人，就须诚。而儒家论政亦未免“诚”也。

商鞅论术，韩非论法，非儒家，固不能说其无诚，而诚之成分少。韩非子论法是机械的，列出法条，循之而作，此犹钟表各种机关都摆列好即可转；儒家之政治是有机体（机，生机）。先不必说圣人亡而法则、条例不行，有许多政客借条例而舞弊，见其所做事绝不对，而都不合法律且破坏法律，却无罪。儒家则不然，以为条文无用，此易舞文（如偷盗的具体之物为偷，然“偷”是具体的犯罪不？此即舞文），《论语》讲“虽赏之不窃”（《颜渊》）。有条例，则奸吏舞文；若未成之时即诚，则“虽赏之不窃”。所谓“路不拾遗”，亦此之谓，即诚也。故《中庸》曰“其人存，则其政举；其人亡，则其政息”，此其难。“仁远乎哉！我欲仁，斯仁至矣。”（《论语·述而》）

“哀公问政”，“哀公”，鲁之君。

“布在方策”，“方策”，书籍。“布在方策”，谓未灭亡也。

“人道敏政，地道敏树”，人道，政；地道，机、效也；敏，速效。

“夫政也者，蒲卢也”，“蒲卢”，《礼记》郑注：“蒲卢，蜾蠃，谓土蜂也。《诗》曰：‘螟蛉有子，蜾蠃负之。’螟蛉，桑虫也，蒲卢取桑虫之子去而变化之，以成为己子。政之于百姓，若蒲卢之于桑虫然。”或曰：“蜾蠃负螟蛉之子，视曰：‘似我似我。’”朱注取沈括说，卢即芦，蒲芦即蒲苇之类也。

《论语·颜渊》：

> 季康子问政于孔子。孔子对曰：“政者正也。子帅以正，孰敢不正？”

“政者正也。子帅以正，孰敢不正？”然太老实、太正直，就不免“瘟”。后来政治只是手段，近于科学，非哲学。后来政是治，古时是教化。凡一大政治家之能成功者多少都能“帅以正”。“苟正其身矣，于从政乎何有？不能正其身，如正人何？”（《论语·子路》）“如正人何”，“如何”，奈何。

“取人以身，修身以道，修道以仁。”修身，正，做人。别家对象是外，向外的；儒家对象是本身，向内的。法家之政只是正人，儒家先正身。世人所谓好人只是世法，死的不敢道，活的不敢拿。宋儒用功，结果只是自了汉，消极；儒家是积极的，正己是正人之本。

“亲亲之杀”，“杀”，差别。儒家阶级思想，“礼不下庶人，刑不上大夫”（《礼记·曲礼》），授人以口实。此盖非孔门之说。差别、等级盖人之性，因为尊重自己父母，所以尊重别人的父母，此可能；看别人的父母与自己的父母一样，此不可能。推恩，推广、扩充，与等级并非抵触。感情与理智调和，因自己推及别人是可能的。《礼记》所讲则末流之弊。

“在下位不获乎上”，“在下”，郑氏谓此句“在下”便是在此，朱子从之。余以为未必然，此亦儒家政治思想，等级之一。儒家亦有差别、等级。

天——自然——道。

“一也”，郑氏谓一为“百王所不变”，朱注谓一为“诚”。郑氏易解，朱氏理深，皆可取。正名。理在，只重名不重实。名，化石。

《论语》云：

知者不惑，仁者不忧，勇者不惧。（《子罕》）

社会上生是积极的，不是说只对人无妨碍，是要对人有益。而最足打扰生的积极精神的是：惑、忧、惧。惑，不知当如何。忧，“人生不满百，常怀千岁忧”（“古诗十九首”之《步出西门行》）。不忧，该是“不怨天，不尤人”（《论语·宪问》）；普通不忧，不是阿Q就是无赖。《左传》所言“贪天之功以为己力”，只是机会。只论该不该办，不论办得好办不好，更不问办好后人如何干好，不贪天之功以为己力。办不好，不怨天，不尤人，不忧。不惑、不忧了，又惧，如此不但把人做好事耽误了，就连人活着的兴致都没有了。佛讲慈悲，精研猛进。大雄，即不惑、不忧、不惧，及其知一也。（佛家在印度时尚讲“熏习”，与后之禅宗“顿悟”不同。礼本无香，还有差别、等级。）无论生、学、困、知，一也。儒家之政治哲学与宗教哲学同，任何一伟大的宗教皆是诚。哲学是诚。

二十章归结到“诚”，与《大学》之“正心诚意”同。“诚”与

"慎独"，实一物而二名。诚，内外如一，无论何时、何地、何事。

自此一章以下六章，大论"诚"，皆承二十章而发挥。

第廿一章

自诚明，谓之性；自明诚，谓之教。诚则明矣；明则诚矣。

此一章，自"诚明"起。

此虽未必子思本人作，而确为儒家嫡传。

"自诚明"，先诚后明，圣人心口、内外、言行如一，由诚发生智慧——性。

"自明诚"，先明后诚，先有智慧，后求诚。教——学。

有智慧，便诚；若不诚，非真智慧。

第廿二章

惟天下至诚，为能尽其性；能尽其性，则能尽人之性；能尽人之性，则能尽物之性；能尽物之性，则可以赞天地之化育；可以赞天地之化育，则可以与天地参矣。

"为能尽其性"，"其性"，自己个人之性。

推己及人，"他人之心，予忖度之"（《孟子·梁惠王上》）。

人之中有我，我之中又有人。

儒家讲诚，犹佛讲空。佛家反对"顽空"，一切无忌惮。空不可顽空，实亦非仅老实，故曰诚，又曰明。

第廿三章

其次致曲，曲能有诚，诚则形，形则着，着则明，明则动，动则变，变则化，惟天下至诚为能化。

“其次致曲”，郑注：“曲，小小之事也。”“致”，极也。虽小事亦不放松。

“惟天下至诚为能化”，“化”：（一）在己，会道之义，“无入而不自得”（《中庸》十三章），如王字、陶诗；（二）对人，感化之义。诚至在己是会通，对人是感化，虽圣人难之，儒家渐修。

第廿四章

至诚之道，可以前知。国家将兴，必有祯祥；国家将亡，必有妖孽。见乎蓍龟，动乎四体。祸福将至，善，必先知之；不善，必先知之。故至诚如神。

此一章，承上论“诚”。

第廿五章

诚者自成也，而道自道也。诚者，物之终始，不诚无物。是故君子诚之为贵。诚者，非自成己而已也，所以成物也。成己，仁也；成物，知也。性之德也，合外内之道也，故时措之宜也。

“诚者自成也”，是静；“而道自道也”，是动。诚——心，体；道——物，用，无所作为，不能见道，必见之于物。

《中庸》“不诚无物”，天地间万事万物皆待诚而生，恃诚而成。如粮食粒长得饱满谓之成实①，成实即诚实，不骗人；如土地不肥美，雨露不滋润，长成也不结子，也不成，不成即不诚也。“苗而不秀者有矣夫，秀而不实者有矣夫”（《论语·子罕》），子若不成，即是如此情形也。

一切宗教皆是真诚。人最不诚，众生好度人难度，惟其难，故更要诚，要慎独。

“诚者，非自成己而已也，所以成物也。成己，仁也；成物，知也。”诚，自成也，心，体；道，自道也；物，用。

第廿六章

故至诚无息。不息则久，久则徵，征则悠远，悠远则博厚，博厚则高明。博厚，所以载物也；高明，所以覆物也；悠久，所以成物也；博厚配地，高明配天，悠久无疆。如此者，不见而章，不动而变，无为而成。

天地之道，可一言而尽也：其为物不贰，则其生物不测。天地之道：博也、厚也、高也、明也、悠也、久也。今夫天，斯昭昭之多，及其无穷也，日月星辰系焉，万物覆焉。今夫地，一撮土之多，及其广厚，载华岳而不重，振河海而不泄，万物载焉。今夫山，一卷石之多，及其广大，草木生之，禽兽居之，宝藏兴焉。今夫水，一勺之多，及其不测，鼋鼍蛟龙鱼鳖生焉，货财殖焉。

诗云：“维天之命，于穆不已。”盖曰天之所以为天也。“于乎不显，文王之德之纯。”盖曰文王之所以为文也，纯亦不已。

① 成实，顾随先生家乡语，“实”读轻声。

此一章，总结“诚”。

儒家简单而神秘，平凡而伟大。而常人先见其简单、平凡，不足以敌他学说，故《中庸》云“无为而成”，即“化”字之解释。

“可一言而尽也”，“一言”，一句话（又有词word之义）。

凡所谓真理、真神，皆是一，绝对。

以上第廿一章、第廿二章、第廿三章、第廿四章、第廿五章、第廿六章，皆论“诚”。

第廿七章

大哉圣人之道！洋洋乎！发育万物，峻极于天，优优大哉！礼仪三百，威仪三千。待其人而后行。故曰苟不至德，至道不凝焉。故君子尊德性而道问学，致广大而尽精微，极高明而道中庸。温故而知新，敦厚以崇礼。是故居上不骄，为下不倍。国有道，其言足以兴；国无道，其默足以容。诗曰：“既明且哲，以保其身。”其此之谓与？

第廿八章

子曰：“愚而好自用，贱而好自专，生乎今之世，反古之道。如此者，灾及其身者也。”非天子，不议礼，不制度，不考文。今天下车同轨，书同文，行同伦。虽有其位，苟无其德，不敢作礼乐焉；虽有其德，苟无其位，亦不敢作礼乐焉。子曰：“吾说夏礼，杞不足徵也。吾学殷礼，有宋存焉。吾学周礼，今用之，吾从周。”

第廿九章

王天下有三重焉，其寡过矣乎！上焉者，虽善无徵；无徵，不信；不信，民弗从。下焉者，虽善不尊；不尊，不信；不信，民弗从。故君子之道，本诸身，徵诸庶民，考诸三王而不缪，建诸天地而不悖，质诸鬼神而无疑，百世以俟圣人而不惑。质诸鬼神而无疑，知天也；百世以俟圣人而不惑，知人也。是故君子动而世为天下道，行而世为天下法，言而世为天下则。远之则有望，近之则不厌。诗曰："在彼无恶，在此无射；庶几夙夜，以永终誉。"君子未有不如此而蚤有誉于天下者也。

第三十章

仲尼祖述尧舜，宪章文武，上律天时，下袭水土。辟如天地之无不持载，无不覆帱；辟如四时之错行，如日月之代明。万物并育而不相害，道并行而不相悖。小德川流，大德敦化。此天地之所以为大也。

第卅一章

惟天下至圣，为能聪明睿知，足以有临也；宽裕温柔，足以有容也；发强刚毅，足以有执也；齐庄中正，足以有敬也；文理密察，足以有别也。溥博渊泉，而时出之，溥博如天，渊泉如渊。见而民莫不敬；言而民莫不信；行而民莫不说。是以声名洋溢乎中国，施及蛮貊。舟车所至，人力所通，天之所覆，地之所载，日月所照，霜露所队，凡有血气者，莫不尊亲，故曰配天。

以上第廿七章、第廿八章、第廿九章、第三十章、第卅一章，无讲论。

第卅二章

> 惟天下至诚，为能经纶天下之大经，立天下之大本，知天地之化育，夫焉有所倚！肫肫其仁，渊渊其渊，浩浩其天。苟不固聪明圣知，达天德者，其孰能知之？

《中庸》“诚意”，第卅二章，万殊归于一本。

《论语》言“忠恕而已矣”（《里仁》），“忠恕”二字，实即诚，在己曰忠，在人曰恕。

孔子教人只是手续（阶段）、目标，而罕言学成后之气象，欲其自得也。吃饱后自知，不吃饱，说亦白说。《中庸》则讲学成后其气象，盖欲引起人向往之心。

“经纶天下之大经，立天下之大本，知天地之化育”，言至诚之能成。

“肫肫其仁，渊渊其渊，浩浩其天”，“肫肫”，厚；“渊渊”，深；“浩浩”，高。如佛所谓涅槃，道所谓“道可道，非常道”（《道德经》一章）。

“苟不固聪明圣知”，“固”，确实。

“夫焉有所倚”，不偏，发而皆中节。郑注“安有所倚，言无所偏倚也”，似之。郑注又曰：“而人人自以被德尤厚，似偏颇者。”非是。朱注：“夫岂有倚着于物而后能哉？”较之郑氏，其义为长。

平常人都是有所倚；人到无所倚着，才正好用功。把一切仗恃放下，还有本事没有？如此能大放光明、有所作为才是。学问、知识，也是依倚、凭仗。得，是由自己心中生出，不是仗恃外物。诚亦然。

应无所住而生其心。（《金刚经》）

“禅心已作沾泥絮”（释参寥《席上赠妓》），是死的，不是禅佛本意。“无所住而生其心”，曰“生”，可见非死。在人世老碰钉子的人，其心被摧残，结果干了。心要活泼泼的，要生真心，而要“无所住”。如余闻黄鹂而高兴，那么不闻的人或闻惯的是否还高兴？学道的人皆大欢喜，意“无所住”。“心纯是法，与法相应”（《观普贤经》），此与“应无所住而生其心”同意，惟前者令人闻后不知从何下手，后者则有路可走。心可生而要与法相应，而永远在动。

佛心，一动即法；儒，不动则已，一动则仁。无所倚，无所住，先要从倚上、住上作起，如幼儿学步，初无倚，后若不能无倚，则不合道。《论语》云：

志于道，据于德，依于仁，游于艺。（《述而》）

兴于诗，立于礼，成于乐。（《泰伯》）

不兴于诗，不活泼；不立于礼，不严肃；不成于乐，不能无所不宜。然此不可便认为瞎子明杖棍，此与大人扶助幼儿行路不同，小孩子有发展、有成就。只是目标□[①]，一个比一个轻。

第卅三章

诗曰：“衣锦尚䌹。”恶其文之著也。故君子之道，暗然而日章；小人之道，的然而日亡。君子之道，淡而不厌，简而文，温而理，知远之近，知风之自，知微之显，可与入德矣。

① 原笔记“标”字下缺一字。

诗云："潜虽伏矣，亦孔之昭。"故君子内省不疚，无恶于志。君子之所不可及者，其惟人之所不见乎。

诗云："相在尔室，尚不愧于屋漏。"故君子不动而敬，不言而信。

诗曰："奏假无言，时靡有争。"是故君子不赏而民劝，不怒而民威于铁钺。

诗曰："不显惟德，百辟其刑之。"是故君子笃恭而天下平。

诗云："予怀明德，不大声以色。"子曰："声色之于以化民，末也。"

诗曰："德如毛。"毛犹有伦。"上天之载，无声无臭"，至矣。

此章，无讲论。

附

物（体）·道·法

物是事物，既有物便有道，既成道便有法。有道便可求法，然法不可求。

先生的法可以得，然不可以传；可传未必能得，然不传不害其得。颜渊之于孔子，具体而微；余叔岩学叫天亦然，叫天虽不传，余叔岩未尝不得。

释迦捏花，迦叶微笑。释迦捏花以不说说；迦叶微笑，以不闻闻。如来有密语，迦叶不发藏。前者即拈花，后者即微笑。语虽密然究是语，是传；迦叶是得。如其不知，便是“密语”；如懂，便是不发藏。一切道均是如此。

无法便罢，假令有法可传，须：（一）启发（准备），闻一知十，举一反三；（二）参考（事前）；（三）印认（事后）。

相信、自信，除此二者，更于何处讲“信”？除此而外，更于何处找安心方？人要想幸福过活，必须得到信，无论相信也好、自信也好。不安心的人顶不相信别人，也不相信自己，纵使成功，心也不安；有信心，纵使失败，也安心。

“侍”“诗”“等”“待”，均含“寺”字，古文舌头音。若给中学生讲，不明白；明白了，用不着讲。

余自谓为掠脚法师，说得行不得。然余之所以能说，或正因其不能行？

从事于职业而外，还要有馀力始能对职业发生兴趣，不视为畏途。为职业，不能砸饭碗；为事业，当有始有终。为这个，不能尽是真的，要点儿假的，但假为的是使真的成功。如骗小孩子吃药，骗他是糖，这虽是假，然而再真没有了。

当教员念字就是要标准音，讲书就是要正确意义。为了避免错误，当多查多准备，倘念错字，可不用立即改正，更正要看情势。在中国做事净真格的不行，要看情势，第三方是理。情势适合，连理都可不讲。

教学相长，多识字，多懂，比自己用功还切实；教书为人，倒在其次，主要是为己。

《文赋》十一讲（增订）

六朝时一切文学作品皆谓之文，故《文赋》实即创作论。

文难得内容丰富而文字还写得美。吾人写文章每至意义艰深则文字晦涩，陆士衡则举重若轻。

《文赋》并序

余每观才士之所作，窃有以得其用心。夫放言遣辞，良多变矣，妍蚩好恶，可得而言。每自属文，尤见其情，恒患意不称物，文不逮意，盖非知之难，能之难也。故作文赋，以述先士之盛藻，因论作文之利害所由，他日殆可谓曲尽其妙。至于操斧伐柯，虽取则不远，若夫随手之变，良难以辞逮，盖所能言者，具于此云尔。

伫中区以玄览，颐情志于典坟。遵四时以叹逝，瞻万物而思纷。悲落叶于劲秋，喜柔条于芳春，心懔懔以怀霜，志眇眇而临云。咏世德之骏烈，诵先人之清芬。游文章之林府，嘉丽藻之彬彬。慨投篇而援笔，聊宣之乎斯文。

其始也，皆收视反听，耽思傍讯，精骛八极，心游万仞。其致也，情曈昽而弥鲜，物昭晰而互进。倾群言之沥液，漱六艺之芳润。浮天渊以安流，濯下泉而潜浸。于是沉辞怫悦，若游鱼衔钩，而出重渊之深；浮藻联翩，若翰鸟缨缴，而坠曾云之峻。收百世之阙文，采千载之遗韵。谢朝华于已披，启夕秀于未振。观古今于须臾，抚四海于一瞬。

然后选义按部，考辞就班。抱景者咸叩，怀响者毕弹。或因枝以振叶，或沿波而讨源。或本隐以之显，或求易而得难。或虎变而兽扰，或龙见而鸟澜。或妥帖而易施，或岨峿而不安。罄澄心以凝思，眇众虑而为言。笼天地于形内，挫万物于笔端。始踯躅于燥吻，终流离于濡翰。理扶质以立干，文垂条而结繁。信情貌之不差，故每变而在颜。思涉乐其必笑，方言哀而已叹。或操觚以率尔，或含毫而邈然。

伊兹事之可乐，固圣贤之所钦。课虚无以责有，叩寂寞而求音。函绵邈于尺素，吐滂沛乎寸心。言恢之而弥广，思按之而逾深。播芳蕤之馥馥，发青条之森森。粲风飞而猋竖，郁云起乎翰林。

体有万殊，物无一量。纷纭挥霍，形难为状。辞程才以效伎，意司契而为匠。在有无而僶俛，当浅深而不让。虽离方而遯员，期穷形而尽相。故夫夸目者尚奢，惬心者贵当。言穷者无隘，论达者惟旷。

诗缘情而绮靡，赋体物而浏亮。碑披文以相质，诔缠绵而凄怆。铭博约而温润，箴顿挫而清壮。颂优游以彬蔚，论精微而朗畅。奏平彻以闲雅，说炜晔而谲诳。虽区分之在兹，亦禁邪而制放。要辞达而理举，故无取乎冗长。

其为物也多姿，其为体也屡迁。其会意也尚巧，其遣言也贵妍。暨音声之迭代，若五色之相宣。虽逝止之无常，故崎锜而难便。苟达变而识次，犹开流以纳泉；如失机而后会，恒操末以续颠。谬玄黄之秩叙，故淟涊而不鲜。

或仰逼于先条，或俯侵于后章。或辞害而理比，或言顺而义妨。离之则双美，合之则两伤。考殿最于锱铢，定去留于毫芒。苟铨衡之所裁，固应绳其必当。或文繁理富，而意不指适。极无两致，尽不可益。立片言而居要，乃一篇之警策。虽众辞之有条，必待兹而效绩。亮功多而累寡，故取足而不易。

或藻思绮合，清丽千眠。炳若缛绣，凄若繁弦。必所拟之不殊，乃闇合乎曩篇。虽杼轴于予怀，怵他人之我先。苟伤廉而愆义，亦虽爱而必捐。

或苕发颖竖，离众绝致。形不可逐，响难为系。块孤立而特峙，非常音之所纬。心牢落而无偶，意徘徊而不能揥。石韫玉而山辉，水怀珠而川媚。彼榛楛之勿翦，亦蒙荣于集翠。缀《下里》于《白雪》，吾亦济夫所伟。

或托言于短韵，对穷迹而孤兴。俯寂寞而无友，仰寥廓而莫承。譬偏弦之独张，含清唱而靡应。或寄辞于瘁音，徒靡言而弗华。混妍蚩而成体，累良质而为瑕。象下管之偏疾，故虽应而不和。或遗理以存异，徒寻虚以逐微。言寡情而鲜爱，辞浮漂而不归。犹弦么而徽急，故虽和而不悲。或奔放以谐合，务嘈囋而妖冶。徒悦目而偶俗，故高声而曲下。寤《防露》与《桑间》，又虽悲而不雅。或清虚以婉约，每除烦而去滥。阙大羹之遗味，同朱弦之清氾。虽一唱而三叹，固既雅而不艳。

若夫丰约之裁，俯仰之形，因宜适变，曲有微情。或言拙而喻巧，或理朴而辞轻。或袭故而弥新，或沿浊而更清。或览之而必察，或研之而后精。譬犹舞者赴节以投袂，歌者应弦而遣声。是盖轮扁所不得言，故亦非华说之所能精。

普辞条与文律，良余膺之所服。练世情之常尤，识前修之所淑。虽濬发于巧心，或受欰于拙目。彼琼敷与玉藻，若中原之有菽。同橐籥之罔穷，与天地乎并育。虽纷蔼于此世，嗟不盈于予掬。患挈瓶之屡空，病昌言之难属。故踸踔于短垣，放庸音以足曲。恒遗恨以终篇，岂怀盈而自足。惧蒙尘于叩缶，顾取笑乎鸣玉。

若夫应感之会，通塞之纪。来不可遏，去不可止。藏若景灭，行犹响起。方天机之骏利，夫何纷而不理。思风发于胸臆，言泉流于唇齿。纷葳蕤以馺遝，惟豪素之所拟。文徽徽以溢目，音泠泠而盈耳。及其六情底滞，志往神留。兀若枯木，豁若涸流。揽营魂以探赜，顿精爽而自求。理翳翳而愈伏，思乙乙其若抽。是以或竭情而多悔，或率意而寡尤。虽兹物之在我，非余力之所戮。故时抚空怀而自惋，吾未识夫开塞之所由也。

伊兹文之为用，固众理之所因。恢万里而无阂，通亿载而为津。俯贻则于来叶，仰观象乎古人。济文武于将坠，宣风声于不泯。涂无远而不弥，理无微而弗纶。配霑润于云雨，象变化乎鬼神。被金石而德广，流管弦而日新。

一　创作之情趣

《文赋》包括：

起——综论（引论）

中——分论（文论、文体、文字、声音、修辞等；文字、声音、修辞乃文章美，即《文赋》中所言“应”“和”“悲”“雅”“艳”。）

结——馀论

“伊兹事之可乐，固圣贤之所钦”至“粲风飞而猋竖，郁云起乎翰林”一段：

> 伊兹事之可乐，固圣贤之所钦。课虚无以责有，叩寂寞而求音。函绵邈于尺素，吐滂沛乎寸心。言恢之而弥广，思按之而逾深。播芳蕤之馥馥，发青条之森森。粲风飞而猋竖，郁云起乎翰林。

“伊兹事之可乐”，“伊”，句首语词，五臣注：“维也。”

“伊兹事之可乐，固圣贤之所钦”，“可乐”盖指情趣，“所钦”盖指意义言。

世上行尸走肉偷生苟活，有生命无生活。我们生活有事业，事业有大小，不以是而分优劣。贤者识其大，不贤者识其小，大固然好，小也不坏。事无论大小，而主要的是“伊兹事之可乐”，这样干着才有意义，才有力——为人为己，为己，充实了空虚的生活；对人，则使我们以外的人可得点儿方便。事之起始也许困难，而必要以毅力和练习达到“可乐”的地步。

“知之者不如好之者”（《论语·雍也》），爱好比知道有力量，而“好之者不如乐之者”（同上），孔夫子讲道理不及释迦深，而真人情味。此二句大无不包，细无不举。说到深处是要“好之”“乐之”，而皆须以“知之”为根基。至于“好”与“乐”之区别，好是一时的，乐是永久的。

“伊兹事之可乐，固圣贤之所钦”前面一段：

然后选义按部，考辞就班。抱景者咸叩，怀响者毕弹。或因枝以振叶，或沿波而讨源。或本隐以之显，或求易而得难。或虎变而兽扰，或龙见而鸟澜。或妥帖而易施，或岨峿而不安。罄澄心以凝思，眇众虑而为言。笼天地于形内，挫万物于笔端。始踯躅于燥吻，终流离于濡翰。理扶质以立干，文垂条而结繁。信情貌之不差，故每变而在颜。思涉乐其必笑，方言哀而已叹。或操觚以率尔，或含毫而邈然。

此一段，论文辞。“伊兹事之可乐，固圣贤之所钦”二句之下“课虚无以责有，叩寂寞而求音”，讲文思。

“课虚无以责有，叩寂寞而求音”二句，与上段“抱景者咸叩，怀想者毕弹”二句，相似而实不同。“抱景”二句指文字，此二句指创作。“叩寂寞而求音”，如白居易之写《琵琶行》。

“函绵邈于尺素，吐滂沛乎寸心”，五臣注：

绵邈，远也；滂沛，大也。虽远者，含文于尺素之上；虽大者，吐辞于寸心之间也。

“吐滂沛”，未成文之前；“函绵邈”，成文之后。绵邈，表示远；滂沛，表示大。此盖与字音有关，如“大”，便觉大；“小”，便觉小。此不尽为心理的，亦为科学的。

说到创作，正如《道德经》所谓：

虚而不屈，动而愈出。（五章）

愈用而愈有，愈动而愈出。一个没有创作修养、创作习惯的人，未写之前思想很多，而一坐到书桌旁便没有了。余今年要在文论班上引起同学创作兴趣。说到创作，一是书，一是物。物用于准备则为观察，用于创作则观察为表现；还有，心不可使之茅塞，孟子所谓“今茅塞子之心矣”（《孟子·尽心下》）。书、物、心三方面都做到家，文才可出来。一个天才或可不必读许多书，而吾人则不可。

文学写感官感觉。写耳之所闻、目之所见者多，而耳闻并未进入吾人耳中，目见并未进入吾人目中，是隔离的。至于鼻之所嗅、口之所尝，则真进入吾人鼻中、口中，是亲切的。何以写前者的反多而易好？写朋友之爱也许还易，写兄弟爱难；写兄弟爱尚易，写亲子爱难；写两性尚易，写夫妻难。

在创作上，作者与社会要保持一点儿隔离。而创作又要有经验，经验与隔离岂非矛盾？其实经验与隔离实非二事。在求经验时必须亲身参加，而在书案前写作时要撤出来，所以要隔离。

“播芳蕤之馥馥，发青条之森森”，“青”，五臣作“清”，误。青色是可爱的，有时叶比花还好，如杨柳（杨者，扬也，向上长者为杨）。

陆氏之写“播芳蕤之馥馥，发青条之森森”二句，是否要引起读者感觉？此二句为客观的，抑为主观的？如是客观的，是文章原来有这种美；要是主观的，是说吾人读后觉得如此。在此大约主观、客观都有，二者不可缺一。此关系哲学问题，不仅文学批评欣赏的问题。如，果实之有价值在人之使用，此便言其有用是客观的；如花之香美，有人闻、有人见是如此，而人不闻、不见时它还香不香、美不美呢？有人以为仍可爱，有人以为否，此待研究。“兰生幽谷，不为莫服而不芳”（《淮南子·说山训》），但没人闻，岂不等于不香？

“粲风飞而猋竖，郁云起乎翰林”，“风”于何“飞”？“猋”于何“竖”？“云”于何“起”？此在吾人感觉。“飞”，横者；“竖”，直者；“猋”，盖“飘摇”二字之和声，名词，羊角风，旋风。（飘摇，扶摇，轻重不同之别也。）

二　体裁与风格·之一

“体有万殊，物无一量”至“要辞达而理举，故无取乎冗长”一段为全篇核心：

> 体有万殊，物无一量。纷纭挥霍，形难为状。辞程才以效伎，意司契而为匠。在有无而僶俛，当浅深而不让。虽离方而遯员，期穷形而尽相。故夫夸目者尚奢，惬心者贵当。言穷者无隘，论达者惟旷。
>
> 诗缘情而绮靡，赋体物而浏亮。碑披文以相质，诔缠绵而凄怆。铭博约而温润，箴顿挫而清壮。颂优游以彬蔚，论精微而朗畅。奏平彻以闲雅，说炜晔而谲诳。虽区分之在兹，亦禁邪而制放。要辞达而理举，故无取乎冗长。

此一段所言最具体。

文体是具体的，有目共见，自较理论具体。

就文学而言，“体有万殊”；就内容而言，“物无一量”。

“体有万殊，物无一量。纷纭挥霍，形难为状”四句，五臣注曰：“文体有变，故曰万殊；物类既众，故曰纷纭挥霍也；气色运动，难说其形状也。”此说似是而非。五臣将“纷纭挥霍”皆归之文体，余以为不然。“纷纭”，疑指文体；“挥霍”，疑指物象也。“挥霍”，李善注：“疾貌。”是也。活的变动快，文体谈不到“疾”；物类是静的，物象是动的。

“体有万殊”数句，这是我们作文最艰难的工作，也是最要紧的工作。无论在研究或创作上皆然。我们现在要用已有的万殊之文体写无一量之物象。天地间形形色色，文人笔下没放过去；而有放过者何？三小——才小、力小、胆小。此若在才大、力大、胆大之作家写，天无不覆，地无不载。

在一创作时选定文体是要紧的。我们有了材料后，用什么体裁写？必要在此“万殊”文体中选一文体最适合者写之。十八般武艺，我只会使刀，那可以；若说创作，我只会写诗，什么我都写诗，那也行。老杜笔下是“物无一量”，可惜他只写诗。老杜若非才力不够，便因文体使用不恰当。

同学读书要“泛爱众而亲仁”（《论语·学而》）。书，无所不读，但要有三两部得力的。文体也要多试验几种，第一是哪一种于我最合适，第二是哪一种最方便。此是试验自己，发现自己，多试验几种文体以发现自己天才。天才必须自己发现，天才的矿只有自己去开。同时多会几种文体，可选其最合适者去写。在“纷纭挥霍”中要运用自如，是最大成功。研究、欣赏、创作皆然。

“辞程才以效伎，意司契而为匠”二句，五臣注：

> 程，见；效，致；伎，巧；司，理；契，要；匠，宗也。

“见”“现”，古同；见，自见；现，使之见。“至”，自动；“致”，他动，使之至。《孙子兵法·虚实篇》：“善战者致人而不致于人。”“效伎”，收伎能之功效。“辞程才”，现于外者；“意司契”，支配者。“意司契”，就读者言是文章内容，就作者言是作者内心。“辞程才以效伎，意司契而为匠”，简言之：没文体，没法写；没“意”，写什么？

“在有无而僶俛，当浅深而不让”二句，包前二句而言。“有无”“浅深”，指难易。中国常有二字连用而一义者，如利害、是非，此处“有无”“浅深”亦然。“让”，辞让也。此说作者不当避难就易、避重就轻，这样在创作上也许省事，但创作绝无捷径、取巧、侥幸。

作文与做人同。《西厢记》中惠明和尚言：

我从来欺硬怕软，吃苦不甘。（第二本《崔莺莺夜听琴》楔子）

惠明敢真也能真，这两句话真说得坦白。做人如此，作文亦然。《西厢》惠明所云可与《水浒》武松“专打天下硬汉”（第二十九回）互相发明。我们要避轻就重，避易就难。作文在辞、在意，皆当如此。有志于文者可以惠明此两句为座右铭。

凡一篇作品流传久远，必有点儿“真格的”，你费了事，读者绝不负你苦心。《水浒传》上说白秀英唱大鼓是“普天下伏侍看官”（第五十一回）的。此语甚痛心，而是甘苦有得之言。作文亦然。“修辞立其诚”（《易传·文言》），你不骗人，别人也不负你。

姜夔《白石道人诗说》云：

人所易言，我寡言之；人所难言，我易言之。

简，简到不能再简。现在作文是人所易言，我多言之；人所难言，我不言之。这如何能行？

“生于忧患，死于安乐”（《孟子·告子下》），做人与作文同，学文与学道同。

余近有作《寄蜀中友人》：

风雨同怜独归鹤，雪霜宜称后凋松。
蜀中山水甲天下，更为荔枝作寓公。

此真是衣来伸手、饭来张口。今自己检举，一一自首：“独归鹤”，老杜《野望》有“独鹤归何晚，昏鸦已满林”句（老杜身上颇有贵族性，鹤立鸡群已苦，老杜言鹤立鸦群）；“后凋松”，《论语》有“岁寒，然后知松柏之后凋也”（《子罕》）之语；俗言“桂林山水甲天下”；苏东坡《食荔枝二首》其二有“日啖荔枝三百颗，不妨长作岭南人”句（荔枝采下，一日变香，二日变味）。古人给我们留下好的遗产固然好，但我们不能安于此，安于此便是宣告我们的创造生命灭亡了。有人二十岁以后不复为诗，便是说他生命还有，而创作的生命完了，这是说根本不再创作的；还有的人虽仍写作，但创作生命已完了，如风瘫患者，虽生犹死。

《西厢》惠明“我从来欺硬怕软，吃苦不甘”的话要记住，无论做人、作文，皆当如此。

小孩儿写什么都说“非常”，这是避难就易。因为他思想贫弱，字汇简单。人该避免用“非常”“特别”“十二万分”等等。

若于难者、重者，不能做，知难而退尚不失为明哲保身之士。社会上潮流真了不得，人处世是随波逐流，还是逆流而上，还是砥柱中流？都要有点儿力，否则即使顺流，亦能为浪打倒——不能取巧。

俗语曰：作伪是“心劳日拙”。“日拙”，言眼下或可成功而久之必失败。其实“诚”最容易，而人都不肯作；作伪不易，而人爱作伪。作伪的人永远是刨坑埋自己，作伪愈久坑愈深。做人诚，人亦不会辜负你。佛品第一不打诳语，无论何种哲学、宗教皆然，犹之乎儒家之“白受采”（《礼记·礼器》）。诚，不打诳话，便是“白”；一切“采”是一切美德，而必先有“白”。而说来真怪，也许打诳语是人类本能。此为性恶说。悲观哲学家叔本华（Schopenhauer）说，人性恶，否则何用这么多圣贤劝人学好？（小孩子才会说话便爱骗人，且爱受骗，这是另一方面。）总之，还是要“诚”。

三　体裁与风格·之二

“虽离方而遯员，期穷形而尽相”，五臣注：

> 文之未见在于无，故虽不见方圆之形，终期尽物之象也。相，象也。

此言似通似不通，似有解似无解。在未写出前，作者心中已先有此文，故曰“在于无”；写成始有形，故“虽不见方圆之形”而已“尽物之象”。成文具体，故有规矩方圆。五臣盖以“离”“遯”为不见。余以“离”“遯”为破坏规矩。五臣受传统思想，故不敢说文背于规矩。退之文、工部诗，多不可以法绳之，尤其六朝诗文之法。“离方”“遯员”，乃“僶俛”“不让”之结果，“离”“遯”，破坏规矩。

“惟陈言之务去”（韩愈《答李翊书》），“语不惊人死不休”（杜工部《江上值水如海势聊短述》）。不惊人之语是常语，用陈言常话绝不违犯规矩，可是“惟陈言之务去”，求“语不惊人死不休”，则不免不合规矩矣。“离方”“遯员”，也许叫人看着特别，在形式上成为过错；而心是不错的，心所期者在“穷形而尽相”，写到人写不到处，说到人说不出处。

接下“故夫夸目者尚奢，惬心者贵当”二句，“故夫”二字用得好，《文赋》凡文章辞意相生处皆好。辞义相生，行文一乐，甲⟶乙⟶丙⟶……⟶n，辞生辞，义生义。用功是要吃苦、就难，而无论作文、做人又须有乐处，因“离方”“遯员”而“穷形”“尽相”，“故夫夸目者尚奢，惬心者贵当。”

“夸目者尚奢”如汉之辞赋，中国文中，能当“夸目”者，盖仅汉之辞赋。“惬心者贵当”，“惬心”不在篇之长大、字之华丽，只求达意。“惬心”不是快心，是合心；“当”者，精当。此六朝文可为代表。如《世说新语》写桓温过王敦墓，指曰：“可儿，可儿。”（儿，人也。）这没法儿翻成白话，那么说算把二人之气概全写出来了。

说食不饱。有时费半天劲研究出一个道理，可是一想，怎么那么平常？科学家要有破竹之势的功夫，文学、哲理似乎不必，可以用蚕食式办法，只要吃下去的真受用了，真变成丝，剩一块干了有什么关系？吃了桑叶要让你吐丝，吐出来还是桑叶不成。只要吐丝，吃的是哪里都没关系。

《论语》云：

> 知之为知之，不知为不知，是知也。（《为政》）

有人自以为知，实非真知，浮光掠影。人要有真知灼见。愈是身边切近之事，愈易忽略。《论语》不说高深的话，可是我们不能往浮浅里懂，“知之为知之，不知为不知”。世上一般人都是自己不知而偏要说，每天上班说些连自己也不明白、自己也不相信的话。看禅宗语录也要“知之为知之，不知为不知”，取得能合式之法。可是，“不知”不是就停顿于此，乃是就已知求未知，温故而知新。道理光说净讲不行，要知、要行。知是行的准备，行是知的结果；要不行，便还不是真知。说食不饱，说食只是更使人饥饿，而不能饱。凡是觉得知道而说不出来的，那还是不知，绝不会懂到极深处而自己还说不出来。

“言穷者无隘，论达者惟旷”，五臣注：

> 言穷事者无隘狭，论通达者惟尚放旷，此作者之用思也。

十五年前，刘文典先生对余说，五臣注者看似浮浅，实高于李善。

“言穷者无隘”，五臣注：“言穷事者无隘狭。”“穷事”者，言穷极事物之理。一切学问都是细中之细。马鸣禅师《大乘起信论》谓：粗中之粗，凡夫境界；粗中之细，菩萨境界；细中之细，是佛境界。此是言穷事物之理。“无隘”，善注为“无非渐隘”，与原文不合。

“言穷者”，说极细、极深道理。此难说，而有真知的人能说；听者或难懂，因听者无此经验。一句话，在说的人是多少年功夫。“学而时习之，不亦说乎”（《论语·学而》），你没用过功，如何知道？孔子话简单，至庄子、墨子、孟子，便说多了，好举例、好寓言，便是怕人不明白。战国诸子皆说寓言，用简单故事表现细微深邃之事理，那真是“言穷者无隘”。佛经也如此，圣经也如此。

必须真知、真行。“知行合一”，其说似高深，其实即“说食不饱”之意。

“言穷者无隘，论达者惟旷”，“穷”，细微深邃；“达”，伟大崇高；“放旷”，扩大。我们作文章便怕这两种：既不能细，又不能大。《史记》写巨鹿之战，《汉书》写昆阳之战，既细又大。“言穷者无隘”，是细无不举；“论达者惟旷”是大无不包。

不但文论，一切哲学皆然。而其实，“穷”“达”还是一个，没有一个细微深邃的不是伟大崇高的；同样，也没有一个伟大崇高的不是细微深邃的。“于一粒沙中见世界”（威廉·勃来克［William Blake］《天真的预言》），佛言“纳须弥于芥子”（须弥，今称喜马拉雅山）。如故宫建筑艺术，伟大崇高必有细致深邃功夫。

此段是一层层下来的，“言穷者无隘，论达者惟旷”二句出于“在有无而僶俛，当浅深而不让”。

“言穷者无隘，论达者惟旷”后之“诗缘情而绮靡，赋体物而浏亮”以下，论文体。

四　体裁与风格·之三

《文心雕龙·总术》云：

> 今之常言，有文有笔，以为无韵者笔也，有韵者文也。

此乃自其分而言之。自其合而言之，则无论有韵与否，皆谓之文。

人类先有诗，后有散文，任何国家民族皆然，故《文赋》先言诗。诗发达最早，而文学最早发达是“缘情”。（陆机《叹逝赋》：“哀缘情而来宅。”）树生枝长叶甚久，而当初只很小一粒种子。

“诗缘情而绮靡”，“绮靡”，李善注谓“精妙”之意，此二字颇可商量。余以为“绮靡”，绮，美也（谢朓《晚登三山还望京邑》有“馀霞散成绮”句）；靡，柔也。凡缘情之作，无不美、无不柔者。诗是软性的，而在诗史上，诗是由软性发展成为硬性，由缘情而变为理智。宋诗是理智，硬性。文由硬性变为软性。六朝文是绮靡，软性。所以有人说，明末小品文是文学新运动，复古，复六朝之古。（明末有几部书盛行——《世说新语》《水经注》《三国志注》）

“赋体物而浏亮”，“体物”，体，体会；“浏亮”，清明、鲜明。诗感人，故须绮靡；赋体物，故须鲜明。诗不绮靡，不能使人发生同情；赋不浏亮，不能使人如见其物。

赋在《汉志》分为若干种，其中一种为辞赋，骋辞之赋，即所说汉赋也。如《长杨》《羽猎》《两京》等赋，此汉赋正宗。至于司马相如《长门》《大人》等赋，似非汉赋正宗（相如好处不知何在，一篇《长门赋》写得稀糟）。汉一班学者文人皆无情感，汉赋正宗是体物浏亮。六朝赋是抒情之赋，如江淹《别赋》《恨赋》，乃汉人所不肯为。

汉人以后赋分两派：一北一南；一古典一革新；一体物一缘情。如木华（字玄虚）《海赋》、郭璞《江赋》、左思《三都赋》（《三都》全仿《两京》），此为北派，古典、体物；南派是革新的、缘情的，用写诗之法写赋，如《别赋》《恨赋》。

就文体言之，诗为柔，文为刚。（阳刚、阴柔，桐城派之说，其实即理智与感情。）而有人以写文之法写诗，又有人以写诗之法写文（如《洛阳伽蓝记》《水经注》）。同是纪事，《洛阳伽蓝记》与《世说》便不能比；“史”“汉”亦一柔一刚。此言诗为柔、文为刚，乃大较之言。亦如男女二性，在许多女人身上，带有几分男性；有的男人身上带几分女性。“赋体物而浏亮”，而六朝赋亦有缘情绮靡之作；“诗缘情而绮靡”，然老杜纪事诗与退之诗皆有体物浏亮之作。

“碑披文以相质”，碑，始于汉，所以纪鬼神之功德。墓碑、人；庙碑、神，皆为叙德之作。既曰叙德，必有实在可叙，故曰“披文”“相质”。“相”之为言助也。披文相质并非文质相半，质是主，文以相之。“诔缠绵而凄怆”，诔，乃对死者之悼词，故曰“缠绵”“凄怆”。碑，理智、硬性；诔，缘情，软性。

“铭博约而温润”，李善注：

> 博约，谓事博而文约也。铭以题勒示后，故博约温润。

此说不当。“博约”，须由博而返约也。凡铭文刻于物上，“铭”，名物也，如镜铭、盘铭，故须博约。“博”，意义之广；“约”，文字之简，如“苟日新，日日新，又日新。”（《礼记·大学》引《盘铭》）无论世变如何，这三句话永远打不破、行不完。“温润”，是可亲可爱之意。因铭除名物外多含教训之意，教训易成为干燥，故须温润。

“箴顿挫而清壮”，“箴”，以讥刺得失。铭，为物而作；箴，为事而作。箴往往比铭还硬，“顿挫”“清壮”才有力，才可以动人。因为劝诫之言须有力始能动人。箴，所以规既往而戒将来。五臣注：

> 箴所以刺前事之失者，故须抑折前人之心，使文清理壮也。顿挫，犹抑折也。

后人作文用字太不假思索，什么叫“文清理壮”？“抑”、制，“折”、伏？其实，“顿挫”是说文字之顿挫，“顿”之为言断（停止之处亦曰顿，如天子游幸所止曰驻顿）；“挫”之为言折。但顿挫不能说“断折”，说“曲折”庶近之矣。箴篇幅短，故要曲折有力。

文章有最以顿挫见长者，当推“史”、“汉”，看似一气，但无一字一语不曲折，绝不平直。吾人作文患不通顺，一通顺又太平直，也不行。白乐天诗其平如砥，其直如矢，其清如水，可惜清而不壮。老杜一字一转，或者不清，可绝对壮。不怕不懂货，就怕货比货。近代语体文没劲，便因无顿挫，否则便因不通顺。鲁迅先生一字一转、一句一转，没有一个转处不是活蹦的。

禅家有所谓“万法唯心”，“心生、神生、法生，心灭、神灭、法灭”。尤其我们治文学的更是如此，一切创作皆然。如各小说所写，根本无此事，就算有此事，也亏他小说家写呀！否则《史记》巨鹿之战只需写“项羽大破秦军于巨鹿”一句，这不能说不是史，但不是文。一个题目写出后，其间变化开合真是心生法生、心灭法灭。自然主义、客观写实法是科学的，但何以此一派亦仅是此少数作家？即以纯粹科学家如爱迪生（Edison），何以亦只有一人？便也仍因他们是心生法生，我们是心灭法灭。否则文若有“法”，岂非成印版文章？天下无印版文章。故“万法唯心”。我们说老杜、鲁迅的诗文有顿挫，我们知道了，但何以我们写时不能成为老杜的诗、鲁迅的文？便因我们没有他们那样的心。开山祖师，成；至于其弟子，既非祖师之心，而还要仿其形，外表很是，而内容满不是。祖师是心生法生，弟子是心灭法灭，挂羊头卖狗肉。

余此所讲自谓为“新唯心论”。以前唯心论讲得太玄，知者无从知，行也无从行，结果成为渺茫、空洞。余所讲“有此心始有此文”，也快渺茫、空洞了，但余所说有科学的、唯物的根基。人心是以生活作根基，过此生活便有此心。如男性旦角，在台上不仅形变为女性，且心亦变为女性之心，失掉固有本性，这便因其舞台上女性生活使然。生活这是唯物的、科学的，所以我们要在生活一方面扩大。要有书斋生活、文学修养，这只可养成技术；但生活一点儿没有，拿“顿挫”表现什么？拿“清壮”表现什么？如“屠龙”，本事不错，但是上什么地方屠啊？宋之江西派真是有屠龙术，技术在老杜之上，但是老杜有的宰，他们宰什么？割鸡焉用牛刀，屠龙技连鸡也宰不了。少个东西，少个什么？生活不硬。余之“新唯心论”有点儿近于心理学之行为派。最早之心理学是反省派，其后演进为行为派。行为派由观察统计而来，余之论与之相似。老杜之诗、鲁迅之文，他的思想与生活打成一片，他的思想上有了曲折顿挫，他的诗文自然曲折顿挫。有的文人原来思想就简单空洞，你叫他顿挫什么？曲折什么？自然写出来便一顺边了。如小孩子写文章，怎么顿挫得起来？

既如此说，便不用讲《文赋》了？但还要讲，不得不尔，一方面给同学定一理想标准（目标），一方面给一个印证。目标是知，印证是知行合一。创作经验愈多，愈觉得魏文帝《论文》及陆机《文赋》的话对。

“颂优游以彬蔚”，五臣注：

> 颂以歌功颂德，故须优游纵逸而华盛也。彬蔚，华盛貌。

其言大体对。

佛经上有一种“颂”是说理的，那是外来的，或称“颂子”，与“偈”相似而又不同。偈语是断定，颂子是阐明。中国之颂则为歌功颂德之作，“三百篇”既然。

五臣拿“华盛”讲“彬蔚”可以，拿“纵逸”讲“优游”不可。文学不可纵逸。

人类时时想自由，可是时时对自己加束缚。人生如此，文学亦然，纵逸不能有。创作要大胆，但大胆亦要有限制，绝非胡来。文明、文化在打破限制，但旧的方打破，新的就成立了，重重打破，重重成立。人生如此，文学表现人生，故亦如此。我们时常要打破旧形式，但新形式就又成立了；成立一新形式，便有一新限制。现在旧的东西实已灭了，谁的创作能出一种文的风格、人的人格来？“八家”虽不成，而各有其风格，代表其人格。“桐城”便不行，都是一样，文无风格，且看不出其人格。这便因既无开山祖师之风格，又无新的风格，乃成挂羊头卖狗肉之形式。

余以为“优游”是自在，由自在便生出雍容（大雅）。如演戏登台，经验多便自在；但熟极而流，便成为纵逸，那便糟了。自在绝非胡来，要守规矩，但规矩一点儿也不能限制他。这是大作家的长处、优点。近代文学如小说、戏曲、诗歌，各有其限制。戏曲绝不可与小说相似，那不成。新文学限制或不如旧古典文学之严，但不是没限制。写的戏曲还得是戏曲，因为有它的限制。有限制但还要自在才成，必自在才能“华盛”，因为必自在才能“玩儿花活”。

五　体裁与风格·之四

六朝有文、笔之分，“文笔分途自一时”（沈尹默先生句）。

诗与散文之区别，大概有韵者为文，无韵者为笔：有韵如诗、赋，无韵乃今之散文。但实际有的诗虽有韵实是散文。太炎先生讲演说有韵为诗，或问曰：“然则‘百家姓’亦可谓为诗耶？”——实在不能算诗；反之，有的无韵散文未必不是诗，如《洛阳伽蓝记》《世说新语》，有的地方颇有诗意。《世说新语》上关于桓温有几条颇有诗意。王、谢家子弟有诗意，因其为文人；至于桓温则为推官，但有时确有诗味，其行为言语颇有诗味（再如《水浒传》鲁大哥是真的诗人）。桓温既有辞采且有诗味，比那些自命风雅的人还高一筹。至于有的“诗人”失眠、吐血、神经衰弱，那是他的病。

中国诗人的确太弱了，一点儿强的东西也装不进去。尼采（Nietzsche）、契诃夫（Chekhov）身体虽坏，但心是健康的。身体虽渺小，但心是伟大的。吾人可以病我们的身，不能病我们的心；可以衰弱我们的身体，不可狭小我们的心。中国文人有种毛病，爱说自己病，其一以自己病要挟人同情，其二以病炫耀自己是文人。固然我们对不幸的人同情是人类本能，但怜悯心已然不好。人不该活在别人的同情之中。活在别人同情之下，你就没自由了。现在文人应多读老杜、魏武之作。

人高兴时做事也多、也快，便因心是宽的。人心一窄就什么也做不出来了。余生病悲观时少、生气时多，这不成。有病之后还要自己高兴，不但要沉得住气，而且要提气。

要自己懂，讲没用。讲是讲给“会”家听的。一切道理皆然。蝇子碰窗户，不论其能否碰出去，不必笑它，总之它看出一点儿光亮。

我们看书不可模糊，碰的是窗户，一破出去了；碰的不是，无论如何出不去。讲书讲明白了，那是你自己根本能明白。

陆氏论文先举韵文：诗、赋、碑、诔、铭、箴、颂（碑最先原为韵文，前面散文是序；唐人序文较长而已；宋以后则往往无后面韵文。铭、箴、颂亦皆为韵文），“论”以后“奏”“说”始为散文。

“论精微而朗畅”，五臣注：

> 论者，论事得失，必须精审微密，明朗而通畅于情。

“精微”即细密，其相反为粗疏；“朗畅”即明白。细密而且明白，不易；粗了反容易明白。

现在文章用形容词太多，反足以混乱读者视听，抓不到正确观念。其实用形容词太多，就表示他自己没有正确清楚的观念。比如写粉笔的颜色，他不知道粉笔颜色，是知道许多写颜色的形容词。不要以为用字少就减少文字力量，用字不在多少，在正确与否。

托洛茨基（Trotsky）论文学曰：旧派以为文学起始是字，我们以为文学起始是事。常人写文并没把一件事观察清楚，只是在写时把自己读过的文辞又吐出来而已。“奏平彻以闲雅”，五臣注：

> 奏事帝庭，所以陈叙情理，故和平其词，通彻其意。雍容闲雅，此焉可观。

其实“和平其词，通彻其意”，即今所谓平通正达；“闲”，安闲，“雅”，雅正。这样文章最老实。因奏乃呈皇帝者，不须出奇。其实现在公事，甭说作得不通彻闲雅，即使作得通彻闲雅，有谁看得出来？

“说炜晔而谲诳”，五臣注：

> 说者，辩词也。辩口之词，明晓前事；诡话虚进，务惑

人心。炜晔，明晓也。

论是批评是非，说是说明；论是发挥己意，说是使人相信，故取其“炜晔”。

“晔”，五臣本作“烨”，晔当为本字，烨乃或作。有火则明，故曰洞若观火。五臣用烨，盖以其偏旁相似。如“络绎”，《汉书》作“骆驿”，写“络驿”或“骆绎”就不行。又如“辐凑”写作“辐辏”，“搢绅”写作“缙绅”。偏旁相似取其美观。但美须有闲，精神、气力、学识、经验，皆要来得及。现在人连捉襟见肘都够不上，简直是不清楚；现在人连明白都够不上，何论美观？

所谓“谲诳”，虽无此人、无此事，要使人听了似有其人、似有其事，而且确有此情，确有此理。如寓言中牛马说话，即使牛马不会说话，但只要牛马说话，它一定那样说，即使牛马不那样说，但的确有人那样说。战国策士好说譬喻、寓言，庄子之寓言盖亦受其影响。并无其人其事，而似有其人似有其事；而且虽无其人虽无其事，但绝有其情，绝有其理。如近代《伊索寓言》之每一故事是一教训。人必须听进去，始能明白、相信，故用比喻。佛说《百喻经》，余以为往古来今没有比他再能夸大的了。科学不许夸大，但在文学上允许。其实《百喻经》何必一百？他天才太敷馀，我们太窘。诸子寓言“炜晔而谲诳”。

现在有些人很会说谎话，但一到作文不行了。说谎话盖为人类本能（与旧说天性相近）。所以刚会说话小孩儿就好说谎话，其意不在骗人，乃是以之为一种愉快的享受。按心理学说，人类最大愉快在创造，创造即人为万物之灵的理由。其他动物不会创造，即使会，其创造也甚渺小。“麻将”是中国最艺术的发明，其趣味亦在创造。作牌成了固然好，不成也得干。成败利钝非所计也，因为这是创造。说谎话也是创造。小孩儿爱说谎话便可证明人有说谎的天性与本能。然则教小孩儿说谎吗？这很难说。勉强说可以这样说：说谎话若意在骗人则不可说，绝不可说；然而说谎话岂有不骗人之理？乃是说不想以谎话骗人取利或卸责。取利或卸责之谎话绝对禁出，而以谎话为一种创造、一种愉快或享受时，应该提倡。（人不用说说谎，就是报告事情有时第一遍也与第二遍不同，这是天性。）

人是要求真，但求真之外还爱假。真是不假，假是不真，好像绝不能浑为一事。但以电影、戏剧、艺术、文学言之，则真假为一。因为求真心愈切所以爱假，爱假即所以求真，假所以显真也。电影戏剧之劣者，我们讨厌它，不是因为它假得不好、假得不可爱，是因为叫你看不见真，而假的像真的似的。

人自有生无时不在求真爱假之中。说谎可以，但有一条件，即不可以是取利或卸责。子曰："未之思也，夫何远之有？"（《论语·子罕》）这是虚伪（或者虚伪与假不同），这二句虽非取利，而近于卸责。人生的创造是一个伟大的说谎。撒谎使人相信，不难；使人爱，难。在文学上伟大作家都是伟大说谎者，不但说得使人信，而且说得使人爱，甚至因为爱的缘故，连信不信都不复想了。如《红楼梦》写宝、黛，只要我们爱这两个人，就不必推求其有无了。

一个人不能说谎，就是创造力缺乏。小孩儿爱说谎，我们若能因势利导，可培养其说谎能力——创造性。而中国民族是一个最老实的民族。中国诗教温柔敦厚，所以中国缺少叙事之作（narrate）。如荷马（Homer）之作、希腊史诗、但丁（Dante）《神曲》、歌德（Goethe）《浮士德》、莎氏戏剧，中国便无此种作品。其初余以为乃中国民族幻想不发达。其实幻想不发达，就是没有说谎本领，没有创造性。中国民族太老实，不会说谎，连佛教那样夸大的说谎也没有。

以上说文体十种，各以四字说明其特质。《文赋》每字称量而出。文论每体给四个字，那是多少年功夫。

陆氏共举十种文体，十之七为韵文，十之三为散文。可见中国中古文学以韵文为主，散文在其次，此六朝风气。这就无怪乎六朝人写什么都成美文了，如《洛阳伽蓝记》《世说新语》《水经注》《宋书》。诗之美影响到散文，这就无怪乎陆氏写《文赋》这么美，刘氏写《文心》也那么美了。写文要表现诗的美。今人要学六朝文不行了，因为已无那种诗的修养。

至"区别之在兹"，言各文体之所异；"禁邪而制放"，言各文体之所同。五臣注：

> 禁邪，谓禁浮艳；制放，谓制抑疏遗。

余以为“邪”即《论语》“思无邪”（《为政》）之邪，“放”即《孟子》“收其放心”（《告子上》）之放。（但不要把“邪”讲成邪思，“放”讲成放心。）“禁邪”，即有纪律（层次、条理、先后、长短）；“制放”，即戒泛滥。

用兵忌乌合之众。文若如此，只是许多句，不是一篇文；兵若如此，只是许多人，而不是一个军队，故曰“节制之师”（《荀子·议兵》）。写文要大胆，大胆后要有小心；写文要自由，而背后有训练。元曲有“千自由，百自在”（张国宾杂剧《薛仁贵衣锦还乡》）之语。禅得大自在，游行自在，无不如意，行所无事，他的自由是多少苦功夫训练出来的，是“节制之师”，不是乌合之众。（武松打虎是本事，李逵杀虎蛮戮而已。）吾辈凡人真是矛盾、悲哀，几时能把节制与自由打成一片便好了。非到这程度，写不出你的风格来。

现在写文学批评的人，动曰作品风格，风格二字很难讲。余曾说作品风格表现作者人格。（我们或者说不出来，但感觉得出来。）而文论不成，文论要说出来。一个人写作品要想在作品中很鲜明地表现出自己的人格来，这需要长期训练，达于“节制之师”。梁简文帝萧纲论文曰：作文与做人立身不同，作文要放荡，立身（做人）要谨饬。（《诫当阳公大心书》）前者是大胆，后者是节制，把做人、作文分为二事。然此可为天才说，难为俗人言；天才怎么全可以，天纵之圣。武松打虎真本事，李逵打虎是蛮戮，就算李逵是蛮戮，碰着了！但也只许他碰着，吾人则不可。所以“放荡”很难说，我们还是小心点儿好。

《文赋》曰“禁邪制放”，而简文帝说“放荡”，二者孰是？皆是也。《文赋》为初学言之，简文为有根基者言之。初学便放荡，非失败不可。

六　体裁与风格·之五

“要辞达而理举，故无取乎冗长”。五臣注曰：“辞达其意，理以举事。”不对。李善无注。“举”，有扬之意，有出之意，辞达则理出。

托洛茨基《文学与革命》说文学起首是事不是字。如《浮士德》、《神曲》……是事。《浮士德》写的是神与魔之争，文学与肉体之争。而我们中国文学只剩字，没事了。此即使非中国文学堕落主因，也是最大元凶或最大原因之一。所以我们想学文学不能只注意字，应注意到事。鲁迅先生也是从旧的阵营走出来的，字上太讲究，受传统因袭影响。鲁迅先生字斟句酌，所以好者，幸而里面还有事。而中国一般文人之作都是只有字，没有事。如山谷诗“有子才如不羁马，知君心是后凋松”（《和高仲本喜相见》），这真是玩儿字，够不上创作。

我们本国人使用本国文字，没有这么点儿手法也怪可怜的，可是只会这个也就完了。中国后来有的诗人就是只剩玩儿字了。托氏所谓“字”即是技术。创作不能不讲技术，但只剩技术也就太可怜了。如：

树已半枯休纵斧，果然一点不相干。

这诗句乍一看，不“对”；但细看，没一字不“对”。但文学就是这个吗？又如：

此木为柴山山出，因火成烟夕夕多。

这是中国字有这么一大特色。有创造力，再会这个，如虎生翅；若无创造力，只有这个，就成玩物丧志了。此与山谷诗是一条路子，有山谷诗就必流于此。诗中之“西昆”与“江西”，虽非罪不容诛，也是始作俑者。

余受旧的传统，对玩字也有爱好，但不能爱而不知其恶。其实现在一般人连这也不会玩儿了。如在“事变”后，人出对子：“本庄欲满清平，打出两张一万。”……既无韵致，又无风趣，还配上纸篇子。如同说相声“人过新年二上八下，我度旧曲九外一中”，这是相声玩意儿，他自以为雅，其实真俗。玩儿这个已不成，何况连这还不会玩儿？而不会玩儿还要玩儿。

晚唐诗，肺病一期；两宋，二期；两宋而后，肺病三期，就等抬埋了。中国诗要复活是在技术外，要有事的创作，有事才能谈到创作。老杜比起歌德（Goethe）等人还有愧色，但在中国诗上不失其伟大者，便因其诗中有事。鲁迅先生文之所以可贵，便在他把许多中国历来新旧文学写不进去的事写进去了。

但写事便如历史之纪事吗？不然，不然。如秦有秦始皇，你不喜欢也不成，也得有，是历史。而在文学创作上，长短轻重剪裁由得你。事从你心中生出来，而拿出来“普天下伏侍看官”。人人心里有此感，这是假；但读者看了只觉得可爱，这是创作。自然，“若夫豪杰之士，虽无文王犹兴。”（《孟子·尽心上》）所谓豪杰，是说有心、有力、向上、向前的人。我们中国民族向来不注意事，但若是豪杰，无文王犹兴；反之，若不是豪杰之士，虽有文王也白。

英国唯美派诗人奥斯卡·王尔德（Oscar Wilde），是英国怪物，是英国才子。余早年喜欢他的作品，现在不喜欢了。他有*The Decay Of Lying*（decay，败落，衰颓；lying，谲诳），他很叹息说谎之败落，没人会说谎了。世上说谎的人非常多，但都不是文学艺术上的“谲诳”。这种谲诳我们好久遇不到了。我们若能用中国这样美的字去叙事岂不很好？势必有那样的字去写谲诳说谎的事。

苏辙曰：

> 文不可以学而能，气可以养而致。（《上枢密韩太尉书》）

苏子之意是说只要气养到家，学文自可有成就。“气可以养而致”，不但于事，于文亦有帮助。鲁迅事的创作到家，字的考究也到家。究竟用功以何者为先？余以为仍当先有事的创作，从此下手，“虽无文王犹兴”。

今天所讲乃为作创作家作准备，不仅论文矣。

余受旧传统影响甚深，而现在尚不致成为一旧的文墙，第一感谢教育部，入大学时先送到北洋大学学英文；第二感谢×××，使余由想学法科转入文科；第三感谢受鲁迅先生影响所得。但究竟受旧影响太深，仍不免见猎心喜。

孙中山曰：“知难行易。”又古语曰：“非知之艰，行之维艰。”（《尚书·说命》）天下道理是两面的，从世谛、世法看来似乎是矛盾的。有人能行而不能知，有人能知而不能行，看似矛盾其实是一物之两面。吾辈凡人的悲哀就是矛盾的悲哀，或知而不能行，或行而不能知。又或曰：“终身由之而不知其道。”（《孟子·尽心上》）吾辈凡人把知行打不成一片。阳明学派有“知行合一”之说，此必伟大之人方能做到。吾辈凡人不能打成一片，乃打成两截。余近来颇思改变作风，但一动笔，旧的便来了。

> 几日不来春便老，开尽桃花。（吴琚《浪淘沙》）

> 城中桃李愁风雨，春在溪头荠菜花。（辛稼轩《鹧鸪天》）

“几日不来春便老，开尽桃花”，并无甚了不起，而一见便记住了，一来就想起来，其妙盖即在冲口而出。此非将文学降低，乃是将活的语言提高。近代白话文既然。古典文学讲格律，而其高处在冲口而出，如“昔我往矣，杨柳依依”（《诗经·小雅·采薇》），“嫋嫋兮秋风，洞庭波兮木叶下”（屈原《九歌·湘夫人》），亦在其接近口语。凡古典文学而能深入人心、流传众口者，皆近于口语，绝无文字障。此与政治同，要在得民心。“宵寐匪祯，札闼宏庥”，这种文字是自取灭亡，如何能存在？太炎先生主张古典，实等于自杀。本身有文字障，等打破文字障已筋疲力尽，何暇顾到内容矣？静安先生论词不赞成用代字，其《人间词话》曰：

意足则不暇代，语妙则不必代。

若说“夜梦不祥，题门大吉”，意太俗，所以才想用代字“宵寐匪祯，札闼宏庥”；若意足，想还想不过来，何暇代？

吴琚“几日不来春便老”、后主“问君能有几多愁”（《虞美人》）、大谢“池塘生春草”（《登池上楼》）与子建“明月照高楼”（《七哀》）等句，真好，多幼稚！叫我们也写得出来，只可惜我们生得太晚。“几日不来春便老，开尽桃花”二句，颇有点儿“意足不暇代，语妙不必代”之意。

“城中桃李愁风雨，春在溪头荠菜花”二句，有点儿绕弯子。此盖稼轩《鹧鸪天》词，好。稼轩是英雄。现在需要有新英雄。英雄是不叫你们走在我前头，你们走在我前头，我便不走了。什么事都是前有车，后有辙，只有文学不讲这个。文学是创造，就算是不得已非跟你走这条路不可，但我走的也不是你的走法了。还是这路，走法不同了。如从北京到天津，都要走这条路，但今人走法与古人不同。稼轩便如此，不模仿别人。春的象征就是花。“渐觉棉裘生暖意，阳春原在风沙里”（余之《蝶恋花》），这不成，这不是普遍的，这是北地的春天。古人没这样说的，古人一说春便是花。这是不走古人的路子，但是失败了。姑不论其本不成为路，即使是路，也是羊肠小路。稼轩则以荠菜花写春，以荠菜花入诗词盖始自稼轩。若谓余之二句为羊肠小路，则辛之二句乃钻牛角矣。

写作顶好用口语，而可惜都被古人抢先了。我们现在只有用现代语言写现代事物。老杜之所以了不起，便在他能用唐代语言写他当时的生活。我们用现代语言并非把文学本质降低，乃是将语言提高。凡一大作家用他当时的语言去创作，同时便把当时的语言提高了。如《史记》引古书往往改古书，盖因古书所用乃古代语言文字，司马迁将之译为汉代语言文字，此足以证明《史记》乃当时白话。而汉朝作者不能都像司马迁：其一，因其不能用汉代语言，如仿骚之作如恶劣假古董；其二，因其无司马迁之天才，虽仍用汉当代语言，但写不出有不朽精神的作品。再如孟子“洚水者，洪水也”（《孟子·滕文公上》），此亦孟子以时言译古文。（而我们后来引用古书与古文，必不可差，这是后来规矩。司马迁连古代语言文字还改成现代语文，当然现在我们写文章时更不能把现代语文改成古文了。）如今日白话文写成功者仅鲁迅一人。不是能用现代语言就好，是要把现代语言提高了才行。屠格涅夫（Turgenev）论普希金（Pushkin）曰：他的修辞并不高于别人，而他有一天才，即是把俄国语言从传统习惯中解放出来，另创一种新的语言。普希金，俄国文学之父，father of Russian language，一方面是解放，一方面是创造。鲁迅先生就是把中国旧的语言文字解放了，许多前人装不进去的东西他装进去了。

总之，我们可以用现代语言创造，而须把现代语言提高。吾人之语言即从旧语言解放后又创造出来的新语言。重要的是《文赋》所说“要辞达而理举”，“无取乎冗长”。

七　创作与文法·之一

前面是分说十种文体，自“其为物也多姿，其为体也屡迁”以后乃合论：

> 其为物也多姿，其为体也屡迁。其会意也尚巧，其遣言也贵妍。暨音声之迭代，若五色之相宣。

“其为物也多姿”，“其”，指文；“姿”，谓姿态。“其为物也”，犹言文之所以为文也。如“今夫云之为物也”或“今夫云之所以为云也”，游行自在，变化无端，若只说“今夫云游行自在，变化无端”则不成了。“其为物也”，白话没法翻，而真好。

“其会意也尚巧，其遣言也贵妍。”凡事贵巧。但那不叫艺术，即便叫，乃工艺品，非艺术品。但艺术也要巧。古人一句说到精彩处，我们不行，我们笨，他巧。“其会意也尚巧”，“会”，通也。懂对了是会意，不懂是不会意，懂错了是错会意。写文要会意，与所写之物会意。如写北平的花，无论写得多么精密，若不会意，只是一篇报告记载。主要要写自己所懂的花的精神。人有时连对自己都不懂，作文只知道写自己范围已太小，但即此已便不高，他不了解自己以外的人、事、物之意，甚至连自己也不知道。不会意去写文，也许很容易，粗枝大叶；等到其会意了，写文就难了。

法国作家福楼拜（Flaubert）曾对莫泊桑（Maupassant）说：一物只许有一形容词。如杨柳桃花，要加一形容词，必须去会意，真懂得柳树桃花精神，“杨柳依依”（《诗经·小雅·采薇》），“桃之夭夭”（《诗经·周南·桃夭》）。这要巧，但不是文字的巧。中国的巧全在文字上，如“此木为柴山山出，因火为烟夕夕多”，这是巧，但文人若走此路便是自杀。中国古典文学之堕落、灭亡，未必不是因走此路。当然字也要巧，但首须意巧才行。如“宵寐匪祯，札闼宏庥”二句，只是字面巧，内容浮浅，即不行。

在未写前是“会意尚巧”，在写时是“遣言贵妍”。“铅黛所以饰容，而倩盼生于淑姿”（刘勰《文心雕龙·情采》），言美人并非不需要铅黛，但天然之美生于淑姿。说到这一点，恐怕还是愈有天才的人，愈会修饰；没有天才的人，修饰也罢，不修饰也罢，我看还是不修饰的好。西子“淡妆浓抹总相宜”（苏轼《饮湖上初晴后雨》），若嫫母则淡抹固不成，浓妆恐怕更可怕。

文论讲用功，吾人虽非上智，也非下愚。当努力发现自己天才。

文艺批评以作品为对象，至于文论，虽亦包有文艺批评，但也论及创作。所谓创作论，包有：起——想，作——文辞，成——篇章。

现在一说文法只指句之构造。余所谓法是广义的，如佛法无不包。法尔如然，一切法皆是佛法，一切法皆是文法。既说一切法是佛法，然则世法也是佛法，要在“二”不同中参出其“一”来。而佛又说，所谓佛法即非佛法。一切法皆是文法，一切文法皆是非法。

佛家讲戒、定、慧。余取其二：由戒生慧。

现在用功所求乃有法之法，如佛之戒：不是非法之法。但若想以文学安身立命，作为终身事业，则要求无法之法，要得到慧（比天才还可宝贵），这才能得大自在。如太史公之写《史记》，屈原之写《离骚》，看似横冲直撞，其实是层次分明。我们要从有法之法得到无法之法，由无法之法看出有法之法。如此虽不能得大自在，而至少可得大受用。

是物就有形式，有形式就有系统，原是无法之法，而写出来便成有法之法了。

元曲中言“千自由，百自在”（张国宾杂剧《薛仁贵衣锦还乡》），有为是“千自由”，无为是“百自在”。这二句很美。人是要追求这个，但现在还没得到。

我们要打破旧的束缚、旧的形式；但旧的才打破，新的便成立了。

我们要得到慧，但须先受戒。

“其为物也多姿，其为体也屡迁”，这是无法之法。而陆氏所要讲的是有法之法。

《文心雕龙·情采》篇曰：

> 立文之道，其理有三：一曰形文，五色是也；二曰声文，五音是也；三曰情文，五性是也。

刘氏天才或不及陆，而功夫真淳。此实即余所谓形、音、义。

陆氏“其会意也尚巧”——义；“其遣言也贵妍”——形；“暨音声之迭代，若五色之相宣”——音。三者比较，形、义尚易看出，最难是声文。（译诗不好念，便因只顾译意而忽略其声。文章要易诵读。鲁迅先生虽反对文章好念，但他的文章好的也是易诵读。只是晚年硬译，有点儿使人头痛。）

刘勰《文心雕龙·声律》又曰：

> ……外听之易，弦以手定；内听之难，声与心纷。可以数术，难以辞逐。凡声有飞沉，响有双叠。双声隔字而每舛，叠韵杂句而必睽。沉则响发而断，飞则声扬不还，并辘轳交往，逆鳞相比。迂其际会，则往蹇来连；其为疾病，亦文家之吃也。
>
> 夫吃文为患，生于好诡；逐新趣异，故喉唇纠纷。将欲解结，务在刚断。左碍而寻右，末滞而讨前。则声转于吻，玲玲如振玉；辞靡于耳，累累如贯珠矣。

在一切文学史上，总是后来说得更较详细。陆在梁沈约前，无四声之说，然非不知也。惟得之于心，不能宣之于口。黄侃（季刚）《札记》曰：“飞为平清，沉为仄浊。”李贺《咏怀二首》“春风吹鬓影”（其一）之“春”“吹”，此所谓“双声隔字而每舛”（在一句中）；陆机“嘉树生朝阳，凝霜封其条”（《拟兰若生春阳》）之

“阳”“霜”，此所谓“叠韵杂句而必睽”（指在二句中）也。“辘轳交往”，由上而下；“逆鳞相比”，由下而上。“吃”，口吃。“往蹇”，指音。“刚断”，不要姑息养奸。

“其会意也尚巧”——情文；

“其遣言也贵妍”——形文；

“暨音声之迭代，若五色之相宣”——声文。

前二者一种一句，独声文用二句：其一因骈文须偶，三条腿不成；其二则陆士衡特别注意声文，故用二句，在字句多寡上分出轻重。若只为骈偶便多写一句，那成什么？固然古典派文学注重形式规矩，但绝非为形式规矩所束缚，还要“游行自在”，如此方能讲骈偶。若不然者，都是削足适履。如古代有一则笑话，说有人写“百韵诗”，中有“舍弟江南殁，家兄塞北亡”句，人或吊之，曰：原无此事。曰：何以写之？曰：不如此不够百韵也。这真是为形式束缚，自找苦吃。陆氏绝不会如此。声文用二句，绝非仅因骈偶关系，乃因其注重声文。因声文向不为人所注意；而没人注意，并非就是在声文上没有表现很完美的作品。

声文盛于六朝，其始最早不过魏晋。在魏晋以前不讲声文，然非在声文上无成就，有很大成就，甚至比魏晋六朝讲声文的成就还大。即以《论语》论之，便了不得，还用不着说《诗经》。《史记》用字是响的，班固引用改一二字，哑了，大概班氏太注意史学实际，以文学论不及司马。上古不讲声韵而成就甚大者，以其作者乃天才，天才只有得之于心，而不能宣之于口，也不能传之其人。某杂记记，一人一说话便是一段很好的文章而不自知，他的出口成章是得之于心，没有想到我这可是要作文章了。如小孩儿会吃，自己以为便该如此，不必教。

叫天才和凡人讲道，真是苦。“予欲无言”（《论语·阳货》），“多言数穷”（《道德经》五章），儒、释、庄，皆有如是之语。天才自己对声文有成就，而未曾意识到这一点。“内听难为聪”（刘勰《文心雕龙·声律》），这一点真没办法。“予欲无言”，“多言数穷”。我们能讲，因为我们是学来的。

以前对文言文写不通觉得生气，现在觉得是应该的了；而白话文也写不通，不是像面条，便似烂砖头，否则也是小狗、小斗[①]之类。

固然我们所讲近于古典派，但修辞学是否要讲呢？就算砌墙垒砖也要有层次。若他说只要一堆便成了，文章一堆便行了，就不用跟他讲了。

现在文学日趋大众化、语体化，那么现在是大众语提高呢还是文学的降低呢？这很是一问题。文学语体化不是语体堕落，是大众语提高。现在有的白话文既非文学，也不是大众语。

文学该是大众语的提高，所以古典文学之美当尽量容纳，无论古今中外，凡文学作品皆须有声文。声调铿锵不是文学独有之，而文学必声调铿锵。未有是文学作品而声调不好的。这一点古人是得之于心，是先天的；我们从古人得来一点启发，学来，是后天的。

“暨音声之迭代，若五色之相宜”，言声之宏纤，如色之浓淡深浅。

> 虽逝止之无常，故崎锜而难便。苟达变而识次，犹开流以纳泉；如失机而后会，恒操末以续颠。谬玄黄之秩叙，故淟涊而不鲜。

“虽逝止之无常”，“逝”，去；“止”，留；
“故崎锜而难便”，“便”，平声，宜也。
“苟达变而相次”，“变”，变化；“次”，次序。
“恒操末以续颠”，“颠”，古巅字。
“谬玄黄之秩叙”，“玄黄”，指色而言，而色乃声之象征。
“故淟涊而不鲜”，“淟涊”，油腻不鲜。

自“虽逝止之无常”至“故淟涊而不鲜”，八句皆承上“声文”——“音声之迭代，若五色之相宜”——而言。但若如此，则情文一句，形文一句，声文十句，轻重失宜。而古人文章前后相合，绝非信口胡言。李善以为此八句兼情文、形文言之，未知孰是。

① 刚学语之小儿往往将“小狗”说作“小斗”，故此以“小狗、小斗”谓语言表述之幼稚。

八　创作与文法·之二

或仰逼于先条，或俯侵于后章。或辞害而理比，或言顺而义妨。离之则双美，合之则两伤。考殿最于锱铢，定去留于毫芒。苟铨衡之所裁，固应绳其必当。

或文繁理富，而意不指适。极无两致，尽不可益。立片言而居要，乃一篇之警策。虽众辞之有条，必待兹而效绩。亮功多而累寡，故取足而不易。

看现在的文章有时能把我们思想搅乱了，脑子搅昏了，东一句，西一句，如“蒸发着春天气息，象征着春天色彩”。

古人句子多不足以表现今人事物。如“苦水自记语录”[①]之一曰：

没有理想的生活是枯燥的（牛马），没有实际的生活是空虚的（幽灵）。

这是今人事物，不易用古人句子表现。

日人鹤见祐辅云：思想是小鸟似的东西（《思想·山水·人物》）。思想如小鸟，一飞即逝，其言有时对，有时不对。凡譬喻的话，倒有百分之百是靠不住的，似即似，是则非是。说思想是小鸟似的，而思想绝非小鸟，小鸟飞去一去不返，因它与我们无关。但若是喂“家”了的，则去后仍可飞回，“尽日觅不得，有时还自来”（贯休《咏吟》）。但作诗要做到这地步，真是无罪杠枷。有人说这哪里是觅句诗，不是找猫吗？小鸟压根儿不是我们身上东西，而思想是我们脑中产生的，有时或者忘了，但是会“重现”的。所以，思想并不

① 此语录不存。

如小鸟之一去不归。

东坡言“兔起鹘落，稍纵则逝”（《文与可画筼筜谷偃竹记》），俊极了。俊必与健相连，否则只是漂亮，站不住。苍鹰侧翅，真俊。我们写文、做事能做到达地步，自己也高兴，别人看着也痛快。

苏东坡与鹤见祐辅所说非一物，鹤氏所说乃思想，苏氏所说乃灵感（创作的兴会）。在吾人习作期中，在创作前也许有一点儿灵感，写起来不见得兴会淋漓。所以兴会与灵感又似不同。吾人不愁没有创作前的灵感，难得写起来兴会淋漓。如瓶泄水还不成，这还有完，该用《文赋》“犹开流以纳泉”。一个大作家在创作时盖永远是如此，十八皆然。

鲁迅先生自谓写文如挤牛奶，这不是客气，是甘苦有得之言。有时也有兴会淋漓处，惟不多见耳。金批《西厢》笔尖如不着纸，这算好吗？

所谓性灵、空灵，那不成。鲁迅先生写阿Q偷萝卜一章，真好。鲁迅先生盖也有sentimentalist（伤感主义者，感情用事者），如其《故乡》，几乎他一伤感，一愤慨，文章便写好了。对于写考据，有条理，排比也写得好，但那不是创作。在创作上是一伤感、一愤慨便写得好。读《中国小说史略》便觉得累，替他使劲。

在创作上灵感是一过去便不行了。如写诗，当时未完成，后补，前后绝不一致。如补衣服，纵使我的材料好，也不成。诗还好办，尤其大篇文章，把原稿丢了那才苦呢。如考试作答案，因为当时兴会与灵感全没了，如同使幼儿讲应景谈话，真是戕贼性灵。讲演要存兴会，而小孩子是背书。演员在台上演戏，台词有错固然不成，没错还不是戏，演戏必从心中出来，不是背词。

思想与情绪不同。所谓灵感、兴会皆是与情绪有关。而情绪是来不可遏，去不可止。思想则不然，思想生根、生枝、长叶，跑？上哪儿跑？觉得它跑了，它潜伏着呢！如上所述之自记语录，记也罢，不记也罢，他跑不了，记之以待将来之印证或修正。牛马套上就拉是真实际，但没有理想，太枯燥，没有诗。而没有实际的生活是空虚的。（虚幻、空虚，或以为有外表无内容，该说虚幻根本不存在。）

写文、创作、修养，亦然。

抓不住实际生活，这样作品是虚幻的，没实在东西，也就没有力量；或在若有若无之间，也有一点儿美，但绝非具体东西，那是幽灵。

> 淡月偏宜白海棠，朝霞相称紫丁香。

余积习未去，一出便是这样句子，自己非常讨厌。这就是没有实际东西，虽有许多名词：月、霞、花，但这里没有人事。我们要抓住人事这一点，当时创作便有可观。

中国以前文学创作总是把人站在第二位，自然站第一位，我们现在要把它调一过，人第一，自然第二。但此点又须注意，不可变为狭义的个人主义。我们该走向客观一方。（中国文人一写便是自己的伤感愤慨，鲁迅初期作品也未能免此，幸尚有思想撑着，故还不觉空洞。我们既无鲁迅那样深刻思想，不能学他。）老杜的“此身饮罢无归处，独立苍茫自咏诗”（《乐游园歌》），尽管你写得大，你是巨人，但不也就你自己吗？这一点太史公了不起，《左传》亦然，不要看他写个人时，他一写群众便写得好，写一场大战，一点儿不乱，是整个东西。客观的但并非上账式记载，里面还要有诗味，有理想。用客观写实，而要诗化了、理想化了。

《颜氏家训·文章第九》云：

> 凡为文章，犹人乘骐骥。虽有逸气，当以衔勒制之，勿使流乱轨躅，放意填坑岸也。

> 沈隐侯曰：“文章当从三易：易见事，一也；易识字，二也；易读诵，三也。”

> 自子游、子夏、荀况、孟轲、枚乘、贾谊、苏武、张衡、左思之俦，有盛名而免过患者，时复闻之，但其损败居多耳。每尝思之，原其所积，文章之体，标举兴会，发引性

灵，使人矜伐。故忽于持操，果于进取。今世文士，此患弥切。一事惬当，一句清巧，神厉九霄，志凌千载，自吟自赏，不觉更有旁人。加以沙砾所伤，惨于矛戟，讽刺之祸，速乎风尘。深宜防虑，以保元吉。（元吉：吉之首也。）

有人说若写文章能给自己孩子看就成了。给人家看的也不见得都是真的，若勉强去找，在字里行间还可看出一点儿真来。但若写给孩子看，尤其在我国，简直一点儿真也没有了。不但写文章，即说话也如此，总是拉长了脸。

颜氏不是文人。文人有两种习气：其一是写得漂亮，美，如《文心雕龙》；其二是文人多是自我中心。（没有一个哲学家或文人不是自我中心的，但我们要看他隔缘到如何程度。人说若叫李太白做皇帝，也是亡国之君；若叫李后主做学士，也是风流才子。就因为他们都太绝缘。）而颜氏，（一）文字老实，（二）留心世事。真给他起不上名来，他不是文人，也不是思想家，虽然每篇文章都代表人的思想，但不见得都是思想家。《颜氏家训》有他的思想。

我们从历史上看，可以把思想分为两派。一是六朝一派，老庄之学。老庄实在有他的东西，而自魏晋以后，讲老庄哲学者成为清谈、废物，此责任老庄不负。又一种是道德仁义圣贤，正心修身，讲的那个自己也干不了。这是儒家流弊，但儒家也不负此责任。礼教、风雅，这两种，人都没有说。一般在水平线上的人，想想该怎么活法，现在我们说一些易知易行的。

文人总是毁败居多，此有两方面：一是把身体性命玩儿掉了，一是把品格丧失了——文人无行。“忽于持操，果于进取”，此文人之所以多无行也。

“知者不言，言者不知。”（《道德经》五十六章）

中国后世文章，只知往横里去，不知往竖里去。横的是联想，竖的是思想。

中国诗词对句有联想而无思想。如“记得绿罗裙，处处怜芳草”（牛希济《生查子》），如“云想衣裳花想容”（李白《清平调》），“朝如青丝暮成雪”（李白《将进酒》）。

甲 ——→	乙
绿裙	芳草
白发	秋霜

联想是干连，思想是发生。联想如兄之于弟，甲——→乙；思想如子之于父，甲——↑乙（甲在下，乙在上）。

中国对句完全是联想，不是思想；是干连，不是发生。中国诗最诗味，也许就因为联想多、对句多。如《镜花缘》中由“云中雁”想到“水底鱼”（第二十三回），是联想，平行的。老杜“穿花蛱蝶深深见，点水蜻蜓款款飞”（《曲江二首》其二）二句，是平行的，无论引多长，二者绝不相交，亦犹云中雁之与水底鱼。“浮世本来多聚散，红蕖何事亦离披”（李义山《七月二十九日崇让宅宴作》），这两句是竖的，是散文的，是发生的，是父子的。

因为中国文字整齐，有平仄，有格律，且联想发达，结果便把中国文字给毁了。如：

> 木已半枯休纵斧，果然一点不相干。

再发展便成为“神仙对”，又叫“瞎子对”，如“春眠不觉晓”拆开成单字分别对，先出“晓”对“晨”，次出“春”对“夏”，又出“眠”对“觉”，再出“不”对“非”，最后出“觉”对“醒”，这都是横着发展。结果顺过来“春眠不觉晓”对“夏觉非醒晨”，不是话了。此种对仗只是玩字，不能“动”。“好玩”二字不好，凡好玩之物多巧，而其中无生命。古器之可贵在于从其中可看出古人精神，厚重、雍穆、和平。真伪之差别如生死之间相隔一秒，一秒前后有何不同？一秒之前尚有生，一秒之后即无生命。仿古作品虽似古而无生命，不成。玩字、玩物或可不灭，而绝不能不“断”。玩字者如解缙，以“容易”对“色难”，太巧。而弄文学的又不能不有这一手，惟不可以此为满足。如老杜“乱云低薄暮，急雪舞回风”（《对雪》），对得好，且其中有东西，有劲，即其“炉存火似红”（同上），亦好，有力，亦有其精神。

诗中对仗，文中骈偶，皆是干连，而非发生，所以中国多联想而少思想。后来骈文内容多空洞；四六与骈体不同，四六简直是魔道。

中国文字只能表现联想的情感，不能表现发生的思想，但如《文赋》《家训》，不是用骈文也能表现思想吗？（《颜氏家训》是思想，虽也对句，但联想中有思想在。）只是后来文人堕落了。然虽非思想，但他们还能用联想创造出一些美的事物，如杜诗“穿花蛱蝶深深见，点水蜻蜓款款飞”。到了后之低能遂成“无情对”，而中国文人遂几至不会思想了，不是清谈，就是礼教。

不但律诗，一切东西自唐以后便毁了，大概是叫唐人四六给害了。又如唐之科举试帖，亦害人不浅。好的还有点儿联想，不好的连联想也没有。鲁迅先生白话文有旧气息，现在青年应用自己话写白话文，而还没有一个写好了的。

文字原是一种工具。中国文字似乎只便于写联想，而不宜于写思想。中国译经是受印度文影响，只好那样写，故另成一体，看惯中国古文看佛经别扭。还有就是联想，文章跳过一两句不懂，没关系；至于思想，则非全篇明白不可。联想浮浅。

中国文第一次受外国文影响是译经，再就是欧化。“俄国的盲诗人爱罗先珂君带了他那六弦琴到北京之后不多久，便向我诉苦说‘寂寞呀，寂寞呀，在沙漠上似的寂寞呀！’”（鲁迅《呐喊·鸭的喜剧》）这是一句，不如此表现不出其曲折之思想感情。现在青年人本来思想很简单浮浅，而非绕弯子，这是何苦？鲁迅先生是先有古典文学基础，后来受西洋文学洗礼，所以写出那样看着很啰唆其实很简洁、看着很曲折其实很冲的作品。现在一般青年，对古典文学既无根基，对西洋文学也不了解，美其名曰欧化，其实糊涂化。盲诗人何必非带着他那六弦琴呢？而不带不成，非带着不可，把他的诗味全写出来了。他是有感觉有感情的诗人，而到了北京怎么不立刻说？因为他是外国人；怎么不许久说？因为他是诗人。一句一句往下顶，如骨牌“顶牛”。

中国文字写不好是堆砌，现在有的连堆砌也不是。堆砌，如假山，究竟还连到一起，不是东西，还是个玩意儿。而现在有的是和稀泥，或连和稀泥也不够。

文章的联想如以图示：· ·，这是联想，这不好。⁝⁝⁝⁝，这是联想，还不是好联想；⁝⁝⁝，这还好一点儿。中国文字能不能保存着旧的横的联想的文字美（如此可使文字整齐，音节调和），而加上竖的思想？

我们要保有古典文字，装入新的内容。

九　创作与文法·之三

> 或苕发颖竖，离众绝致。形不可逐，响难为系。块孤立而特峙，非常音之所纬。心牢落而无偶，意徘徊而不能揥。石韫玉而山辉，水怀珠而川媚。彼榛楛之勿翦，亦蒙荣于集翠。缀《下里》于《白雪》，吾亦济夫所伟。

“或苕发颖竖，离众绝致”，“颖”，禾穗之芒，《史记·平原君列传》：若锥处囊中，脱颖而出。“离众”，谓出群。“绝致”，犹言非复寻常，“致”，情态、形态。“苕发”“颖竖”“离众”“绝致”，此八字四辞一义，重言以加重，如干宝《晋纪总论》所用“凌迈超越”四字一义，重言以加重，如此语气方够。

“心牢落而无偶，意徘徊而不能揥”，“牢落”，冷落，一声之转。某前辈写新荷初放时之声如幼儿气球之破，词曰“有声有色更多情”。写得不好，其实可以不写，而又放不下，此即“心牢落而无偶，意徘徊而不能揥”。

“彼榛楛之勿翦，亦蒙荣于集翠”，“榛楛”，恶木；“翦”，伐也，剪乃俗字；“蒙荣”，谓光；“翠”，翠鸟也，即翡翠；集，群鸟在木上。二句是在说，意思不能全好，词句不能全好，只要有点儿特殊就行了。

其前一节云：

> 或藻思绮合，清丽千眠。炳若缛绣，凄若繁弦。必所拟之不殊，乃闇合乎曩篇。虽杼轴于予怀，怵他人之我先。苟伤廉而愆义，亦虽爱而必捐。

“或藻思绮合”一节，所言为避熟。此一节自“或苕发颖竖，离众绝致”至“彼榛楛之勿翦，亦蒙荣于集翠”，所言为出奇。

或托言于短韵，对穷迹而孤兴。俯寂寞而无友，仰寥廓而莫承。譬偏弦之独张，含清唱而靡应。或寄辞于瘁音，徒靡言而弗华。混妍蚩而成体，累良质而为瑕。象下管之偏疾，故虽应而不和。或遗理以存异，徒寻虚以逐微。言寡情而鲜爱，辞浮漂而不归。犹弦么而徽急，故虽和而不悲。或奔放以谐合，务嘈囋而妖冶。徒悦目而偶俗，故高声而曲下。寤《防露》与《桑间》，又虽悲而不雅。或清虚以婉约，每除烦而去滥。阙大羹之遗味，同朱弦之清氾。虽一唱而三叹，固既雅而不艳。

一应，二和，三悲，四雅，五艳——文章之美。

“譬偏弦之独张，含清唱而靡应”，“应”，相助，同声相应之应，“靡应”即是单调。此前一段言坏的被好的带好了，以下言好的被坏的带坏了。

“恍兮惚兮，其中有物；窈兮冥兮，其中有精”（《道德经》廿一章），凡事皆有道。写思想精微处、感情微妙处，有时文字真不够。文字先不要说多所限制（外），而且是多所顾及（内）。为文大患，尚不在前者，而在后者。然即使外无限制，内无顾忌，至微妙处也仍是说不出。语言视文字为“粗”，文字视意境为“粗”。添字注经，加上废话才能了解，那么你所了解仍是废话，不是文章本身。但若因此废话，对此文发生爱好了，这些废话可以不要。要懂了他的文章，忘了我的废话才成。常人都是懒，宁肯听别人去说，而不肯自己去看。

做学问寻捷径，便非大路，虽省事不会成功，不是欺人是自欺。凡取巧的都是吃亏的。六朝人所说“谈言微中”，大概六朝人最会说话，但说也只能说给他那一圈儿内的人听。上一段陆士衡所写即意境不能表现之精彩，说不可说之境界，难怪他写得那么吃力，也难怪我讲得这么糟糕。

说到这点，文学也是无聊之聊。猪八戒啃砂锅片儿，他自己不难受，难受的是别人。浮浅的人是幸福的。深刻一点儿的人不但对人少所许可，连自己也少所许可，偶尔写得满意一点儿了，别人不懂了。即使不管别人懂不懂，连自己也无法表示，这时真是"心牢落而无偶，意徘徊而不能揥"。上至最高，谁能跟上？那么便不用上了？但是不能"意"，不能"揥"，这是文人最大悲哀。经验愈丰富、感觉愈亲切，也愈说不出来。"含清唱而靡应"，晚明小品便如此。

"虽应而不和"，虽不单调也不调和。"和"，得宜，不是和稀泥，不是混乱，是各得其宜。得宜，色浓淡深浅，声长短高下，味酸甜苦辣。单调就不用"和"。

"或遗理以存异，徒寻虚以逐微。言寡情而鲜爱，辞浮漂而不归。"

有的东西或能给人一时刺激，不能使人永久爱好，托尔斯泰（Tolstoy）批评契诃夫与安德烈耶夫（Andreev），契诃夫专写日常生活，安德烈耶夫好写特殊人物、事件、心理，托氏说安德烈耶夫叫我们怕，可是我们不怕；契诃夫不叫我们怕，我们怕了。如《聊斋》所写恋爱故事及《红楼梦》所写恋爱故事，还是《红楼梦》好。不写日常生活，单找特殊情事，便是"遗理以存异""寡情而鲜爱"，所写内容浮漂不起所写文辞。有这些，结果必是"辞浮漂而不归"。

"犹弦么而徽急，故虽和而不悲"，"么"，细小；"徽"，辞。"悲"，若非为凑韵，可太好了，深刻之意。往古来今没有比悲剧更深刻更真实的了，至于怎样表现悲是另一问题。寻常所谓悲观厌世，不是真的悲，是浮浅、伤感。陶渊明不是悲观的人，他才是最悲的。浮浅的人易满足也易失望，但过去便完。陶渊明常想到死，不过在死之前不得不活着。

"或奔放以谐合，务嘈囋而妖冶"，声"嘈囋"，似好听实刺耳；色"妖冶"，似好看实刺目。

"徒悦目而偶俗，固高声而曲下"，"声"、"曲"分举，意义不同。

"寤《防露》与《桑间》，又虽悲而不雅"，"寤"，即悟字；"防露"，调名；"雅"，正。平常说风雅、儒雅，但此地似该是

“雅正”之雅，讲“悲”为深，讲“雅”为正（有点儿头巾气、宗教气）。“虽悲而不雅”，虽悲能动人，而不雅不正。

“阙大羹之遗味，同朱弦之清氾”，“大羹”，真正高汤；“清氾”，像不雅，其实是好的。

“虽一唱而三叹，固既雅而不艳。”“艳”，美。这么平常的俗字，此处应赋予一新意义。除非不成东西，既成作品，便有其美、艳（格或在美之上）。美不是外表词句、风花雪月的美，那美是修饰，是假的。古人美是从内心透出来的，后之雅人都是但在外表。“既雅而不艳”，什么是美呀？美，我一眼看见了，是我的，我永远离不开它；不是我的，我永远放不下。这不是外表，是整个的，从肉体到精神，从内容到外表。

“大音希声”（《道德经》四十一章），“大音”，名贵之乐；“希声”，简单。西洋则贵在复杂。西洋讲复音，中国讲远韵，而远韵之病常易流于空泛。与其雅而空虚，还不如俗一点儿、真一点儿好。

十　创作总说

若夫丰约之裁，俯仰之形，因宜适变，曲有微情。或言拙而喻巧，或理朴而辞轻。或袭故而弥新，或沿浊而更清。或览之而必察，或研之而后精。譬犹舞者赴节以投袂，歌者应弦而遣声。是盖轮扁所不得言，故亦非华说之所能精。

“曲有微情”，“曲”，委屈详尽；“曲有”，无所不有。“情”在写之前，为创作的动机；写出后，为作品的内容。

“或言拙而喻巧”，庄、孟二子，此等处最多，非真拙，盖因其理过精深，故文字不免晦涩，故须喻巧。深人无浅语，就好像笨，实非笨，是我们太浮浅。

“或理朴而辞轻”，可用胡适之先生论文深入浅出之言为注。于此不愿以宋儒语录为代表，宋儒语录模仿禅宗语录。禅宗有几位大师语录很好。不读，我们也能成很好文章；若读之，欲能得为文之助，相当费劲。如：

那树上自生的木杓，你也须自去作个转变始得。（《宛陵录》黄檗希运语）

又如：

问他自家屋里事，十个倒有五双不知。（《大慧语录》大慧宗杲禅师语）

——只会说长道短，对别人了如指掌，洞若观火。此语真是理朴辞轻，宋人语录便没这劲。

“或袭故而弥新”，这真难，只有鲁迅先生偶尔有之。

“或沿浊而更清”，难以举例。《红楼梦》中头等阶级人不算，其二、三等使女言语中往往有之，如春燕说“我又没烧胡了洗脸水”（第五十九回）。

“或览之而必察，或研之而后精”，二句是就读者言。

“譬犹舞者赴节以投袂，歌者应弦而遣声”。“赴”，五臣注作“趁”；“节”，旧戏里所说家伙眼儿。

“赴节以投袂”，很难到此地步，而文学创作非到此不可，不作到如此，都是无罪扛枷，都不能如丘吉尔（Churchill）所说使创作成为娱乐；如此地步，方能知法守法，神明于法。即佛家所谓戒、定、慧，到慧才皆大欢喜，大自在，到此功行圆满。鲁迅有时自己别扭自己，此亦他伟大处之一。他自己说写文章如挤牛奶，但有时真得大自在，如写阿Q偷萝卜。“八家”中韩、柳很少到此境界；反之，欧阳、大苏倒往往有此境界。欧浮浅，如《醉翁亭记》，有什么可取？若有一点儿可取，便是“赴节以投袂”。如此之文，不可无一，不可有二，只是内容太空。余自谓读文颇得力于欧阳修，欧文确有其好处，但不愿同学读，恐成守株待兔、刻舟求剑。东坡尺牍、笔记亦往往有此境界。

“是盖轮扁所不得言”——陆氏此文此一节，盖亦到此境界。

> 普辞条与文律，良余膺之所服。练世情之常尤，识前修之所淑。虽濬发于巧心，或受欰于拙目。彼琼敷与玉藻，若中原之有菽。同橐籥之罔穷，与天地乎并育。虽纷蔼于此世，嗟不盈于予掬。患挈瓶之屡空，病昌言之难属。故踸踔于短垣，放庸音以足曲。恒遗恨以终篇，岂怀盈而自足。惧蒙尘于叩缶，顾取笑乎鸣玉。

“普辞条于文律”，“普”，总也；“文律”，文字、声音、修辞、文体、文章美。

“识前修之所淑”，“前修”，以前作家。

"或受欰于拙目"，"欰"，五臣作"嗤"，笑也。

我们读书、作文、做人，不可不知惭愧，但还得自信。自信，不是自是（自是，不对也觉得对）；知惭愧，不是气馁。"受欰于拙目"，难道因别人笑就不这么做了？非有自信不可。何以能自信？因我"识前修之所淑"。

"彼琼敷与玉藻，若中原之有菽"，"琼敷"、"玉藻"，好的材料。愈用而愈出，举手投足、耳闻目见，皆可入文章，都是好材料。空泛地生活，自然不知其味，如猪八戒吞人参果。

"病昌言之难属"，"昌言"，犹言佳言、美辞；"属"，连也。

"故踸踔于短垣"，"踸踔"，踯躅、踌蹰、踟蹰。

"惧蒙尘于叩缶，顾取笑乎鸣玉"，"叩缶"之音"取笑乎鸣玉"。

渴不饮盗泉水，热不息恶木阴。

恶木岂无阴，壮士多苦心。（陆士衡《猛虎行》）

陆乃抒情诗人，而诗不甚佳，余幼时即喜此四句，后读过他全集，但仍只喜此四句。陆氏不论写什么，总是抒情的情调，但怪的是他写不到诗里去，反能写到文里来。他有抒情诗人天才，但写诗时总不能运转自如，他的诗情都用到文里去了。如此可知他写《文赋》中间一段是多么苦痛，因中间一段写文体修辞，都是客观的，抒情诗人都是主观的，写客观不易。创作经验是主观的，所以使上本事了。说时内容固然到家，而文章美也表现得好（这不论古今中外，白话文也如此）。陆氏文甚至比诗还抒情诗味。

若夫应感之会，通塞之纪。来不可遏，去不可止。藏若景灭，行犹响起。方天机之骏利，夫何纷而不理。思风发于胸臆，言泉流于唇齿。纷葳蕤以馺遝，惟豪素之所拟。文徽徽以溢目，音泠泠而盈耳。及其六情底滞，志往神留。兀若枯木，豁若涸流。揽营魂以探赜，顿精爽于自求。理翳翳而愈伏，思乙乙其若抽。是以或竭情而多悔，或率意而寡尤。虽兹物之在我，非余力之所戮。故时抚空怀而自惋，吾未识夫开塞之所由。

“若夫应感之会”，“会”，名词，机会也。“感”——内，感非偶然；刺激——外；“应感”——内外会。

“通塞之纪”，“通”，灵感来；“塞”，灵感不来；“纪”，纲纪（名词），条理、路子。

“藏若景灭”，“景”，古影字。

“方天机之骏利”，“骏利”，快。

“思风发于胸臆，言泉流于唇齿”，“思”如“风发”，“言”如“泉流”，真是福人之受。

“纷葳蕤以馺遝”，“馺遝”，众多。“纷”之一字形容“葳蕤”“馺遝”二辞。

“惟豪素之所拟”，“毫”，笔；“素”，纸，还不仅是纸，白绢叫绢素。

“思风发于胸臆”是写前；“言泉流于唇齿”是写时；“文徽徽以溢目，音泠泠而盈耳”是成文以后。

“及其六情底滞，志往神留。兀若枯木，豁若涸流”，写灵感若不来。“志往神留”，这苦痛真难，“志往”是苦想；怎么想也想不出来，是“神留”。

“揽营魂以探赜，顿精爽于自求”，“揽”，是集中，原为采取，引申作集中解。“营魂”，犹言心魂；“探”，探求追索；“赜”，深；“顿”，蓄。

“是以或竭情而多悔，或率意而寡尤”，是把灵感来与不来二者总写。“竭情多悔”，灵感不来时，“竭情”，费尽心力；“多悔”，自不满意。灵感来时，“率意”，随意写；“寡尤”，没错处。

“虽兹物之在我，非余力之所戮”，“兹物”，盖指文。

“吾未识夫开塞之所由”，灵感怎么来、怎么不来，陆士衡没说。

苏联某作家说灵感是精力的富裕。对此语，当用禅家语录："虽然尽力道，只道得一半。"（杨岐方会禅师语）陆士衡全归之于玄，人一点儿把握也没有，太玄。苏作家所说实在，但只说了一半，余又于"精力富裕"上加心情之暇豫，庶近之矣。不仅写风花雪月，就是写慷慨激昂，也要有暇豫。写枪林弹雨、炮火连天，也要心情暇豫。《西线无战事》写老士兵都麻木了，而心是安闲的。此一方面修养，一方面锻炼，从今下手，未为晚也。

知难不畏难。初生犊儿不怕虎，固不成；长出犄角反怕狼，也不成。写两日灵感不来不学了，固不成；乱想乱来、油腔滑调，更糟。要知难不畏难。

"吾未识夫开塞之所由"，调子实已定了，但调子太陡。《水浒传》"野猪林"末尾写鲁智深倒拖着禅杖走了，金圣叹批："如一座怪峰，劈插而起，及其尽也，迤逦而渐弛矣。"（金圣叹批本《水浒传》第八回）此所说文势也。提高是文势，渐弛也是文势。陡处停顿也有，但太险，写不好就糟；"迤逦渐弛"较保险。

> 伊兹文之为用，固众理之所因。恢万里而无阂，通亿载而为津。俯贻则于来叶，仰观象乎古人。济文武于将坠，宣风声于不泯。涂无远而不弥，理无微而弗纶。配霑润于云雨，象变化乎鬼神。被金石而德广，流管弦而日新。

"伊兹文之为用，固众理之所因"，"因"，依也，一切哲理皆假文以传。

"恢万里而无阂，通亿载而为津"，超空间，超时间。

"配霑润于云雨"是夸大，但还是好，是抒情诗。就作者是"象变化乎鬼神"，对人是"配霑润于云雨"。

"被金石而德广"——形；"流管弦而日新"——声。形——不灭，声——不绝。

十一　创作与欣赏

创作、批评、欣赏。

今讲《文赋》意在此三者，而所重在创作与欣赏。此较之批评更玄。玄并不一定是高深、玄秘（佛家名词，“玄”下不要“妙”，“秘”上不要“神”）。

今单讲这个创作与欣赏。

对文学作品，人若能欣赏，是跳出来了；文学若真能把人抓住，人只剩下跟它跑，便无暇批评了。创作的路是从何走上去的？绝不会是从批评，而是从欣赏引起创作的兴趣，从欣赏走上创作的路子。

“丑极”“使人不可暂注目”（金圣叹批本《西厢记》），坏的东西刺耳、刺目、刺心。金圣叹嘴损。不是他嘴损，是我们嘴太笨，是我们观察不到。所以既曰欣赏，必是“爱好”。

创作←——欣赏←——爱好

“爱好”两字，真美，真是幸福。“爱好”是一件最美的“东西”（太具体），一件最美的“事情”（爱好非动作），爱好是最美的观念。每人都该有其爱好，一个人活着必有所爱好，始不致上吊、跳井、自杀；假如一旦在世上失掉爱好，就失掉生活的勇气、兴趣了。“未知生之可乐，焉知死之可悲”，在不高明的书中有此两句高明的话。生之所以可乐，便因有所爱好，其对象不外人、事、物。外国有个故事：一个活不下去的人居然因了一条狗而活下去了。狗值不得爱，而她居然爱了，难道她就为这狗而活着吗？不然，不然。她活着，是因为她心中有活着的动机（源泉）。既有爱好的源泉，便要有对象、有寄托；爱好的源泉尚未枯竭，而又苦于不得对象，于是寄之于狗。一个瞎女孩儿，一生未结婚，老年好养猫，此亦因她爱的源泉未枯竭，须有所寄托。

生命只有一个，人到死回肠百转。“慷慨捐生易，从容就义难”，此指死节。自杀亦然。日人有岛武郎，当他与爱人自杀去时，走在路上仍从容谈笑。此非不可能，但很难。人多所留恋，不是怕死。假如生命和钱财一样，花完还可再来还好，但生命只有一个。人到东西只剩一个时，没有一人不是吝啬的。浪子一掷百万，但到只剩一钱时反而吝惜。生命就是一个人一去而不返，人对死不是怕，是对生爱之至。人对生命的爱成为本能了，这不好。人之所以为万物之灵，便因在本能之外还有他的理智。动植物爱惜生命只是本能，现在人也如此了。我们对生命吝惜（好意），不仅是出于本能，还要想到保留此生命要做点儿什么，这需要理智。对生命的留恋生于爱好，故爱好对人生增加不少的勇气和兴趣，给我们的生活增加不少幸福。

一个没有爱好的人，是人世间最没福的人。但我们既有爱好，必有所求。苦求而不得，岂非痛苦？但余以为“爱⟶求⟶不得”之苦，比那“无爱——无求——无失”之苦还小，前者较后者幸福，后者痛苦更大。一个人能做到无爱、无求、无失，叫他圣人、仙人、佛，但总之不是人。而今天所要讲是怎样做一个人。人宁可爱而不得，也要有所爱、有所求，绝不可无爱、无求。既要做一个人，到了无爱、无求、无失，这样怎么活呀！人有所爱好，不但增加人勇气，而且是福气。人在有所爱、有所求时，是最向上、最向前的，其中一方面是专一。在有所爱、有所求时，心最专一（精诚），由精诚生出伟大。人有所爱、有所求，是自然如此。别的都可不要，都可牺牲，什么都忘了，一忘便是最大舒服，而其来源皆生于进取之心。还有，人在有所爱时，他的生命力最旺盛，精神最活泼，而且这时人是最美的一个人。

对别的人、事、物是爱好，对文学便成为欣赏。小时候看东西并不懂而记住了，现在一熟习，好像有意义。

龚自珍诗句有“但开风气不为师”（《己亥杂诗》）。龚自珍诗江湖气，但此句尚好。假如因余所讲的几句话，能对文学发生兴趣，不厌恶而爱好，此便为余最大满足。因为要“开风气”，所以用种种方法，虽有时跑到文学外边去，但身在曹营、心存汉意，跑到外边去，得的经验多、观察细，对作文、创作、欣赏有帮助。孔门说“闻一以知十”（《论语·公冶长》），我们至少也要闻一知二。颜回固然难得，而究竟也还有孔子那么一个老师，他所讲的包罗万象。若他所说的只是九——也能闻一知十吗？至少夫子所讲也是十，方可“知十”，否则所知恐怕只千百分之一。

余说“但开风气”，要精光四射，胸包万有。若自己所说连“一”都不够，怎能让人知？怎能让人学？

文学要与生活打成一片，有什么生活写什么文章。老杜诗沉着，可见其人做人实在；作品浮浅，其人便可知是饭桶；鲁迅文章头紧脚紧，可见其认真、要好。现在有的文章散松没劲，可见其心散。

文学最能表现作者，文学最能代表人格。所以余常拿人生讲文学。鲁迅先生是文人，也是战士。余之文人本质不够，文人气息很重，但战士一丝一毫做不到。这不但是意志问题，亦与体力有关。

思想不发表、不说、不写、不整理，永远只是个概念，不精密、不具体。荷兰作家望·葛覃（Van Eeden）长篇童话《小约翰》（鲁迅译）写一号码博士，将一切自然界的奥秘化约为符号，化约为数字。现在我们不是号码也等于号码，不是主义，便是派别，亦犹昔日洛蜀之争（北宋）、朱陆异同（南宋）。现在不说门户之争，文学上什么都没有呢，金字招牌挂出去了，口号喊出去了。拿点儿东西我们看看，有货最不过三等品，甚至根本没有货。没这个力量，仅此“胆气”，也不能作此种妄想。

《学衡》（继《新青年》出的杂志）攻击新文学，文用文言，有“乌托之邦”“宁古之塔”“英吉之利”等语。“衡”，衡谁呀！只衡出自己无知。但有一样可佩服，就是这样文也敢发表。

所谓言中之物、物外之言，现在言中之物除去意义、派别，没别的东西；物外之言根本不知道，没人懂得。沦陷区中不景气是应该的，但在抗战区的该好呀，其实也就那样！作诗也如同写文章，现在作诗好像只要把主义、派别填进去，乱七八糟，这叫文章吗？

《诗品》《文赋》《文心雕龙》《典论·论文》《史通》，你读它，言中之物需要了解（了解是自己的事，不用先生讲），物外之言需要欣赏。再看他文章，哪一个不是创作？

现在连说明、报告都不是，还叫文章吗？现在大概还是只许说“今天天气哈哈哈”“您没搬家”，不能说点儿真格的？！

《文选》选讲

课前闲叙

之一

现在抗战胜利了，人们“举欣欣然有喜色”（《孟子·梁惠王下》），然须记“生于忧患，死于安乐”（《孟子·告子下》）。

北平沦陷时期的一九四一年，余印行词集——《霰集词》（“霰集”与“羡季”谐音，“苦水”是“顾随”之谐音）。《诗经》有句云：

> 相彼雨雪，先集维霰。（《小雅·鸳鸯》）（“相”，或当是“视”字。）

《易经》有句“履雪，坚冰至”（《坤》）与《诗经》二句意同。余当日因汉口被日军占领，惧有他变，因名词集曰“霰集”，意即取毛诗也。

集中有《临江仙》词云：

> 千古六朝文物，大江日夜东流。秣陵城畔又深秋。云迷高下树，雨打去来舟。

“云迷高下树”，无光明；“雨打去来舟”，落花流水。此南京被日军侵占后之作。又有《江神子》词云：

> 渡过湘江行更远，千里路，万重山。

此亦是感慨之词。集中《灼灼花》有句：

纵相逢已是鬓星星，莫相逢无计。

此余最得意之语。此二句前有“南望中原，青山一发，江湖满地”三短句，乃是借思念南下之友，自叙故土收复无望之慨。《临江仙》之“伊人知好在，留命待沧桑”，同是渴望收复失地之意。而《虞美人》中“飞花飞絮扑楼台，又是一年春尽未归来”，亦是对收复沦陷区失地的渴望。余之词，抗战以来，希图国家好，中国打回来，收复沦陷区，但几乎绝望，且恐己年之不待。

陆放翁之《示儿》云：

死去元知万事空，但悲不见九州同。
王师北定中原日，家祭无忘告乃翁。

此是放翁好诗中之一首，写得真悲哀！（余近日有《病中口占四绝句》，第二首有“病骨支床敌秋雨，先生亲见九州同”句。）此诗个个字皆响。“所”，或作“但”，响。“九州”，中国代名词。

陆游死时年八十馀，是诗人中最长寿者（中国诗人不是自杀便是被杀，很少活长的），六十年万首诗。陆游不但写诗，且写文，做官，做事，可见其精力充足至极。

豪气，少年人皆有豪气。但只恃豪气不可靠，精力可恃，豪气不可恃。放翁诗有豪气，然此首诗不以豪气论，乃精力。

放翁之诗有时太恃豪气，如：

早岁那知世事艰，中原北望气如山。（《书愤》）

老子犹堪绝大漠，诸君何至泣新亭。（《夜泊水村》）
（绝，断也。）

此种诗往好处说是豪气，往坏处说则是书生大言。此固非完全要不得之诗，然此种豪气不可恃。不过，放翁豪气可佩服，有真气。其《示儿》诗尚有豪气，故言其有精力。

中国历史上之南渡有三：一晋（五胡乱华）、二宋、三明（昙花一现而已），三次南渡都未能北归。此次抗日战争南渡却回来了，打破以往之纪录。（《正报》第一期有俞平伯《南渡归来以后》。）我们受过未曾受过的苦痛，但也见到了中国历史上未有的光荣，故如孟子所言之“举欣欣然有喜色”。

“爱国”二字，因说得太多，现在说的都不爱说、听的也不爱听了，因为说得都烦了腻了。一切口号、主义，若不能“日新，苟日新，又日新”，总是那么一套，此并非过时，而是不新鲜了。

厌故喜新，人之常情，此是人之短处，然也是没有办法之事。如人生有死，是人之悲哀，亦是无法。人生有许多无可奈何之事，如人之喜新及人生必死是也。对此缺陷无法补救，应将短处发展成为长处，将此缺陷弥补起来。如人在一生的短短几十年中，好好地活着，做一有用之人即是弥补。必死是不能校正，惟有弥补一途。

再如自私。无一人不自私（去想一种高深之道理，做一件平常之事，皆自私。如冬日脱己袍与人，此种事极易做，然己必冻死，人不肯做，此即自私），自私亦可发展成长处。一个大学问家想出极高深之道理，也是自私，此种自私是由短处发展成长处。小儿着新鞋，必高兴，再与之换旧鞋，就不肯，此已厌故喜新了。但人若无厌故喜新之心理，则人类之文化不会发生，个人的学问也不会长进。

爱国亦是自私的。如德国，拼命摧残别国之文化，毁坏他国之建筑，而爱其自己之国，此亦自私。此种自私之范围较大。世界未到天下为公、世界大同之时，爱国仍然是一种口号。如果世界大同，则只需爱人不需爱国，爱国口号就不存在。

爱国应从何爱起？若是别人所教之爱，则非真正之爱。如小儿之爱其父母兄姊，并无人给其讲道理，此种爱是天性。（说坏一点儿，则是传统之习惯，是由依赖性养成的。此说未免近于冷嘲。）爱国是后天的，是人为的。天性是自然而然的，人为是勉强的，勉强久之，习惯成自然，爱国也成了天性。爱国之情绪（爱国之思想）的养成与发生，必得努力发现本国之可爱（此如机器，催动机器非用热不可），尤其要紧的是视我国比任何国都可爱（但不要成为狂妄）。因为如此我们可以真的爱，是从心里生出的爱。爱国，爱国须努力发现自己国家之可爱，爱国之情绪始可热烈浓厚，而且持久；否则，空口说爱国，是从别人处听来的，或是从书上看来的，不能持久。纳粹民族是狂妄的，只爱自己，摧毁别国。

日本入侵，中国节节败退。有人说："中国不亡是无天理。"（胡适《自信与反省》）说此种话的人，先不必说其病狂丧心，他实在是伤心。因见中国亡国的条件具备而有此言，故语是伤心之语，人是爱国之士。批评其为病狂心理的人，必是卖国贼。此种人不知黑白、是非、善恶，其卖国不是恨或爱自己的国，乃是自图富贵，此种人真是病狂丧心。如囤积家亦是病狂丧心，只要自己发财，不管别人死活。说"中国不亡是无天理"之话的人，是求爱而不得所爱，此是最大之悲哀。如两性间之失恋而自杀，亦是此理。由求爱而不得所爱，是由希望而绝望。说"中国不亡是无天理"，是绝望之呼声，是爱国志士之呼喊。但吾人不必如此，应努力发现我国之可爱处，然后始能真正地爱。（朋友之情亦如此。）

"什么是中国爱'和平'？是没出息！"鲁迅此言亦是绝望之呼声，是恨国人没出息，希望中国强起来。

敌人使我们保存了旧习惯与旧道德，此易引起我们之反感，因为已失掉我们之自由与意志。

一人对于一件事物发生之关系太久，必有恋恋不舍之情。如伺候病人一二年，此病人忽然死去，则觉无聊。人就如此可怜。

心慈，如耶稣之博爱，释迦之慈悲，儒家之仁。人之为万物之灵，皆在"慈"。软，则是没劲。"砍去脑袋，碗大疤瘌，二十年后又是这么高的汉子！"这真叫"穷凶极恶"，然真有劲，是"真命强盗"之语。美与善无所不在，要在如何去看。如看其"穷凶极恶"，则一方面无美善可言；然在另一方面，则是至死不变，强极！《中庸》所谓“强哉矫”（十章），即至死不变者。

看人，看朋友之真伪，须于处困难（逆境）时见之。中国国民是“球体”，常言“少生气，多养力”，“临渊羡鱼不如退而结网”（《汉书·董仲舒传》）；且一个人养尊处优、风平浪静（此种人有“福”），很难见其好坏。处逆境，始见真人，始见真本事。看朋友在生死关头，“一死一生，乃见交情”。

之二

教学者，如扶醉人，扶得东来又西倒。

孟子云：“勿忘，勿助长。”（《孟子·公孙丑上》）不认真即忘，太认真（助长）便活不了。

主语+述语=句

；：，标点符号

句子须有主语、述语，如“月落”“月白”可称为句，“明月”则非句。

不会使用标点符号者必不会造句，不知怎样是一句。然符号不会使用可不必勉强，最要紧的是“。”与“，”（句与读）。

近代白话文之最大毛病是不能读。

写白话文写得好的人，其对旧文学必有修养。对旧文学用功，不但文言文做得好，白话文也可以做得好，故对旧文学必须吸收。新兴作家要去发掘旧文学的宝藏，托洛斯基（Trotsky）与高尔基（Gorky）俱有此语。在旧文学中有许多文学之技术，没有一种创作（工作）不是需要技术的。

中国旧文学太讲技术上用功而忽略了内容，数千年来陈陈相因，一直是在技术（甚至可以说是技巧）上打滚。现代之作家又太重于思想而忽略于文字的技术，以致最低的文字技术都没有，不能表现其所说的话，甚至连“骂”与“捧”都分不清。故近代文学家应对旧文学之技术加以用功，旧文学之文句都是千锤百炼而后出的。

俗语云：“能吃好桃一口，不吃烂杏一筐。”对新出版物最好少看，以免沾染上坏习气。胡适在文学上是极肤浅的，对其文章固应当读，但慎勿用功，用功必为其所误。至于看何种书物为上，则惟有看鲁迅之作品。因为看惯了烂面条子似的文章，再看鲁迅硬性之文字，就会啃不动，看不明白。若看了巴金之文再读鲁迅之文，就会看不懂。

《朝花夕拾》，鲁迅之散文集，较好读。《野草》，是散文诗，最难读。只读《野草》，易入□[1]角。《呐喊》，小说集，其中有《鸭的喜剧》：

> 俄国的盲诗人爱罗先珂君带了他那六弦琴到北京之后不久，便向我诉苦说：“寂寞呀，寂寞呀，在沙漠上似的寂寞呀！”

文章有花开水流之美，自然，流动。此外则如雕刻一般，亦好极，惟幼童不能读。

中国文字，方块、独体、单音，故最整齐。因整齐便讲格律，如平仄、对偶，此整齐之自然结果。整齐是美。美，说起来是一个，分起来则有万端，其中有一种美即是整齐。

中国文字太偏于整齐美，故缺乏弹性。西洋文字不整齐，最富弹性。如：“give me liberty or give me death”（帕特里克·亨利语），有力量；中国译成“不自由，毋宁死”，译得整齐，而无力。

警句。读书要发现警句，做文章应用警句，一篇中至少有一二句。所谓警句，即是陆机《文赋》所言“立片言以居要，乃一篇之警策”，即俗语所云“杀人要在咽喉上下刀”（片铁可以杀人，须在咽

① 原笔记“入”字下缺一字。

喉上）。

云里帝城双凤阙，雨中春树万人家。（王维《奉和圣制从蓬莱向兴庆阁道中留春雨中春望之作应制》）

中国建筑都是平平的，当然亦是静穆的、伟大的。但更好的是蕴藉——蕴藉，观之不尽，视之无穷。（好像有好多东西要告诉你，但又不说出来，即蕴藉。）王维此句亦蕴藉。

中国文学、艺术、道德、哲学——最高之境界皆是玉润珠圆。

珠之光，绝非钻石之光，钻石之光是暴发的光。玉之美，自古以来即为我国人所领略，《诗经》即以“玉人”言外表，以“温如其玉”（《秦风·小戎》）表性情。美玉无瑕，“玉”最蕴藉，一如君子：“不用当风立，有麝自然香”“人不知而不愠，不亦君子乎？”（《论语·学而》）。

中国有世界各国所无之惟一美德，即玉润珠圆。此种美德惟在中国之文艺上、道德上才有，故中国文艺思想是单纯的。珠玉之美即是单纯的。（印度之佛，复杂；到中国来后变成禅，则单纯。中国人之衣服亦简单。）中国文艺思想是单纯的，是由复杂而成为单纯，故有含蓄，成为蕴藉。

读文章不应如吃药一般，应如同吃点心，本质是药而吃起来如点心一般，始佳。而人最爱吃点心，爱吃点心便易闹胃病。有时功夫助病发展。学作文如学做人一样，没有一个人没有毛病，不过有人之毛病是可憎，有人之毛病则是可爱的。小孩儿不会掩饰作假，而百分之九十其毛病是可爱的，如说话不清楚越显得可爱。（余为理想派——不是不注重现实；鲁迅是写实派。）

开堂引言

知惭愧。（《孛经》）

惭耻之服，于诸庄严最为第一。（《遗教经》）。

欲知佛性义，当观时节因缘。时节若至，佛性现前。（《涅槃经》）

粗中之粗，凡夫境界。粗中之细及细中之粗，菩萨境界。细中之细，是佛境界。（马鸣禅师《大乘起信论》）

人心要细，但要大；小气不好。《论语》有言曰：

如有周公之才之美，使骄且吝，其馀不足观也已。（《论语·泰伯》）

一切文学艺术固可积极地发展“才”“美”，但同时消极地要打破“骄”“吝”，小之完成自我，大之完成全人类发展。

六朝前，“文”就是文字；六朝时，“文”就是文学，包括散文、韵文、诗歌（《文选》之“文”与《说文》之“文”是截然不同的）；六朝后自唐代起，诗、文分家。

梁昭明太子萧统的《文选》所选为历代著名的文章，从所选可看出选者的去取褒贬，可看出选者的立场、观点、世界观。

萧统，梁武帝萧衍之子。萧衍有三子：萧统、萧纲、萧绎，萧梁父子之著名犹曹魏父子之著名。萧氏父子，博学能文，在当时起的作用很大，六朝文学的兴盛与萧氏父子的提倡是很有关的，犹曹氏父子之在魏的作用（曹操、曹丕、曹植，在文学上实际曹植影响更大）。萧氏父子均尊崇佛教，这就使他们的思想受束缚更大。

《文选》对后人的影响很大。唐时已很崇尚《文选》，杜甫“熟精文选理”（《宗武生日》），韩愈所谓“非三代两汉之书不敢观”（《答李翊书》）也是针对《文选》而言。到清朝有“选学”，读《文选》成为一门学问。清代散文有两派：桐城派、文选派。“文选派”以《文选》为标准，“选学”后成为骈文的代词。这与桐城派的散行文相对，桐城派提倡“古文”，即指散文。两派针锋相对，互相攻讦。（其实，骈文中还有两派：严格的一派，文章有上句必对下句，大半是四字、六字句，后发展为四六文；另有比较自由的一派。骈文字句工整，节拍清晰，在修辞、句法上亦大有可学之处。）没有一个知识分子不读《文选》，直到“五四”。五四运动提出两个口号——“桐城谬种”“选学妖孽”（钱玄同《致陈独秀函》）。

胡适有语云：

> 不作言之无物的文字。（《建设的文学革命论》）

言中之物——实，内容；物外之言——文章美。

凡事物皆有美观、实用二义。由实用生出美观，即文化、文明。没有美观也成，然而非有不可。天下没有纯美观、无实用而能存在之事物，反之亦然；故美观越到家，实用成功也越大。纯艺术品到最优美地步似无实用，然其与人生实有重要关系，能引起人优美、高尚的情操，使之向前、向上，可以为堕落之预防剂，并不止美观而已。故天地间事物，实用中必有美观，美观中必有实用，美观、实用得其中庸之道即生活最高标准。

所谓“选学妖孽，桐城谬种”者，以其过重美观、不重实用。其实，美观、实用二者，皆是“雅洁”，殊途而同归。古典，雅洁乃其特色，如《论语》“非曰能之，愿学焉”（《先进》）。雅洁，不但文言，白话亦须如此。然流弊乃至于空泛，只重外表，不重内容，缺少言中之物。实际说来，文章既无不成其为“物之言”，又无不成其为“言之物”。

“五四”而后，有些白话文缺少物外之言，而言中之物又日趋浅薄。

鲁迅先生是诗人，故能有物外之言；是哲人，故能有言中之物。《阿Q正传》所写不只是中国人劣根性，是全世界人类劣根性。鲁迅先生写小说个性不清楚（莎氏写戏剧年龄不清楚），然而可以原谅。天地间人、事、物，原无十全。原谅人是一种痛苦，被原谅是一种愉快，人皆愿得人原谅，然须能自己做到能被人原谅的地步。“是以君子恶居下流，天下之恶皆归焉。”（《论语·子张》）无论儒家所谓“物欲”，佛家所谓“无明”，公教所谓“原罪”，皆须战胜，故曰“自胜者强”（《道德经》卅三章）。

一　繁钦（休伯）《与魏文帝笺》

正月八日壬寅，领主簿繁钦，死罪死罪。近屡奉笺，不足自宣。顷诸鼓吹，广求异妓，时都尉薛访车子，年始十四，能喉啭引声，与笳同音。白上呈见，果如其言。即日故共观试，乃知天壤之所生，诚有自然之妙物也。潜气内转，哀音外激，大不抗越，细不幽散，声悲旧笳，曲美常均。及与黄门鼓吹温胡，迭唱迭和，喉所发音，无不响应，曲折沉浮，寻变入节。自初呈试，中间二旬，胡欲傲其所不知，尚之以一曲，巧竭意匮，既已不能。而此孺子遗声抑扬，不可胜穷，优游转化，馀弄未尽；暨其清激悲吟，杂以怨慕，咏北狄之遐征，奏胡马之长思，凄入肝脾，哀感顽艳。是时日在西隅，凉风拂衽，背山临溪，流泉东逝。同坐仰叹，观者俯听，莫不泫泣殒涕，悲怀慷慨。自左骥史妠謇媕名倡，能识以来，耳目所见，佥曰诡异，未之闻也。

窃惟圣体，兼爱好奇；是以因笺，先白委曲。伏想御闻，必含余欢。冀事速讫，旋侍光尘，寓目阶庭，与听斯调，宴喜之乐，盖亦无量。钦死罪死罪。

《昭明文选》卷第四十“笺”载《与魏文帝笺》。

魏文帝曹丕，字子桓。
中国在魏文帝曹丕之前无纯正之散文。

三国时，以魏之文风最盛，因汉以前中国之文明在黄河流域，即所谓中原。魏居中原而继承了中原之文化，故文人最多，文风最盛。

“文采风流”，魏晋文学真可谓之“文采风流”。中国诗教——汉以前——温柔敦厚，此是向内的；文采风流则是向外的。杜工部说曹家是文采风流，的是确论。

魏有三曹：魏武帝曹操、魏文帝曹丕、曹植曹子建。（后有魏明帝曹叡。）有人将曹氏父子比六朝之梁氏父子（梁武帝萧衍、昭明太子萧统、简文帝萧纲、梁元帝萧绎），不过萧氏父子不足为曹氏父子之比。何以？萧氏父子文人气太重，梁代之文学运动中心为萧氏，则梁代文学衰矣，因梁氏父子文章太注意文字之修辞。不注意文字修辞不能表现文章美，人谁不喜欢修饰外表？囚首丧面而谈诗书，不可亲近。然若只注重外表，而无内美，只是虚有其表。此种人是绣花枕头，内是草包；是麒麟楦，内亦草包。固然不能说萧氏父子之文章是虚有其表，而已有此趋势。近代文章有所谓颓废派、颓废美（法语：décadent），此可以秋天为譬喻——“霜叶红于二月花”（杜牧《山行》）。此种美是颓废美，再一步便是凋零了。文学到了衰落期，便有一度是颓废的，有颓废美。六朝末期及唐末之文学，即是颓废美。“夕阳无限好，只是近黄昏”（李商隐《登乐游原》），就是颓废美。此种文学使人爱，不忍释手。

在曹魏，在中原，以曹氏父子三人为中心而形成文学运动。此与政治有关。曹氏父子，一个是“挟天子以令诸侯”之操丞相，一个是俨然之天子曹子桓，一个是金枝玉叶之曹子建。此三人，登高一呼，从者云集，此不但在当代为文学之中心，对于后代之影响亦大，除其本身价值之外，即因其地位高。乾隆皇帝之字不甚高明，然风气为之一变，书法之坏始于乾隆，因为皇帝故也。一个没有地位之人，可于文学上造就地位，造成势力，然须经一极长期之奋斗。杜甫毕竟还是进士，而在唐并不为人重视，韩退之尚为其辩护：

> 李杜文章在，光焰万丈长。
> 不知群儿愚，那用故谤伤。
> 蚍蜉撼大树，可笑不自量。
> ……（《调张籍》）

曹氏父子三人之文学，有朝气，作风清新。而武帝偏于霸气，因其不甘心做一文学家，乃事业家、政治家、军事家。魏文帝有英气，不似霸气之横，英气是文秀的。至于曹子建，并没什么了不起之处。子建之才后人称为“才高八斗”，实不怎样。其文不如曹丕，诗不如孟德，其可取处安在？其诗文有豪气，甚至于可以说是“客气”。客气是假的，豪气则是浊气，较客气犹糟。子建之文，“雷声大，雨点小”，“说大话，使小钱”，足可形容子建之文。

武帝乃军事家、政治家，有文学天才，甚至可说其有文学修养，因其有言曰“老而好学者，惟吾与袁伯业耳”（魏文帝《典论·自序》）。武帝固然天才高于其二子，然有事业在，其精神为事业分去不少，不能专心创作，但究竟是一文人。一般人对曹操印象之坏，在戏剧。唐宋文章对曹操称曹公，宋以降戏曲、小说越发达，曹操之人格越糟。曹操固奸，然文采可佩服。

魏文帝之为人真“妙”。“妙”，可意会而不可言传。（有一种“妙人”，好人固然未及，坏人不知是哪一种，中国多此种人。与人无益，而把自己毁掉完事，此亦“妙人”。）曰“妙”，须说到心理。余常读心理学之书，其因有二：一研读，二创作。佛罗伊德（Freud）之心理分析学，颇有趣，分析别人写小说之心理而养成分析心理之习惯。中国小说与外国小说之最大区别，乃在于中国小说只是事实的记载，西洋则注重心理的描写。《聊斋》好的作品有点儿心理描写，坏的则只是故事之记载，并非小说。好的小说，必定描写人物生活、心理之转变。《水浒》《红楼》，不但写其故事而已，不但表现心理，且将其灵魂裸露出来。好的小说皆是如此。余作小说亦注意此点。科举时代，“不求文章高天下，只求中人试官眼”。《聊斋》文章不通，《阅微草堂笔记》亦不通。（《聊斋》尚有一二篇、一二句好的。）如看《儒林外史》，不如看《水浒》。（余不喜《红楼》。）

文帝在政治上、军事上皆非低能者，固然不如其父之雄才大略，且身为皇帝，地大人多，文才甚盛。而他却不甘心、不安心做一皇帝，政治、军事……皆不能满足其生活的欲望，成功是喜欢，满足是悲哀。

文帝之欲望在文学，总觉得文人最好。“文章，经国之大业，不朽之盛事”（曹丕《典论·论文》），政治、军事反不算什么。文帝天才高，功夫深，地位亦高，故成为汉末魏初文学运动之中心人物。

文帝也具体做到了此步，其文章真好。

繁钦，字休伯。繁，步何切。钦字有二义：叹惜，叹赏。

“笺”，犹书牍也。《文选》中凡以下对上者皆曰笺。公事有平行、下行、上行三种，平行、下行曰书，上书曰笺。

繁钦文字在当时并不怎样，而此篇甚佳。

“领主簿繁钦”，“领”，署理，代。

“近屡奉笺”，“奉”，古无捧字，捧即奉。《礼记·内则》凡捧皆作奉。奉，今有二义，接到谓奉，下呈上亦谓奉。“近屡奉笺”谓屡屡呈书于文帝也。

“不足自宣”，“宣”，表白、表现。

“顷诸鼓吹”，“顷”，近来，亦可作比、近、近日。“鼓吹”，善无注，五臣曰：“音乐也。”疑指乐人而言。

“广求异妓”，“妓”，与伎、技同，今“娼妓”二字已堕落。古之“倡”字、“伎”字固不好，然绝非坏意。倡 = 唱、伎 = 能，所唱为歌，所能为舞。今之娼妓不见得会歌舞。（会歌舞者，艺妓。）

“时都尉薛访车子”，“车子”，见《左传》，杜预注：“贱役也。”

“能喉啭引声”，“啭”“转”同。“喉啭”当即转喉之意。“引”，引而长之。“啭引”写尽唱之基本条件，无曲折或声音短，皆不得谓之长。“歌永言”（《尚书·舜典》），永，即引也。永、引，双声。

“与笳同音”，“笳”，五臣注：“箫也。”胡笳，或曰角，或曰号角。

“白上呈见”，五臣注：“上，主上也。文帝时未受禅也。”按：上，当指武帝而言也。

"白上呈见，果如其言"以上诸句，简洁。叙述中的轻重难易，在此中有所取舍。轻重难易是客观的，是外面的条件；取舍是主观的，是自己的心思。

中国文字越来越复杂。

未作文时多念书，作文时忘掉书。人所难言，我易言之；人所易言，我简言之。作文如同做人，不能临阵脱逃，一如《西厢记》中惠明和尚所言：

> 我从来欺硬怕软，吃苦不甘。（第二本《崔莺莺夜听琴》楔子）

作文、做人，俱应如此。

"自然之妙物"，非人为，谓之自然。渊明所谓"丝不如竹，竹不如肉"，是由于渐近自然。"乃知天壤之所生，诚有自然之妙物也"，是"断语"，又名案语。断语应在前或后？繁钦此文先下断语，劈头一句。此种作法有力，有"逼人力"，感心动人。

余作文习惯先说客观条件，然后下断语。断语（案语）无论在前、在后，皆视使用之技术也，要紧的是解释明白。上去就写断语（案语），乃几何式之写法。断语（案语）在后，是代数式之写法。要紧的是层次要清楚。文人需要脑筋清楚，有层次、条理、步骤……与科学家不同。

"潜气内转，哀音外激"，"潜"，藏也；"哀"，感人也。魏晋六朝人用"哀"即感动人心之意。"激"，动也。"潜气内转，哀音外激"有因果之关系。若写景之句"老圃花黄，高天雁过"，则无因果之关系。

"大不抗越，细不幽散"，有等级关系。"抗越"，抗，过高；越，过度。

"曲美常均"，"均"、"韵"同。五臣注："均，曲也。"以五臣注为佳。"声悲旧笳，曲美常均"，上一句以"笳"代表一切乐器，下一句以“均”代表一切歌者。

“潜气内转，哀音外激。大不抗越，细不幽散。声悲旧箛，曲美常均”六句三联：

① 潜气内转　　② 哀音外激

③ 大不抗越　　④ 细不幽散

⑤ 声悲旧箛　　⑥ 曲美常均

所谓联，即骈句也，句法相似，平仄相调。六朝之骈体文凡高手所作，两句绝非一回事情。“关山飞越，谁悲失路之人；萍水相逢，尽是他乡之客”（王勃《滕王阁序》），此两句是一意思，六朝人不如此作。

中国字方块单音，易趋整齐。汉之辞赋已注重字之整齐。至魏，尤其曹子桓，利用汉朝辞赋之句法，加入散文中，结果成为骈体。“潜气内转，哀音外激。大不抗越，细不幽散。声悲旧箛，曲美常均”是其例。此当然增加散文之**文章美**。文章之美并不在形式，然须借重于形式。

古典派文学注重于形式。天地间事事物物，不论自然的或人为的，皆越不过形式，除非其非物（物，广义的）。**物有固定形式**。上帝造物并无固定形式，然造出后绝对有固定形式。文章无形式如何发表？不过，看其形式如何了，印版文字太重形式。

天下事物只许有一，不许有二，特别是文艺作品。东施效颦，丑不可言。“不可无一，不可有二”，在文学上可受人影响而不可模仿。“削足适履”之做法，使文章一败涂地。捉襟肘露，纳履踵决。

“潜气内转，哀音外激。大不抗越，细不幽散。声悲旧箛，曲美常均”之骈句，精彩妥当，个个字都当工而出，无一不合适之字、勉强之字。“莫之为而为”“莫之致而致”（《孟子·万章上》），瓜熟蒂落，水到渠成，自然而然。

观察事情先于混沌中看出矛盾来。事情并不混沌，而看之人脑子不清楚，故混沌。混沌是黑漆一团，矛盾是彼此不同。长、短是矛盾的，然混合成美，美是调和。文章法如烟海，从何处下手、下口？渐渐于混沌中看出矛盾，得到调和，文章始自然而然而出。

在娱乐上，人类往往以悲哀安慰自己。（本于自己生活之经验所得之思想，乃真正之思想。便是错了，也是有价值的，至少是有意义的。）此乃悲哀之音乐、戏曲、小说易感动人之原因。（有人说《石头记》最够近代小说之价值。）最伟大的作品必是最能感动人的，故戏剧中以悲剧感人最深。

人生满意时少，不满意时多，即悲哀之事多于快乐。人生短短数十年而已，生而复死。“吾力之微，正如帝力之大”（西洋俗谚），此即人类最大之悲哀。人生下来就会哭，而笑尚须转年之后，此即证明人生是受苦的。有许多事情是人力所不能变的：

> 既不能令，又不受命。（《孟子·离娄上》）

令，支配人；受命，受人支配。人就是如此，这还不是指整个人生而言，只是指局部之事实。（自杀是自己对自己的惩罚，亦是自己宣布自己之力微。）其实整个之人就是如此。“人往高处长，水往低处流”，人若安分，就仅只是茹毛饮血。上古之时，巢居穴处，如果人安于目前生活，则如今仍当如是。上古椎轮大辂，今日则汽车、火车、飞机……这都是物质上之进步。精神上之享受亦如此。人之力量不能改变山、海，越是有感情，有思想、感觉、性情之人，越是不满于现状，此人中之最优秀分子。希望好是前进之思想，而见到处都不好，就不满。“既不能令，又不受命”，因此悲哀就来了。

《论语》有云：

> 举一隅不以三隅反，则不复也。（《述而》）

人喜悲剧，看到悲哀，仿佛看见自己，对悲剧中主角可怜、表同情，乃是同情了自己的、可怜了自己的。俗语云：“穷生奸计，富长良心。”此语对不对尚不论。西谚云：“倒是不好的环境不可以少，因为可以造就出一两个好人来。”这两种话以哪种为对？都对，也可说都不对。一个人有成为好人之可能性，即使在恶劣之环境之下；一个人亦有成恶性之可能，在富时固不讲良心，若穷时则生奸计。钢梁磨绣针，功到自然成。若是砖，则无论如何也磨不成针。一个人如果不了解悲哀之价值，则其为人必极肤浅，但不能不承认其快乐。小孩儿最肤浅、幼稚，而最快乐。在现实社会中，追求快乐者必是极肤浅之人。若认识悲哀，而意气颓唐，生活无力，与肤浅之人同样无聊。而能在了解悲哀之后，生出力量去切实地生活，始有价值，此是第一义。看悲剧而生同情心，可怜悲剧主角即可怜自己，此是第二义。

“及与黄门鼓吹温胡”，“黄门鼓吹”，乐官。

“迭唱迭和”，“迭”，互相。

“曲折沉浮”，“曲折”，以音节之长短论；“沉浮”，以音调之高下论。“气盛则言之短长与声之高下者皆宜”（韩退之《答李翊书》）。

“寻变入节”，“节”，即拍子、板眼，音节变化还落在原来之拍子、板眼上，即曰“寻变入节”。

青年人不能太谨严，因妨害发展。小孩子不加管教，则无法无天；管教太严，则在身心两方面之发展俱有妨害（造成小老头儿、小大人儿）。学文如学做人。鲁迅之文铁板钉钉，叮叮当当，都生了根。非如此做不可（思想深刻当然不必说）。若引其话，非引其原文不可，不如此则无力，如：

> 勇者愤怒，抽刃向更强者；怯者愤怒，却抽刃向更弱者。（《华盖集·杂感》）

鲁迅白话文都到了古典，古典则须谨严。古典派并非用上许多典故，对仗工整，而是谨严，无闲字、废话也。自汉至六朝，文字之清楚、谨严，鲁迅先生即受其影响，特别是魏晋六朝。鲁迅有《魏晋风度及文章与药及酒之关系》（《而已集》），“风度”与“药”及

"酒"之关系真清楚。人粗心惯了，就忘掉了粗心；细心惯了，也是如此。

①不得不然 ②当然而然 ③自然而然	是"一"

鲁迅之文也是如此：越写越谨严，故无活泼之气。所以不希望青年人学其文。

魏晋之文章即谨严，特别是以魏文帝为中心之一派。谨严之结果是切实，不夸大。夸大写切实了也不显夸大，如说牡丹花好，只说非常好，则空洞，也就是夸大。若切实地写牡丹花如何之好，则不显夸大。文学上没有不夸大的，要在写得好：

> 增之一分则太长，减之一分则太短。（宋玉《登徒子好色赋》）

没有一定之尺寸，此是何等之夸大，但切实。

"乃知天壤之所生，诚有自然之妙物也。潜气内转，哀音外激。大不抗越，细不幽散。声悲旧笳，曲美常均。及与黄门鼓吹温胡，迭唱迭和，喉所发音，无不响应，曲折沉浮，寻变入节"数句，叮叮当当，个个字响亮。此由于谨严也。

"自初呈试，中间二旬"，"间"，隔也，距离、经。

"尚之以一曲"，"尚""上"古通，加手其上，超过。

"优游转化"，"优游"，毫无勉强。"转化"，五臣本作"变化"，以五臣本为佳。

"馀弄未尽"，"弄"，五臣注："曲也。"

"咏北狄之遐征，奏胡马之长思"，五臣注："《北狄征》《胡马思》皆古歌曲。"未举出处。（李善注只注典之出处，对于文辞不加解释，偶加解释，十之九皆误，故其在文学上甚是低能。）

“哀感顽艳”，“顽艳”，五臣注：“顽钝艳美者皆感之。”（顽钝，愚；艳美，智。）“感均顽艳”一语，由“哀感顽艳”来。“凄入肝脾，哀感顽艳”，“哀”对“凄”，“入”对“感”而言，“肝脾”对“顽艳”。句子有并列的，开合的，“肝”“脾”并列，“哀感”“顽艳”是开合的。繁钦之意，艳美者必聪明（艳，聪明之意）。近代出版物“哀感顽艳”讲成形容词，绝不可如此讲。

“日在西隅，凉风拂衽”，二句并不佳，然用于此处则美如葱丝、姜丝之放入鱼中，不早不晚，不多不少，刚刚正好，放入则可增鲜美之味。即不听唱歌，不看跳舞，而处“日在西隅，凉风拂衽”之时，也是百感交集。

“泫泣殒涕”，“泫泣”，流泪。中国字有时因其本身或言语变迁之故，直到现在还使用，如“矢”，用之不觉脏，用“屎”则不成。“殒涕”，涕，用了也不嫌丑。在西洋文中不见此种字。

“悲怀慷慨”，“悲怀”——有感于心；“慷慨”——出之于口。五臣注：“叹息貌。”“泫泣殒涕”——本句对，“悲怀慷慨”——本句对。

科学是训练人之思想，使之清楚、有条理；而文学的创作与哲学的思想也是训练人类之头脑清楚、有条理。

> 警笛鸣过，街心顿呈纷攘紊乱状态。商号高插中美国旗，欢呼畅唤，顷刻已万头攒动，人山人海。

写得乱，一点儿也不清楚，太生了。——无论写得多么热闹，作者之心非冷静不可。

> 光阴如驶，忽忽已一学年，感韶华之易逝，愧学业之无成，回溯既往，惄然忧之。

太熟了，放入任何文中皆成，几乎是陈言。（人难得是识羞。）

陈言（做旧题目）

标语（做新题目）

锐敏你的感觉，启发你的灵感。读古人文章得到灵感甚难，须有感觉，始有灵感。《庄子·徐无鬼》有言曰：

闻人足音跫然而喜矣。（跫然，走路之声。）

这便是感觉。

《庄子》《左传》使用虚字，使得最神气。鲁迅写文言文，其学魏晋六朝文之痕迹也就露出来了（《中国小说史略》有文字之美，序与跋特别好）。余亦喜魏晋文章，或因受鲁迅先生影响。若学魏晋文，能缩短成四字句固好；不能缩短，则需延长成八个字。切记。

"左骥、史妠、謇姐"，善注及五臣注谓皆当时之乐人。窃疑左、史当系人名；若"謇姐"与"名倡"对举，"名倡"既系公名，则"謇姐"当亦非私称也。"謇姐"，口吃也（喫东西之喫，喫、吃今混用）；姐、姐同。言謇姐者，反语也。

"能识以来，耳目所见，佥曰诡异，未之闻也"，"识"，（一）认识、辨识；（二）志，记也，记忆、记录。如《礼记》"禁之""识之""援笔志之"。"耳目所见"，目能见，耳如何见？何不云"耳目所及"？"见"，生于感，如闻见、看见、听见、意见……

因为感觉之中，见最切实。身之所觉，耳之所听……皆无如见之清楚。闻而如见，故曰闻见。见解，见属于目，解属于心，因见之结实故曰见解。

"窃惟圣体"以下，一篇总结。"惟"，维，思也。

"兼爱好奇"，聪明人皆兼爱好奇，兼爱必定旁通。五臣注："兼爱，多所爱也。"李善注不通。

"先白委曲"，"委曲"，声情之曲折也，委曲详尽。

“旋侍光尘”，“光尘”，犹言左右。

“寓目阶庭”，“寓目”，参观。“阶庭”指宫廷。

魏文帝有《答繁钦书》，《文选》未选，写歌舞较繁钦之来书更佳：

> 披书欢笑，不能自胜。奇才妙伎，何其善也。顷守宫士孙世有女曰琐，年始九岁，梦与神通，寤而悲吟，哀声急切。涉历六载，于今十五。近者督将具以状闻。是日戊午，祖于北园，博延众贤，遂奏名倡。曲极数弹，欢情未逞。白日西逝，清风赴闱，罗帏徒祛，玄烛方微。乃令从官，引内世女。须臾而至，厥状甚美。素颜玄发，皓齿丹唇。详而问之，云善歌舞。于是振袂徐进，扬蛾微眺，芳声清激，逸足横集。众倡腾游，群宾失席。然后修容饰妆，改曲变度，激清角，扬《白雪》，接孤声，赴危节。于是商风振条，春鹰度吟，飞雾成霜。斯可谓声协钟石，气应风律，网罗《韶濩》，囊括郑卫者也。今之妙舞，莫巧于绛树，清歌莫善于宋臈，岂能上乱灵祇，下变庶物，漂悠风云，横厉无方，若斯也哉！固非车子喉转长吟所能逮也。吾练色知声，雅应此选，谨卜良日，纳之闲房。

“名者，实之宾也。”（《庄子·逍遥游》）

当然，我们应记准一物之名字，但有时太注意名字，而望文生义。如古典，其特点在法度上是谨严，特别是文字之修辞，而一般人都以为是堆砌难字、怪字。如浪漫，注重在颜色鲜明、声音响亮……而一般人竟以为“浪漫”是可以胡写，此皆注重“名”之病也。

“小品文”三字，为人头痛者久矣，特别是正统派之文学家。小品文者，散文也。魏晋前之散文，是为议论思想而写的，非为艺术而艺术。如《史记》《战国策》《左传》，亦非散文，因其是为史而写的。魏文帝《答繁钦书》，纯是为美而写的。文人写史上之事，丑恶之事都美化了。《水浒传》写杀人放火，而写成了美。鬼，并不美，然在大画家画出来之鬼，把鬼给美化了。叫花子，在艺术家之笔下也变成美的了。造化者，天地也，造物主也。大艺术家之笔下，巧夺造化。因为艺术家可以巧造许多事物出来。一个文人之笔，不亚于上帝之手。《水浒传》之作者，在创作言，就是造物主。天地间事物除去了美之外，还有什么值得我们写的？不美之事物，尚要写成美，何况真的美？

所谓美，即真、美、善也。

中国堕落不长进，第一即因为没有美的观念。试看古代之文、书、字、画、建筑，无一不美，无一不表现出古人之智慧。然而如今堕落了，即因审美之观念退化了。现在之一般雅人，俗之入骨，一肚子狼心狗肺、升官发财，而口中风花雪月、道德仁义，此是什么雅人？哪号的雅人？真鄙吝恶劣！

养成审美观念最重要。

《史记》《汉书》虽不是美文，然是“文”，即科学之书也，是很好的文章——有条理、有思想，清楚。文章之轻重、长短、高下、先后，有条理地说出来就成。这还不是说思想，只是说“话”，写出来就成了。

文章，并不是对不对的问题，只是好不好的问题。

> 祸患常积于忽微，而智勇多困于所溺。（欧阳修《五代史·伶官传序》）

> 有三岁之翁，有百岁之童。（梁任公《少年中国说》引西谚）

> 额手相庆。（王韬《淞滨琐话·卢双月》）

> 人贫志短，马瘦毛长。（惟白《建中靖国续灯录》）

这些都是成语，若用某一成语，就得是那个意思，不得更换一字，此是没有办法的。有人写乡人说话：

趁人之难，劫人钱财。这是我们化养出来的军队干出来的。

此既非文，亦非白，根本不是乡人之口吻。新八股，白话八股，怎么写出来的？怎么说的？说“趁火打劫”不得了吗？没有见过一个大国国民，文化国之国民，使用其本国文字使用得如此糟的。法人伯希和（Pelliot，研究汉学）在法国欲找一中国书记（担任文字抄写的人），考试时录出书来，令其标点，没有一个是对的，真令伯希和笑掉大牙。

“修辞立其诚。”（《易传·文言》）诚之为义，大矣哉！其一，须心诚；其二，写出来的还须诚。如鲁迅《阿Q正传》。

《答繁钦书》开卷“披书欢笑，不能自胜”，“胜”，任、堪，平声（不胜愁、不胜悲）。

“顷守宫士孙世有女曰琐”，“守宫”，职务也，小吏。

“梦与神通”，“通”，“感”通，交接之意（神附体）。

“涉历六载”，“涉历”，经过也。

“近者督将具以状闻”，“具”，备也，详细。“闻”有二义：（一）自闻之；（二）使之闻。“闻”犹之“饮”（自饮、饮人）、“食”（自食、食人）。

“祖于北园”，“祖”，祭名。古有祖道、祖饯（祖，祖道；饯，饯行）。

“遂奏名倡”，“倡”“唱”同，犹“技”“伎”同。

“欢情未逞”，“逞”，尽兴。

“罗帏徒袪”，“徒袪”，应作“徒袪”（袂，袖），徒袪，褰去之意。

“玄烛方微”，“玄烛”，烛点时上亮下暗。

“引内世女”，“内”，纳，开门纳之。（自进曰“入”。）“纳”，《南史》皆作“内”。

“厥状甚美”，“厥”，其也。厥、其，一声之转。

"于是振袂徐进"，"振袂"，举袖。

"扬蛾微眺"一句，美，如散文诗。

"然后修容饰妆，改曲变度"。《礼记·大学》："身修而后家齐。""修容饰妆"，说容；"改曲变度"，说歌。"曲"，歌也；"度"，调子（1、2、3、4、5、6、7）。

"激清角"，宫、商、角、徵、羽，变徵、变宫。角既不太发扬（响亮），亦不沉郁，故曰清角。（"角"，舌缩脚；"徵"，舌抵齿；"羽"，唇外取。）

中国音乐发达得颇早，至唐朝而极盛——盛唐时非极富且贵之家不能养许多音乐者。盛唐时，日本西来，将唐之音乐传入日本，当然也是皇族享受。据日人考察，唐之合奏有四十馀种，传至日本只有十馀种乐，但听起来还够伟大。如今，乐都失传了。中国如破落户、败家子弟，家中有好的物品，既不能保护，更不能发展，让它烂下去。其他事物可于书本上见到，惟音乐须口传，经变乱向者伶工绝响，故逐渐失传。

"扬《白雪》"，"《白雪》"，古歌。宋玉《对楚王问》："其始曰《下里》《巴人》，国中属而和者数千人。……其为《阳春》《白雪》，国中有属而和者，不过数十人。"（《下里》《巴人》，俗曲也。）

"接孤声"，"孤声"，或是高音。

"赴危节"，板眼密时唱起来无误，不乱。

"于是商风振条"，"于是"，"是"，通"时"。毛诗"是""时"通用。

 是  时，二字上下颠倒了，时、是混。

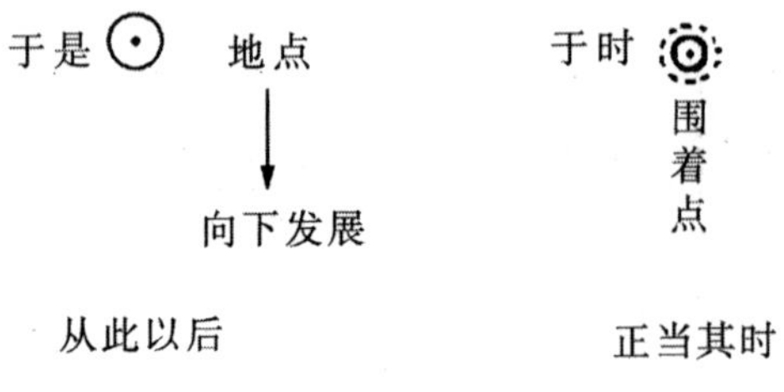

“商风振条”，“商风”，秋风。“春鹰度吟”，“春鹰”，或应作“春莺”。“飞雾成霜”，清冷之极。“商风振条，春鹰度吟，飞雾成霜”，象征之词，描写舞、歌仪态。

“气应风律”，“风律”，犹言音律。

“网罗《韶濩》，囊括郑卫”，“《韶濩》”，舜乐（曲子），雅乐。“网罗《韶濩》”，包括《韶濩》之美。“郑卫”，即郑卫之音，俗曲。《论语·卫灵公》：“郑声淫。”“囊括”“网罗”，兼收并包。

音乐太俗则不登大雅之堂，太雅则不为一般人所欢迎，真难！文学便是如此之难。（老舍，贫的北京话。）

“岂能上乱灵祇，下变庶物，漂悠风云，横厉无方，若斯也哉”。“乱”，变也，感动也。“漂悠风云”，变化无测。“横厉”，厉害之意。“无方”，无比。

“练色知声”，“练色”，说跳舞；“知声”，说歌。

“纳之闲房”，收入后宫。

魏文帝是魏晋文学运动之中心，其与汉文学之不同——唯美派——为艺术而艺术。唯美派之感觉特别发达，注重感觉。佛家之“六根”——眼、耳、鼻、舌、身、意，感觉包括前五种。凡注意感觉之作家，不论散文、韵文，皆属唯美派。天地间之现象皆由耳目而入，故人之耳目特别发达，因此注重歌舞。此派文人写歌舞之文多佳。白居易往好处说可以说是唯美派诗人，可惜其集中之诗有简直不是诗的，其好的诗都是描写歌舞的。眼之所见好写，耳之所闻则难。眼之所见是具体的，声音比形象更神秘，声音是实在之物而刹那即空。然听起来的的确确有一“物”，因为抓不住、摸不着而偏偏要写出来。声音与形象之区别，不用物理学上之理由来解答，而用平常之感觉来写，但声音都实有而神秘。

文帝之文真美，有层次。

二　陈琳（孔璋）《答东阿王笺》

琳死罪死罪。昨加恩辱命，并示龟赋，披览粲然。君侯体高世之才，秉青萍干将之器，拂钟无声，应机立断。此乃天然异禀，非钻仰者所庶几也。音义既远，清辞妙句，焱绝焕炳，譬犹飞兔流星，超山越海，龙骥所不敢追；况于驽马，可得齐足？夫听《白雪》之音，观《绿水》之节，然后《东野》《巴人》，蚩鄙益著，载欢载笑，欲罢不能。谨韫椟玩耽，以为吟颂。琳死罪死罪。

《昭明文选》卷第四十“笺”载《答东阿王笺》。

陈琳原在袁绍部，为绍作讨曹檄，时操正患头风，出一身冷汗，因此而愈。绍败，操得琳，不杀。操对是非利害看得十分清楚，然是非以利害为前提。有许多人无罪状而杀之，操即如此之“狠”。做大事业之人皆如此。陈琳，留着无害，养着他还可以骂别人，“能谄人者能骄人”（梁启超语），知道怎样使人喜欢便知道怎样使人难受。

陈琳此文真结实，美。

开端“昨加恩辱命，并示龟赋”，落于本题，即其答东阿王之意也。“示”，使之见，使之知也。

“披览粲然”，“披”，打开之意，披卷。“粲然”，光华也，形容文章。

“君侯体高世之才”，“君侯”，五臣注：“王即诸侯也，故曰君侯。”非是。汉魏时称呼人曰“君侯”，犹汉时称“王孙”，《史记·淮阴侯列传》有“我哀王孙而进食，岂望报乎”句，此并非专指皇室。“体”，动词，天赋、具有。

就此说开去，看“具”与“俱”二字：

俱：皆，副词。俱有，皆有。
具：家具、器具，名词。
　　具有，动词。具=有。

再看“獲”与“穫”“既”与“即”“随”与“遂”“惭”与“惨”“残”：

獲：獲得，动词。司马相如《羽猎赋》：“獲若两兽。”
穫：收穫，名词。“穫稻”。

既：既然，已经。
即：即刻，就，即是。

随：跟随，随意，动词。
遂：遂即，副词。听志未遂，遂，完成。杀人未遂者曰未遂犯。

惭：惭愧、羞惭。
惨：惨不忍睹、悲惨、可惨、惨然（形容词）。五卅惨案，惨杀，杀得很惨。
残：残馀、残疾、残害（动词）、残杀（杀害了）。“残民以逞”（《左传·宣公二年》），自相残杀。

用字不可不谨慎。柳绿时可称绿柳，柳黄时不可称黄柳，可说柳叶黄，如“小路凄凄柳叶黄”。为什么？说不出理由，只是凭感觉而已。即有理由，都是自己编的。

"君侯体高世之才"，实说，言天才高。"体"，具有。

"秉青萍干将之器"，"秉"，执也、持也。"青萍干将"，古之宝剑名。（今宝剑已为剑之通称。）"秉青萍干将之器"，象征，言技术、学力深。

"拂钟无声，应机立断"，"拂钟无声"言宝剑之快锐；"应机立断"，机，机智，一触即应曰机。二句言写文章写得成功。

"此乃天然异禀"，"禀"，禀受也。受，受之于天也，与有生俱来。

"非所钻仰者所庶几也"，"钻仰"，颜渊赞孔子之语，今仍有钻研之词。钻仰即学也。"庶几"，近之、比并、及之。

"音义既远"，"音义"，字之声音，文之内容。"远"，深远，兼音义而言。音远 = 长，义远 = 深，义远亦长，于义为长，其义较长。陈孔璋之意，音即义，义即音，音义者即义也。

"清辞妙句，焱绝焕炳"，言文章之形。"焱"，火花也。"绝"，形容焱。"焕炳"，光明也，文采彰著之谓也。

读书，不是说背，当然背过来更好；不是说懂，当然非懂不可。然主要在"觉"，"记""解"尚在其次。（为应付考试而背书等于自杀。）《汉书》："间关万里。""间关"，字音好（《诗经》亦有"间关"），字音都带出爬山越岭之况。"焱绝焕炳"，字音欲带出文章之光彩，然"绝"字不调和。

"飞兔流星，超山越海"，句子都起来了，本来是恭维人，而自己之句子也是"飞兔流星，超山越海"，飞起来了。老杜"穿花蛱蝶深深见，点水蜻蜓款款飞"（《曲江二首》其二），"深深"，觉得深极了；"款款"，不慌不忙之劲儿都带出来了。

所谓"美"，在文学之创作上，义居第一，次形，次音；而在文学之欣赏上，则一音、二形、三义。"飞兔"，字形即飞蹦；字音"飞兔流星，超山越海"标准之骈体文，上下对句；"飞兔"又对"流星"，"超山"又对"越海"，本句对。飞兔、流星，皆马名。（庾子山《至仁山铭》"真花暂落，画树长春"，只是上句对下句。）若改为"飞兔超山，流星越海"亦可，然气断了。"飞兔流星，超山越海"，字面虽骈，而气是散行，虽工而不板。

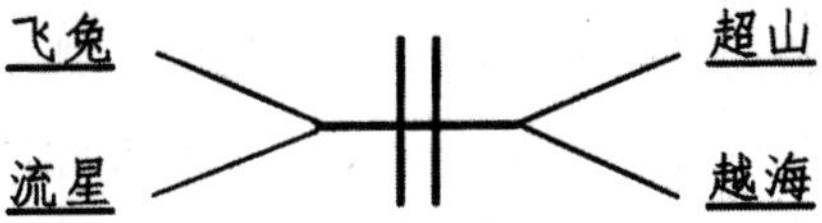

复式　然是单句

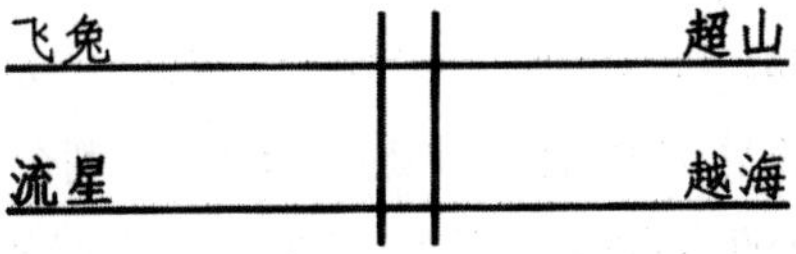

散　了

六朝文之句子美丽整齐，然病在拆开以后东一片、西一片，气就散了。写得高的则有散行之气。骈文之美乃中国特有，骈文是中国最美最美之文。大散文家其文中皆有骈句，如韩退之，文起八代之衰，然亦有骈。因为中国文字方块、单音、独体，最易“对”，且最美。柳子厚《种树郭橐驼传》：

虽曰爱之，其实害之；虽曰忧之，其实仇之。

不但是骈句，且叶韵了。此种骈文是散行，一气下来了。王安石之《伤仲永》：

彼其受之天也，如此其贤也，不受之人，且为众人；今夫不受之天，固众人，又不受之人，得为众人而已耶？

“彼其”，《诗经》中“彼”“其”往往连用。“不受之人”，“人”指老师，不求学于老师。“且”，尚且，还。（且，可作而且、暂且用。）“固”，压根儿。“得为众人而已耶”，天才众人，成众人就完了吗？

①天才 ⟶ ②众人 ⟶ ③？

一气下来，越追越紧，如螺丝钉一般，追得越来越紧，使人喘不上气来。此点，斩尽杀绝，驾韩退之而上之；韩之文就是气冲而已，一杠子把人打死，使人心不服。王安石之文，则使人即使不服还说不出什么来。此真王荆公之拿手也。

讲理论，要找例证，文学史上之公例。

王荆公手下不留情，斩尽杀绝。就《伤仲永》一段而论，当看其"玩字"。玩字，play on word 。"天""人""众人"，来回玩此三词，于此可见其平易之中有不平易，拗气。荆公为人别扭，时称"拗相公"。文章中即有此气，乃其个性也。（对于某一作家之文，须先与其作风发生关系，如此须多读。）且玩"受"、玩"其"，"受"字、"其"字用得多。

凡一切文章皆：（一）由简而繁。老、庄并称，老简而庄繁；《论》《孟》并称，《论》简而《孟》繁。（二）由奇古而平易。不论白话，即今之文言文亦不如以前之古。所谓条例者，是就多数而言，而章太炎、鲁迅乃是文学史上之特殊天才。鲁迅先生之白话文奇古，章太炎在文言文上是奇古。

荆公此文是散文，一气转折，修辞之技术真高。思想倒没什么，文真美，与"飞兔流星，超山越海"之美是异中有同，参透了可受用不尽。句子先长后短，先短后长，来回转折。此在文学上其实还不算什么。文学之好还不在此。无奈现在人连这点儿也不会，也不懂。

鲁迅先生之文亦拗，颇似荆公，其文之转折反复处甚多，如：

> 要被杀的时候我是关龙逄，要杀人的时候他是少正卯。（《华盖集续编·有趣的消息》）

关龙逄，桀之忠臣，桀杀之，罪不在关而在桀。少正卯，孔夫子所杀。为什么杀？或谓少正卯罪当死，或谓夫子嫌恶，还是千古疑案。鲁迅之文先不说道理，而文章反复转折，如说"要杀人的时候我是关龙逄，要杀人的时候他是少正卯"，则是一顺边儿，没劲了。故须先明了意义，然后始能欣赏文章美。

“龙骥所不敢追”，“龙骥”，“龙”，古谓马八尺以上为龙；“骥”，良马也。《论语·宪问》：“骥不称其力，称其德也。”

“况于驽马，可得齐足”，“驽”，不才也（奴才应作驽才）。“齐足”，并驾齐驱（驱，驱逐、驱使；趋，趋势。趋，走也）。

①飞兔、流星　　②龙、骥　　③驽马

两名词　　　　两名词　　　一名词

此在作者未必有意如此，然如此讲之，也不是穿凿。其作非如此作不可。“文章本天成，妙手偶得之。”（陆放翁《文章》）杜诗亦有不佳者，《史记》亦有生硬处，《左传》亦有乌烟瘴气处。然的确有极妙者。

“夫听《白雪》之音，观《绿水》之节”，信手拈来。但“音”“节”意义相同，用得不好。

“《东野》《巴人》”，不高明之歌也。

“蚩鄙益著”，“蚩”，媸，与“妍”对举，“蚩鄙”，丑恶也。

“韫椟玩耽”，“韫”，藏也。“玩”，赏玩也。“耽”，五臣注：“好也。”

空洞但实在，玄妙但科学，乃中国文学之妙处。此篇亦有此妙。

三　李陵（少卿）《答苏武书》

子卿足下：勤宣令德，策名清时，荣问休畅，幸甚幸甚。远托异国，昔人所悲，望风怀想，能不依依！昔者不遗，远辱还答，慰诲勤勤，有逾骨肉。陵虽不敏，能不慨然！

自从初降，以至今日，身之穷困，独坐愁苦，终日无睹，但见异类。韦鞲毳幙，以御风雨。膻肉酪浆，以充饥渴。举目言笑，谁与为欢？胡地玄冰，边土惨裂，但闻悲风萧条之声。凉秋九月，塞外草衰。夜不能寐，侧耳远听，胡笳互动，牧马悲鸣，吟啸成群，边声四起。晨坐听之，不觉泪下。嗟乎子卿！陵独何心，能不悲哉！与子别后，益复无聊。上念老母，临年被戮；妻子无辜，并为鲸鲵。身负国恩，为世所悲。子归受荣，我留受辱，命也何如！身出礼仪之乡，而入无知之俗，违弃君亲之恩，长为蛮夷之域，伤已！令先君之嗣，更成戎狄之族，又自悲矣！功大罪小，不蒙明察，孤负陵心，区区之意，每一念至，忽然忘生。陵不难刺心以自明，刎颈以见志，顾国家于我已矣。杀身无益，适足增羞，故每攘臂忍辱，辄复苟活。左右之人，见陵如此，以为不入耳之欢，来相劝勉。异方之乐，只令人悲，增忉怛耳。嗟乎子卿！人之相知，贵相知心。前书仓卒，未尽所怀，故复略而言之。

昔先帝授陵步卒五千，出征绝域，五将失道，陵独遇战。而裹万里之粮，帅徒步之师，出天汉之外，入强胡之域。以五千之众，对十万之军，策疲乏之兵，当新羁之马。然犹斩将搴旗，追奔逐北，灭迹扫尘，斩其枭帅。使三军之士，视死如归。陵也不才，希当大任，意谓此时，功难堪矣。匈奴既败，举国兴师，更练精兵，强逾十万。单于临阵，亲自合围。客主之形，既不相如；步马之势，又甚悬绝。疲兵再战，一以当千，然犹扶乘创痛，决命争首，死伤积野，馀不满百，而皆扶病，不任干戈。然陵振臂一呼，创病皆起，举刃指虏，胡马奔走，兵尽矢穷，人无尺铁，犹复徒首奋呼，争为先登。当此时也，天地为陵震怒，战士为陵饮血。单于谓陵不可复得，便欲引还。而贼臣教之，遂便复战。故陵不免耳。

昔高皇帝以三十万众，困于平城，当此之时，猛将如云，谋臣如雨，然犹七日不食，仅乃得免。况当陵者，岂易为力哉？而执事者云云，苟怨陵以不死。然陵不死，罪也；子卿视陵，岂偷生之士，而惜死之人哉？宁有背君亲，捐妻子，而反为利者乎？然陵不死，有所为也，故欲如前书之言，报恩于国主耳。诚以虚死不如立节，灭名不如报德也。昔范蠡不殉会稽之耻，曹沫不死三败之辱，卒复勾践之仇，报鲁国之羞。区区之心，切慕此耳。何图志未立而怨已成，计未从而骨肉受刑，此陵所以仰天椎心而泣血也。

足下又云：汉与功臣不薄。子为汉臣，安得不云尔乎？昔萧樊囚絷，韩彭菹醢，晁错受戮，周魏见辜，其馀佐命立功之士，贾谊亚夫之徒，皆信命世之才，抱将相之具，而受小人之谗，并受祸败之辱，卒使怀才受谤，能不得展。彼二子之遐举，谁不为之痛心哉！陵先将军，功略盖天地，义勇冠三军，徒失贵臣之意，刭身绝域之表。此功臣义士所以负戟而长叹者也！何谓不薄哉？

且足下昔以单车之使，适万乘之虏，遭时不遇，至于伏剑不顾，流离辛苦，几死朔北之野。丁年奉使，皓首而归。老母终堂，生妻去帷。此天下所希闻，古今所未有也。蛮貊之人，尚犹嘉子之节，况为天下之主乎？陵谓足下，当享茅土之荐，受千乘之赏。闻子之归，赐不过二百万，位不过典属国，无尺土之封，加子之勤。而妨功害能之臣，尽为万户侯，亲戚贪佞之类，悉为廊庙宰。子尚如此，陵复何望哉？且汉厚诛陵以不死，薄赏子以守节，欲使远听之臣，望风驰命，此实难矣。所以每顾而不悔者也。陵虽孤恩，汉亦负德。昔人有言："虽忠不烈，视死如归。"陵诚能安，而主岂复能眷眷乎？男儿生以不成名，死则葬蛮夷中，谁复能屈身稽颡，还向北阙，使刀笔之吏，弄其文墨邪？愿足下勿复望陵！

嗟呼子卿！夫复何言！相去万里，人绝路殊。生为别世之人，死为异域之鬼，长与足下生死辞矣！幸谢故人，勉事圣君。足下胤子无恙，勿以为念，努力自爱。时因北风，复惠德音。李陵顿首。

《昭明文选》卷第四十一"书上"载《答苏武书》。

作文章需理论、法度，然"徒法不足以自行"（《孟子·离娄上》），亦须"修辞立其诚"（《易传·文言》）、"临文不讳"（《礼记·曲礼上》）。

文章华丽易，苦辣难。

文章中《左氏传》《史记》《前汉书》，真好。

《左氏传》甜，而甜得有神韵，好。（平常人甜，品易低下。）韵文有神韵，易；散文有神韵，难。欧阳修文章有时颇有神韵。其《伶官传序》：

呜呼！盛衰之理，虽曰天命，岂非人事哉？……夫祸患常积于忽微，而智勇多困于所溺，岂独伶人也哉！

道理并不深，而有神韵，平淡而好。charming，媚人的、可爱的，日本译为"爱娇"。文章写甜了时可如此。甜则易俗，然甜俗易为世人所喜。陶渊明文品高，不是甜，而有神韵。

《史记》是辣，尤其《项羽本纪》。辣不是神韵，是深刻。写

《高祖本纪》，高祖虽成功，然处处表现其无赖；项羽虽是失败，而处处表现出是英雄。英雄多不是被英雄打倒，而是被无赖打倒。

《汉书》是苦，苣荬菜，咬春之柳花菜。

近代人文章，周作人是甜，鲁迅先生是辣，而《彷徨》中《伤逝》一篇则近于苦矣。

李陵《答苏武书》，十足是苦，又有一点儿辩白，而病亦在此。人与人之间原用不着辩白，相信好了，不相信活该。以悲苦心情写辩白言辞，所得是愤慨。

愤慨、悲苦，无用。悲苦虽也没用，但还好；愤怒是火，足以自燃，且为无效之燃烧，是徒然的浪费。余赞成悲苦，因为悲苦（悲苦不是悲哀）是一种基础。人应能忍受悲苦，翻过来，则可以之为基础而有伟大成功。诚如《孟子·尽心上》所云“独孤臣孽子，其操心也危，其虑患也深”。（“危”，不敢安闲。）

李陵文章之首段、二段一连叙出七个“悲”字，第二段更有“陵独何心，能不悲哉”一语，自己说出悲来，读者更须于其中咀嚼出苦味，方不负此文章。

首段“荣问休畅”，“问”，疑当与“闻”同。

第二段“胡地玄冰”，“玄”字用得好。冰必连底冻，始呈玄色（青黑色）；薄，则白。方苞有一篇文章写宁古塔，写得好。李陵“边土惨裂，但闻悲风萧条之声”，亦写得好。

外界动人者：声、色。动，缘于耳、目。声自声，色自色，原与人无关，而由于耳、目，遂能动人，东坡《赤壁赋》所谓“耳得之而为声，目遇之而成色”。写声应使人如闻其声，写色应使人如见其色。能，则是成功；否，则是失败。感人显著，莫过于色；而感人之微妙，莫过于声。瞎子比聋子聪明，悲多汶（贝多芬，Beethoven），虽聋而为大音乐家，盖有“心耳”。（悲氏一生悲苦。）

《文选》卷四十有繁钦（字休伯）《与魏文帝笺》，魏文帝有《答繁钦书》（魏文帝集无单行，在《全上古三代六朝文》及《汉魏六朝百三名家集》中皆有），二书即讨论声、色，且为人之声、色，讨论歌女、艺伎、歌舞。文人对声、色感觉特别锐敏。

人人未必天生有文人天才，然人人几乎可以修养成文人。魏文帝天才不太高，而修养超过魏武、陈王。真正第一个为文学而文学的开山宗师是魏文帝。《左传》《史记》虽是散文，而终究是史。杨恽《报孙会宗书》、李陵《答苏武书》、司马迁《报任少卿书》等，文章好，而其意不在“文”。

分析、欣赏。所有的文学，若去做综合的欣赏，是文学的；若去分析，是科学的。“文”，加上一“学”字，亦是科学的矣，如植物、植物学。

魏文帝天才虽浅，修养功深，故敢作《典论》论文，颇自负。其《典论·自序》文章亦好，而《文选》何以不选？人写自己愤慨、悲哀，皆能成好文章。没有写自己骄傲写得好的，而《典论·自序》好；还有就是尼采（Nietzsche）《我怎么这么聪明》。魏文帝及尼采，脑子特别清楚。文章美，第一要以清楚为基础。如写字，首要横平竖直；作文，首要清楚。此虽非“美”，而是“白”。（儒家所谓“白受采”，一切“采”是一切美德，而必先有“白”。）

昭明之不选《答繁钦书》，盖昭明有一点儿头巾气。昭明评渊明“《闲情》一赋，白璧微瑕”（《陶渊明集序》），东坡讥昭明曰：“小儿强作解事。”（《题文选》）魏文帝《答繁钦书》，较露骨耳，盖昭明没看懂。（而昭明选傅毅［字武仲］《舞赋》，读时觉上古舞是使人精神向上的。近代跳舞使人堕落。）

曹氏父子，武帝诗好，文帝文好，陈王稍差。萧氏父子（梁武帝萧衍、昭明太子萧统、简文帝纲、元帝绎），昭明太子不及武帝衍，且不及简文帝纲。（欲知末路文人情况，可读简文帝传及其文。简文帝没过过一天太平日子。）六朝短赋（小品赋）当以萧氏父子所作为佳，而昭明不及其两位弟弟梁简文帝萧纲、梁元帝萧绎。纲、绎二人写声、色，真写得好。

盈天地之间皆声、色也，与吾人“缘”最密切。若对声、色无亲密感，不能做精密观察。如此则连普通人都不够，何能做文人？魏文帝文写声、色偏于享乐、阴柔。李陵此文所写偏于悲苦的、阳刚的，而写得真清楚。

读文章要立住脚，不能顺流而下。李陵以下数句写得好：

> 凉秋九月，塞外草衰。夜不能寐，侧耳远听，胡笳互动，牧马悲鸣，吟啸成群，边声四起。

初听风声、草声沙沙一片；再细听，其中还有区别。“侧耳远听”数句，越听越远，如石入水之波，越荡越大越远。

汉魏六朝人无论诗文，凡写景皆有中心。后人远近层次不清，故不易见佳。不要站在事物外而去描写。

《金刚经》有语：

> 我昔于然灯佛所，乃至无有少法可得。

“无有少法可得”，即无法不得之意。一拳打开无尽藏，一切珍宝皆吾有。又大慧宗杲禅师说：

> 无逐日长进底禅。（《宗门武库》）

《论语》则有言曰：

> 回也闻一以知十，赐也闻一以知二。（《公冶长》）

“二”者，非一之谓；“十”者，多数之意。《中庸》谓“自成”（自我完成），是最大努力。此为上智人说法（天赋）。

从谂禅师（赵州和尚）说：

> 老僧行脚时，除二时粥饭是杂用心处，除外更无别用心处。若不如是，大远在。（《五灯会元》卷四）

《论语》云：

> 造次必于是，颠沛必于是。（《里仁》）

从谂禅师又说：

> 老僧把一茎草作丈六金身用，把丈六金身作一茎草用。（《赵州语录》）

鲁迅先生颇能以“一茎草作丈六金身用”，如《阿Q正传》，《易传》所谓“其称名也小，其取类也大”（《系辞》）。古文人中将“丈六金身作一茎草用”，惟太史公能之。如其《项羽本纪》写项羽大破秦军于邯郸一段：

> （项）羽乃悉引兵渡河，皆沉船，破釜甑，烧庐舍，持三日粮，以示士卒必死，无一还心。于是至则围王离，与秦军遇，九战，绝其甬道，大破之，杀苏角，虏王离。……诸侯军救巨鹿下者十馀壁，莫敢纵兵。及楚击秦，诸将皆从壁上观。楚战士无不一以当十。楚兵呼声动天，诸侯军无不人人惴恐。于是已破秦军，项羽召见诸侯将，入辕门，无不膝行而前，莫敢仰视。

此一段文字，不但锋棱俱出，简直风雷俱出，然不见太史公写时之慌乱困难。不论诸子之说理，屈子之抒情，左氏、司马之记事，皆能以安闲写紧张。虽遇艰难复杂，皆能举重若轻。读时亦不可紧张，忽略古人用心。

散句易于散漫，故白话文不能增长人意气。（唱戏中“京白”是京白，而绝非京话。白话文不是白话。）排句整饬，然排句玩熟了，易成滥调，当注意。为文须用排句以壮其“势”，用散句以畅其

“气”。故李陵《答苏武书》之文字骈散兼行：

身出礼仪之乡，而入无知之俗，违弃君亲之恩，长为蛮夷之域，伤已！令先君之嗣，更成戎狄之族，又自悲矣！

恰是孙过庭《书谱》所云：“导之则泉注，顿之则山安。”

其后，李陵又言：

功大罪小，不蒙明察，孤负陵心，区区之意，每一念至，忽然忘生。陵不难刺心以自明，刎颈以见志，顾国家于我已矣。杀身无益，适足增羞，故每攘臂忍辱，辄复苟活。

古人云：“愧无半策匡时难，惟余一死报君恩。”李陵一句“顾国家于我已矣”，真是心死，死心。若能翻出身来，即忠君死义、败子回头，大放光明；否则，万世不得翻身。

大死底人却活时如何？（赵州从谂禅师语）

置之死地而后生，才是真活。李陵降北时是想活，而降了是活不了。大死底人想活而活不起来，身体虽活而精神上戴上枷梏，实是大死。鲁迅先生说：“虽生之日，犹死之年。”（《朝花夕拾》小引）

读文不但要看其技术，犹当看其所抱文心。余有《书〈老学庵笔记〉李和儿事后》一首七绝：

秋风瑟瑟拂高枝，白袷单寒又一时。
炒栗香中夕阳里，不知谁是李和儿。

伍子胥说：

吾日暮途远，吾故倒行而逆施之。（《史记·伍子胥列传》）

如此是活到邪路去了。“日暮途远，倒行逆施”，虽是鲁莽灭裂，不可为法，而大可同情。自信不足，方欲取信于人；然自信不足，何能取信于人？但说不做，何能令人信？如伍子胥“倒行逆施”，虽非道德君子，然敢作敢为，尚不失为“磊落英雄”。一篇《答苏武书》，李陵无一句如此。

《答苏武书》一方面是辩白，一方面是负气。辩白不足取，负气处尚可观。作辩论文字，不能授人以柄，与人以隙。（鲁迅先生《热风》可看。）

王猛从苻坚，并不辩白，态度倒好，有涵养。不想取信于人，而天下后世人自能信之，此王猛所以为王猛也。冯道，五代长乐老，无耻已极，然亦尚有可取。尝谓契丹曰：“此世虽佛出亦救不得，惟皇帝救得。”人民真受其益。盖棺之论，难言之矣。不求见信、见谅于人，而天下之后世人自能信之、谅之，至圣豪杰皆能如此。

李陵《答苏武书》或谓是六朝人伪作，此不可信。即使非李陵，亦必汉人作。文气发皇，绝非魏晋以后人所能有。盖汉人为文，亦好大喜功也。魏晋文章清新，与其谓为春天雨后草木发生，毋宁谓为北方秋天雨后晴明气象，天朗气清，天高气爽。六朝文章成熟，尤其在技术方面（修辞）。李陵《答苏武书》既非魏晋清新，又非六朝成熟，而颇有发皇之气。

四　杨恽（子幼）《报孙会宗书》

恽材朽行秽，文质无所底，幸赖先人馀业，得备宿卫。遭遇时变，以获爵位，终非其任，卒与祸会。足下哀其愚蒙，赐书教督以所不及，殷勤甚厚。然窃恨足下不深惟其终始，而猥随俗之毁誉也。言鄙陋之愚心，则若逆指而文过，默而自守，恐违孔氏各言尔志之义。故敢略陈其愚，惟君子察焉！

恽家方隆盛时，乘朱轮者十人，位在列卿，爵为通侯，总领从官，与闻政事。曾不能以此时有所建明，以宣德化。又不能与群僚同心并力，陪辅朝廷之遗忘，已负窃位素餐之责久矣。怀禄贪势，不能自退，遂遭变故，横被口语，身幽北阙，妻子满狱。当此之时，自以夷灭不足以塞责，岂得全其首领，复奉先人之丘墓乎？伏惟圣主之恩，不可胜量。君子游道，乐以忘忧；小人全躯，说以忘罪。窃自念过已大矣，行已亏矣，长为农夫以没世矣。是故身率妻子，戮力耕桑，灌园治产，以给公上。不意当复用此为讥议也。

夫人情所不能止者，圣人弗禁。故君父至尊亲，送其终也，有时而既。臣之得罪，已三年矣。田家作苦。岁时伏腊，烹羊炮羔，斗酒自劳。家本秦也，能为秦声。妇赵女也，雅善鼓琴，奴婢歌者数人，酒后耳热，仰天抚缶而呼呜呜。其诗曰："田彼南山，芜秽不治。种一顷豆，落而为萁。"人生行乐耳，须富贵何时？是日也，拂衣而喜，奋袖低昂，顿足起舞，诚淫荒无度，不知其不可也。

恽幸有馀禄，方籴贱贩贵，逐什一之利。此贾竖之事，污辱之处，恽亲行之。下流之人，众毁所归，不寒而栗。虽雅知恽者，犹随风而靡，尚何称誉之有？董生不云乎：“明明求仁义，常恐不能化民者，卿大夫之意也；明明求财利，常恐困乏者，庶人之事也。”故道不同不相为谋。今子尚安得以卿大夫之制而责仆哉？

夫西河魏土，文侯所兴，有段干木、田子方之遗风，禀然皆有节概，知去就之分，顷者足下离旧土，临安定。安定山谷之间，昆夷旧壤，子弟贪鄙，岂习俗之移人哉！于今乃睹子之志矣。方当盛汉之隆，愿勉旃，无多谈。

一讲《报孙会宗书》

《昭明文选》卷第四十一“书上”载《报孙会宗书》。

东坡云：

> 万人如海一身藏。（《病中闻子由得告不赴商州三首》其一）

人总得有个信仰，虽然自己也许不觉得。人必得有信仰，无论信仰什么都不要紧。杨恽明知全身免祸、明哲保身的道理而故犯，只是不甘心。武断、盲从，都是暗于知人心。我们应当通人情、知人心。

郑板桥说：

> 聪明难，糊涂尤难，由聪明而转入糊涂尤难。（郑板桥题书《难得糊涂》）

鲁迅先生留日回来，在“五四”以前装糊涂，装得很好。但“五四”以后，写起文章来，就不是那样了。时代是最不客气的试金石。如巴金、张资平的小说，蒙事有馀，传世则不足。鲁迅先生的小说也许蒙事不成，但足以传世。

庸人自扰。糊涂该打倒，世界上一切事都让糊涂人弄坏了。聪明也要不得，我们要的是智慧。聪明可以作成智慧，但智慧可以生出艺术哲学，聪明不成。最好是由聪明转入糊涂，但聪明人多不肯，明知故犯。鲁迅先生《阿Q正传》署名巴人，大家议论这是谁。人在旁边议论纷纷，鲁迅先生仍坐在他的公事桌边，毫不动声色。（鲁迅先生说笑话，自己绝不笑。）

唐人故事说，一人为其世伯所训，诫其勿浮动刻薄，于此时有持刺（即帖）李过庭者谒老人。老人忘其为某人之子，正寻思间，彼曰：当是李趋的儿子。（《论语》有“鲤趋而过庭”。）成语“忍俊不禁”，此之谓也。这是明知故犯。杨恽就这样把命玩儿掉了。

五臣注：

> 恽见废，内怀不服。其后有日蚀之变，人告恽“骄奢不悔过，日蚀之咎，此人所致”，下廷尉桉验，又得与会宗书，宣帝恶之，遂腰斩之。

“此人所致”，“致”，vt.（及物动词）；“至”，vi.（不及物动词）。“不致”，致使之“致”，莫能“致”而“至”。

要晓得作者文心，方才不致对作品曲解、误解，才懂得作者何以如此写。

第一段：

> 恽材朽行秽，文质无所底，幸赖先人馀业，得备宿卫。

“文质无所底”，文、质，柳子厚《捕蛇者说》：“永州之野产异蛇，黑质而白章。”“底”，即砥，磨炼。

“得备宿卫”，“宿卫”，侍从武臣，日本曰“御前大臣”。霍禹（霍光之子）谋反，恽报告，因获宿卫之位。

言鄙陋之愚心，则若逆指而文过，默而自守，恐违孔氏各言尔志之义。

“逆指而文过”，“指”与“旨”相近。
“默而自守”，“自守”，五臣作“息乎”，宜从。
“恐违孔氏各言尔志之义”，“义”，深；“意”，浅。

几句写来，清清楚楚，干干净净，结结实实。后人的文章在“结实”方面，往往不及秦汉魏晋。

先生好打牌，学生说：“先生打牌呀？”先生说：“书房里安可打牌！再说也没牌呀。”——越说越泄气。这样做文章不成，和“一读之欲呕、再读之昏昏睡去矣”（李涵秋《文字感想》）一样。

中国的祖先崇拜替代了宗教的情绪。（男性中心也是从祖先崇拜里来。）《孝经》（《孝经》是汉人的伪作）有语云：

身体发肤，受之父母，不敢毁伤，孝之始也。（《开宗明义章》）

《礼记》云：

战阵无勇，非孝也。（《祭义》）

对不起自己不要紧，怕对不起祖宗。斯提尔纳说：I am my own God. 真是“自我”（egoism）。尼采（Nietzsche）亦长此说。中国无此极端之说。

第二段：

当此之时，自以夷灭不足以塞责，岂得全其首领，复奉先人之丘墓乎？伏惟圣主之恩，不可胜量。

"岂得全其首领"，五臣本作"岂意得全首领"。

此数句，先抑后扬。李陵《答苏武书》"陵也不才，希当大任，意谓此时，功难堪矣"，先扬后抑。欲擒故纵、欲抑先扬，在擒时、抑时固须用十二分力，纵时、扬时亦不可轻轻放过。

句子不一定是骈句、偶句、排句，而只要整齐、凝练。整齐是形式，凝练是精神，我们要的是凝练。安如磐石，稳如泰山，垂绅正笏。然不可只看其形式，当以心眼观其精神，否则如泥胎木偶矣。

姚鼐《登泰山记》有句：

苍山负雪明烛天南望晚日照城郭汶水徂徕如画

今课本点句或作：

苍山负雪，明烛天南，望晚日照城郭，汶水、徂徕如画。

非也。前句乃七字：

苍山负雪明烛天，南望晚日照城郭，汶水徂徕如画。

不像散文的散文句，特别有劲。"南望晚日照城郭，汶水徂徕如画"（盖汶水、徂徕，在泰山南），几句似词。而文中喜此句，涩。

茶、咖啡、可可之香皆在涩。加糖不为减少苦味，为增加其涩味，可欣赏品尝。

李陵《答苏武书》太单调，只是气盛。韩愈言"气盛则言之短长与声之高下者皆宜"（《答李翊书》），然此易成油滑，要有涩味。《汉书》有点儿涩，此对"滑"而言。"气盛言宜"之文在六朝并不难得，（无论何代，只要略有修养即能"气盛言宜"。而修养，作者皆可做到。）然六朝长处不在此，当注意其涩。

涩比滑好，滑是病；其实涩亦病，而亦药，可以治滑。现在文章连"滑"也够不上。涩与凝练有关，但凝练不等于涩。《汉书》比

《史记》凝练，但不生动。（读《史记》注意其冲动，不是叫嚣。注意其短篇。）

《报孙会宗书》“当此之时”以下数句，既凝练又生动，宽猛相济，刚柔相济。

> 君子遊道，乐以忘忧；小人全躯，说以忘罪。

“君子遊道”，“遊”，五臣作“游”。《论语》“遊于艺”（《述而》），得道而忘道。“君子”“小人”，一以好坏分，一以贵贱分，一以高下分。

> 是故身率妻子，戮力耕桑，灌园治产，以给公上。

“戮力耕桑”，“戮”，勠。

无论是弄文学还是弄艺术，皆须从六朝翻一个身，韵才长，格才高。

刘师培（申叔）《中古文学史》，从汉至齐梁作得好，只是死在六朝内了。鲁迅先生死了又出来了，活了。

《五灯会元》卷十九：

> （庞居士）后参马祖，问曰：“不与万法为侣者是什么人？”祖曰：“待汝一口吸尽西江水，即向汝道。”

马祖乃六祖再传弟子，或称马大师，乃达摩第九代弟子。《五灯会元》卷十四又记一乐营将与一大师之对话：

> ……有乐营将出，礼拜起，回顾下马台，曰：“一口吸尽西江水即不问，请师吞却阶前下马台。”师展两手唱曰：“细抹将来。”

一切均有序。

庄子云：化臭腐为神奇。要在平凡中发现神奇，又要在神奇中发现平凡。无论何种学问，皆当如此做，始非“世法”。在我身上发现人，在人身上发现我；而“世法”，人、我分别太清。杜牧之诗云：

睫在眼前长不见，道非身外更何求。（《登池州九峰楼寄张祜》）

此正如朱熹评孟子所说“是亦不思而已矣”（《孟子精义》）。“心外无物，物外无心”，心即物，物即心。（物兼有事、物而言，things。）

杨恽“窃自念”以下数句，其行文之起伏如图：

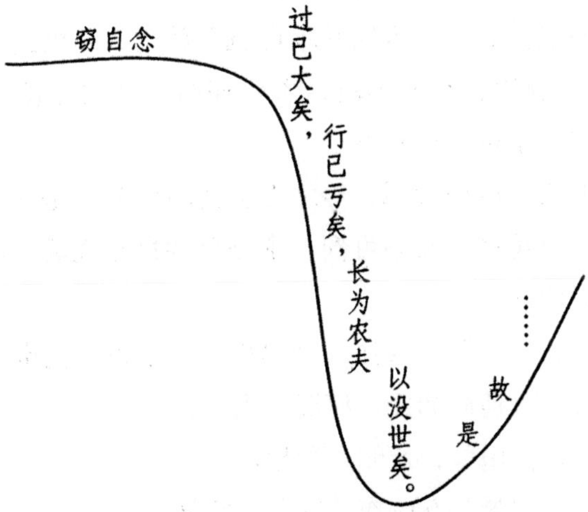

天外奇峰即眼前的山，常人用“世眼观物”，近则过，越远则不及。特出的人既能看到天外，又能看到眼前。

文本无法，文成而法立，有法便是印版文字。吾人作文须能赋之以灵魂。

第三段：

夫人情所不能止者，圣人弗禁。故君父至尊亲，送其终也，有时而既。臣之得罪，已三年矣。田家作苦，岁时伏腊，烹羊炰羔，斗酒自劳。家本秦也，能为秦声。妇赵女也，雅善鼓琴，奴婢歌者数人，酒后耳热，仰天抚缶而呼呜呜。其诗曰：“田彼南山，芜秽不治。种一顷豆，落而为萁。”人生行乐耳，须富贵何时？是日也，拂衣而喜，奋袖低昂，顿足起舞，诚淫荒无度，不知其不可也。

永嘉禅师语：“生死事大，无常迅速。”稍一差池，便是来生；故当心眼明澈，能摄能放。

写字当注意长、短、远、近、俯、仰、迎、拒。宋人论诗眼，五言诗第三字，七言诗第五字，传神在此。（《孟子·梁惠王下》曰：“存乎人者，莫良乎眸子。”故重见。）散文亦然，亦须“眼”，而其“眼”无定，故最难讲，技术之养成最要紧。

“夫人情所不能止者……不知其不可也”数句，是揳进去的，真好，有劲。此数句过渡，骈而不骈，不骈而骈，然又须能断。摄与放，断与骈，非二，不可死于句下。

“人情”，放之四海而皆同，传之万世而不变者，是常。贫贱至极多流为盗贼，其行可诛，其心可悯。李陵只替自己说话，还没说明白；杨恽代天下人说话。

“有时而既”，“既”，善注：“尽也。”毕也，竟也，究也。飘风骤雨不能终日，天地尚如此，何况于人乎？

“田家作苦”，“田”，音佃，种植。

“雅善鼓琴”，“琴”五臣作“瑟”，宜从。

“芜秽不治”，“治”，动词，平声。

“人生行乐耳，须富贵何时”，“心的满足”谓之“乐”。“须”，需，“须”有等待之意。

“淫荒无度”，“淫荒”，过甚之意。“度”，限制。

第四段“恽幸有馀禄”后数句，是负气，自弃。自弃，我不成嘛！自己糟蹋。

“尚何称誉之有”，又可说：（一）尚何有于称誉；（二）尚有何称誉。句子别扭，而语气加重。此乃句法grammar与义法rhetoric，如“宜其死也”之于“其死也宜哉”“其死也固宜”。

“明明求仁义，常恐不能化民者，卿大夫之意也；明明求财利，常恐困乏者，庶人之事也”，此数句本于《孟子》“孳孳为善者，舜之徒也”“孳孳为利者，跖之徒也”（《尽心上》）。

此段结之曰：“故道不同不相为谋。今子尚安得以卿大夫之制而责仆哉？”

末段之“临安定”，“安定”，汉安定县在甘肃平凉。

“愿勉旃”，“旃”，之焉。

二讲《报孙会宗书》

《昭明文选》卷第四十一“书上”载《报孙会宗书》。

读文章，（一）懂；（二）欣赏。努力须勉强，久之发生爱。一般人请客，必将自己所喜爱者请人。写文亦如此。

欲欣赏此文，须了解相关之本事背景。李善注引《汉书》曰：

> 杨恽，字子幼，华阴人。以才能称誉，为常侍骑，与太仆戴长乐相失，坐事免为庶人。恽见已失爵位，遂即归家闲居，自治产业，起室，以财自娱。岁馀，友人安定太守西河孙会宗与恽书诫谏之。言大臣废退，当杜门惶惧，为可怜之意，不当治产业，通宾客，有称举。恽乃作此书报之。

“与太仆戴长乐相失”，“相失”，不相得也。“得”“失”对举，如是非、善恶皆对举。

“坐事免为庶人”，“坐”，因……而判罪。

“当杜门惶惧”，“杜门”，关门。然有本领人闲不住，不让做此事必做彼事。

“通宾客，有称举”，“称举”，赞扬。

五臣注：

> 恽见废，内怀不服。其后有日蚀之变，人告恽“骄奢不悔过，日蚀之咎，此人所致”，下廷尉桉验。又得与会宗书，宣帝恶之，遂腰斩之。

“人告恽”，“告”，告发。

“下廷尉桉验”，“下”，交给。“廷尉”，法院司法官。“桉”，案、按，即审问。“验”，验证。

治乱国用严刑。死于法，人无可怨；死于刑，则不成。如药治病有馀，于健康则不足。（法最重要。文法学、文字学，是文学中顶科学的。）

《报孙会宗书》，“报”，答复。

此篇可朗读。朗读可养气。（《论语》《墨子》《韩非子》《汉书》，默读；《左传》《庄子》《孟子》《国策》《史记》，可朗读。）

天下之事相反而又相成。痛快好，但鲁莽与痛快相去一间耳。小心与寡断亦如此。谦虚得过火与骄傲一样的讨厌。谦是从心中发出来的，觉得自己不足，应当努力，应当探讨。宇宙是神秘的，天地是复杂的，虽圣人犹有所不知，我们以一身之力、之小，如何能探讨宇宙之秘密？我们怎能感到满足？有一技之长，不必骄傲。但不骄傲也不成，要自己承认自己的不成。

作文与做人相同。

文章有生发，有结束。“方生方死，方死方生”（《庄子·齐物论》），文章之生发、结束即如此（文学就是哲学）。

文章首段开端即言："恽材朽行秽"，"材朽""行秽"——一因一果。

所谓因果律，乃要那么结果，先那么栽种。为文则应前一句为后一句之因，后一句是前一句之果，因果相生。每句如此，每段亦如此。然文学究竟不是数学。如南北宋（北在前、南在后，应说北南宋）、东西晋（西在前、东在后，应说西东晋），然因为平常东西南北说惯了，而说"南北宋""东西晋"。"文质彬彬"应说是"质文彬彬"，然《论语》说"文质彬彬，然后君子"（《雍也》），所以也就如此用下去了。

"文质无所厎"，"厎"，音ㄓˇ①，动词，《尔雅》："厎，致也。""底"，音ㄉㄧˇ②。毛诗"伊于胡底"（即"底于胡"）、"靡所底止"之"底"亦训为至。"厎""底"不同，"致""至"不同。"致使"之"致"，使之至。"以至""以致"，以至是表示时间的、空间的；以致是表示因果的。《孙子》："善战者，致人而不致于人。"至，内动词（vi.）；致，外动词（vt.）。至、致，今混用了。"无所厎"，无所成也。

"先人馀业"，五臣注："谓恽父敞为丞相也。"

"终非其任"，不胜其任。

"卒与祸会"，"卒"，终也，结果。"祸"，指免官。"会"，遇也。

"足下哀其愚蒙"，"愚蒙"，犹言愚昧。

"赐书教督以所不及"，"教督"，教训改正。

"然窃恨足下不深惟其终始"，"窃"，私心以为。"惟"，思也，想也。"终始"，全体、经过。

"而猥随俗之毁誉"，"猥"，副词，形容俗。李善注："曲也。"不合理谓之曲。（有理说不出曰屈，根本无理曰曲。）"毁""誉"对举。

"不深惟其终始，而猥随俗之毁誉"，为一篇之主旨，须注意。

① ㄓˇ，为注音符号，对应汉语拼音"zhǐ"。

② ㄉㄧˇ，为注音符号，对应汉语拼音"dǐ"。

“则若逆指而文过”，“指”，意指，“指”与“旨”相近。（旨，有理的、合理的；指，无理由。）“文过”，文饰遮掩。

“默而自守”，五臣作“默而息乎”，五臣本较佳。

“恐违孔氏各言尔志之义”，《论语·公冶长》：“子曰：盍各言尔志。”（盍，何不。）

不能怀疑自己，怀疑自己便不能活了；不能怀疑自己的职业或事业，若怀疑则干不了。所以一个人不但悲观不得，连怀疑也不成，应该勇往直前地干去。

人应该有天才；如果没有，养成一个，以发展自己之联想。联想不是乱想。苏东坡有诗句：

> 但觉衾裯如泼水，不知庭院已堆盐。（《雪后书北台壁》）

这就是联想。

读书，中西古今或好或坏之书，皆可读，然不要乱读。（借书一痴，还书一痴，书难得。）

作文必先识字。据说一土匪做了县长，召集学者训话：

> 今天天气很美丽，大家来得很茂盛，所以兄弟我很感冒。大家会好几国英文，都是化学的脑筋，兄弟肚里没有脑筋。（有一人笑了。）那位诸君怎么笑了？

用字如用人，须知其性格才会用，它才肯为你所用。用字须用活了。刘彦和《文心雕龙·总术》篇云：

> 是以执术驭篇，似善弈之穷数。

文章犹如下棋，手艺高就输不了。打牌赌博则不然，全仗蒙。

散文分三种：抒情、哲理、科学。科学散文最不易写，刚硬的。回忆是最有诗味的。气盛者，文多流畅；思深者，文多艰涩。

魏文帝《答繁钦书》，因见繁钦书而写，意谓我也会用此体写此种文，而且写得比你还好，感情还很平正。《报孙会宗书》亦为复书，语气则激昂，不服气，口口声声说自己不成，而口口声声是不服气。

次段自“恽家方隆盛时”以下，先叙上段所言之“终始”。

“总领从官”，“从官”，皇帝亲近之官。

“与闻政事”，“与闻”，与，参与。

“曾不能以此时有所建明”，“曾”，过去词。“建明”之“建”，乃见之事业，此为做；“建明”之“明”，乃见之议论，此为言。

鲁迅先生什么也不能做，不使其做，但看别人做得又不好，只好言。孔孟之说道理亦由此故。能做者不必说，用事实证明，与其发宣言、出布告辟谣，不如好好做事。写文章乃不能做事者写的。

写文章没有“无所为”的，即使是“无所为”，也是为“无所为”而作，此亦“有所为”了。

“以宣德化”，“宣德化”即讲“建明”。宣，使明也。

“横被口语”，有的、没有的罪名都加在我身。

“身幽北阙”，五臣注：“恽禁在北阙，不在常禁人之所，谓帝宫内。”

“自以夷灭不足以塞责”，“夷”，平、杀。夷九族，即杀九族。

“岂得全其首领”，五臣本作“岂意得全首领”，五臣本为佳。以李善本，全句为虚拟口气；以五臣本，前半虚拟，后半实述。

“奉先人之丘墓”，“奉”，古写“”，奉承、奉敬、守，后写作“捧”。“事死如事生”，乃就一人说，指事已亡故之父母；“事亡如事存”（《中庸》十九章），乃就现存之人物说，指事亡者之先人。（父母之父母，吾未见其人。）这是说父母活着，我们应为父母活着；父母死去，也还要为死去的父母和祖先活着。

我们如今此种思想已不清楚，而行为依然存在。八月十五非吃月饼不可，一般人是传统之观念。如果一很深之道理，到最后只剩了传统（行为、程式），则非打倒不可，但须有代替者。如打倒旧道德，新道德安在？破袍子撕了必须有新袍子。如无代替者，须使其复活——意义是旧的，生命是新的。如我们也说八月十五吃月饼，这是象征团圆的。

以现成之白话文替代古文，犹之以鹑衣百结之破衣替代棉袍子。一时代之人说一时代之话，用当代语言写文章是所应当的。然须记住：所写之“物”为本体，馀者为工具、为技术。

“君子遊道”，“遊”，五臣本作“游”。“遊”，优遊，《论语·述而》“遊于艺”之“遊”，动词。遊有享乐之意。学道是用功的；“遊道”是自然而然，是享受的。

“长为农夫以没世矣”，“没世”，一辈子。

“以给公上”，“给”，供给；“公上”，官家。

“不意当复用此为讥议也”，“用”，以也。以是之故 = 用是之故 = 因是之故，用、因、以，以双声而兼通。《孟子·梁惠王上》有“杀人以梃”句，以、用通。然有时亦有不通。

此篇文章之思想并不深刻，每皆先多用四字句，临结时用一长句，亦修辞之一法。

“夫人情所不能止者……不知其不可也”一段，慷慨、激昂、结实。

《报孙会宗书》是抒情的，非常慷慨。慷慨之文章最不易写。一个人得意时说话要小心，失意时说话更应当小心。得意时，话易有失；失意时，语无伦次，无拣择。无拣择，乃为文之忌；无拣择——作文之道，尽于此矣。为人处世无论得意、失意时，俱要少说话。做人如此，作文亦如此。写慷慨之文字最难写，既然愤慨，就是不得志、不如意、烦闷、牢骚，抓着什么就写什么。杨恽之文即不平，慷慨激昂；激昂，不平和也。其文虽不平和，然尚有斟酌，即有伦次、有拣择也。

我们之思想与感情是创作之源泉，换言之，无思想与感情不能谈创作。（余自恨有感情、联想，而无思想。）然思想与感情如一匹马，以思想与感情为创作之源泉，犹如骑一匹马，马须是有力的、强健的，始可驮你走得很远。但小心，马不要成野马，要驾驭它，否则就写乱了。创作时，最怕无思想、无感情，但太盛了而不能驾驭则糟。一个人驾驭自己之感情，不论在做人、作文皆不易。杨恽之文，感情盛过思想。

“夫人情所不能止者，圣人弗禁”，格言、警句。（格言未必然是警句。如中国人门上之对子是格言而非警句，无文学价值。格言只有言中之物；警句则既有言中之物，亦有物外之言。）杨恽在愤慨之情绪下，而有此种富有思想之话。在愤慨之情绪下，最不易有深刻之思想。思想深刻，何谓深刻？首先是真实，是什么就说什么，不必求深刻，久之即深刻。深刻“自不妄语始”。现在之青年要敢哭、敢笑、敢说、敢骂……即说真话也。杨恽此语或不能称深刻之思想，然是真实之思想，尤其是写于愤慨感情之下。

“送其终也，有时而既”，“送终”，送死。“既”，竟、终。

人是“有生”，故“遂生”；不能“遂生”，便“求生”。（阴处之树长得既高且直，为求太阳也。）人之亲人死了之后，有三办法：（一）跟他死去。（二）哭，悲伤。不能跟他死去，悲伤亦不是生活之办法。悲伤是最伤人的。“若使忧能伤人，此子不得永年矣。”（孔融《论盛孝章书》）（三）渐渐淡漠下去。

人对其要好的死者，初死时思念深；数年之后，渐渐淡泊。思至此，真觉可怕。人情冰凉，我们如何待人？人如何待我们？这没有法子的事，不能强人所难。“有时而既”，不会无时而既的，故我们对于人之要求不能过量，你自己要过量可以。《遗教经》内说，和尚都化缘为生，“你去乞讨人之时，施主仿佛如牛，要东西仿佛让牛载物，要思量牛力。”

“臣之得罪，已三年矣……不知其不可也”是一篇中间，且是中坚。

“烹羊炰羔”，“炮”，一作“炰”。

“斗酒自劳”，“劳”，慰也。（给人道辛苦，即称劳苦。）

“雅善鼓琴”，“雅善”，雅，副词，很善于。“鼓琴”，五臣本作“鼓瑟”。

圣人是最懂人情的，尤其是中国圣人最了解人情。过年过节，吃喝玩乐最有趣、有意义。（四月一日愚人节，可见好玩儿，说谎亦人所爱好者。）

“田彼南山”，“田”，种也。“芜秽不治”，“治”，音池。“落而为萁”，“萁”，豆秆。“田彼南山”是象征，一如阴阳八卦是象征（可谓代表），☰乾、☷坤。（太极图亦自有其道理，但太穿凿附会了就不成。）

“‘田彼南山，芜秽不治。种一顷豆，落而为萁。’人生行乐耳，须富贵何时”数句中，“田彼南山”“种一顷豆”——希望；“芜秽不治”“落而为萁”——现状，失望的现实；“人生行乐耳，须富贵何时”，此末二句是写实，是绝望。杨恽做官之时有希望，希望官大，或为官出力。而今罢官在家，由失望而绝望。并非对生活绝望，而是对希望而绝望。但仍要求生，故“人生行乐耳，须富贵何时”。（须，要也，等也。）

一个人要有希望，无希望则无生活之勇气。但希望既多，失望也多，此也可以减少生活之勇气。知足常乐，没有希望故可以活下去。（饿也乐，孔夫子似乎人生有时也要饿死，饿也乐。阿Q之方法。）

《文选》之中，不见得篇篇皆中国最优秀之文，然可以说是水平线上之文章。读书求一了解、二记住、三得启发——即得到一种灵感。了解是把我转入书中；记住是把书装入脑中，如此也还是尔为尔、我为我，必须人与书之精神打成一片，得一启发。心中有生发，即所谓灵感也。得到灵感之后，如迷信所说神灵附体，书上之精神与我们之精神成一个。

教书不是把先生之思想给学生，而是使学生自己去想。如一瞎子，我们不是把所见所看说给他听，而是怎样使瞎子睁开眼来看。

小泉八云（L. Hearn），其母希腊人，新闻记者。在日本住得很久，后于大学教英文，入日籍，娶日本妻子，从妻姓，曰小泉八云，于日本之功劳甚大，尤其在文学上，如厨川白村等皆其弟子，沟通日本及西洋之文化。小泉八云之思想陈旧落伍，然无关。小泉八云说，速写或者札记（皆指创作，与纪事不同。纪事仿佛报告，此非文学创作），小事物之速写中有心理的描写、幽默的趣味。

英国有诗人写过一篇速写，最好。故事写一诗人看其贵族朋友，敲门时出来一女仆人（maid servant）——如中国所谓之丫头差不多，并非老妈子——虽并不年轻，但不过三十。她有点儿可爱，但不知什么地方，不能使人亲近，就是诗人一万年不来，她也不会想他。这篇文章主要写丫头之干净、整洁。她把诗人让到客厅，一声不言就走了。等主人不来，诗人就想写诗，拿一墨水壶，没拿住，掉了，掉在极昂贵的地毯上，于是各处按电铃，慌极了。丫头进来了，她知道了，扭头就走了，冷冷静静地。她回头拿来水与海绵，诗人往长椅子上一坐，看她做得非常仔细、有条理。眼看就干净了，恢复了原来的样子，诗人想着给她多少钱。此时丫头起来了，收拾了东西，笑着说："先生，要喝一杯茶吗？"真文雅。诗人觉得自己俗极了。之后不久，主人回来了，主客相见，诗人告诉主人洒墨水之经过，谈谈就走了，也未给女仆钱。这故事不但幽默，而且讽刺。人有时候觉得某人待我不错，头一天觉得好，第二天就觉得差点儿，一天天就淡了。英国一牧师布道讲得好，极感动人，照例讲完即募捐。（唐和尚说法后，亦要求布施。）一富翁在后面坐，极感动，说我捐一千。牧师捐完第一排，富翁想，何必一千，五百可矣。一排排捐下来，至富翁时捐五毛，但心想捐一毛就可以了。人就如此肤浅，没出息。不揭开，人为万物之灵；揭开，则显得刻薄。此种讽刺之文章，易使人刻薄。在青年观察应锐敏，思想感情应丰富，而存心不可不忠厚。牧师募捐之故事是真实的，但太刻薄。小泉八云所举之故事与此故事相仿佛，不过写得好。此幽默与讽刺之不同处，幽默固然是讽刺，但更富于温情。

此种事每天都有，若写出来，就是很好之文章，不是堆砌。

纪事之文，其中亦含有道理，虽然不见得必含有道理；说理之文中亦有记事。如《史记·项羽本纪》，太史公并未说项羽好、刘邦坏，但文里行间口口声声项羽是英雄，刘邦是无赖。此种说理、批评比明说出来之力量还大。纯粹的客观是不可能的，写时，是非、善恶、喜怒不写出来不可以，人不是机器，不是尺量，认识人，是活的，是有灵性的，故纯粹之客观是不可能的。法国诗人之自然派、写实派主张以科学之方法从事文学之创作，然于文字中仍可看出作者之倾向来。凡是纪事中皆带有说理，说理之文章不必有纪事，然好的说理文章必有纪事。如《圣经》浪子还家、农人撒种等；如释迦牟尼《百喻经》百段小故事，其实即故事集。《孟子》最能说理，但善于讲故事，如日攘其鸡……幽默、讽刺。《庄子》讲玄学，书中故事最多。故不要轻视写小故事——可含哲理之意义，借小故事而使人了解，收效更大。写日记，不必如流水账，写下书上之一段，是札记，与书仍是尔为尔、我为我。在日记上，将心之所感、心之所想写出一段道理来。思想究竟有成熟否，是很大之问题。如释迦牟尼说教，早年与晚年即不同，故思想是进步的、改变的。记载小事固然琐碎，然看如何写。若不会写，一国之兴亡写出来也毫无意义；若写得好，写羊狗打架也可以。写得好，感动人，但不是说“教训”。中国之文，“教训气”“说明气”太重了，如小泉八云即举了故事，并未说出道理来，看之而感叹。

行文简单那就是美。行文简单，用字斟酌，写此种材料，写出来就是永久的人性，读后受启发。（由小的描写而得灵感。）

杨恽《报孙会宗书》，“书”是文体，伸缩性极大。因文分抒情、纪事、说理。文学上之分类只是讲之方便、学之省事，并非一刀两断截然为二之事。抒情之文，特别偏于美文，如魏文帝《答繁钦书》，然亦有说理之成分。作文可以说理、抒情、纪事三种皆有，但，只是一种也成。如韩退之之文皆是说理的。《报孙会宗书》是三者兼有。“夫人情所不能止者，圣人弗禁。故君父至尊亲，送其终也，有时而既”，说理，说得太好，人情即如此。“人生行乐耳，须富贵何时”，抒情。“田家作苦，岁时伏腊”——时；“烹羊炮羔，斗酒自劳”——吃；“家本秦也，能为秦声”——说自己；“妇赵女也，雅善鼓琴”——说其妻；“奴婢歌者数人，酒后耳热，仰天抚缶而呼呜呜”——说周围。写得热闹而清楚。

对于纪事之文章应注意：写纪事之文，观察不得不精细，感觉不得不锐敏。如此，可以养成思想之正确。观察时须精细，粗枝大叶、马马虎虎下断语而欲成功不可能，犹如法官判案，人证、赃证不全，虽据法理条文而下断语，亦不正确。正确之思想，是自然而然的，瓜熟蒂落，水到渠成，不求而自至。

在说理、叙事、抒情之后，文曰："诚淫荒无度，不知其不可也。""淫""荒"，过度。（书呆子曰书淫。）荒与淫意同。《尚书》："内作色荒，外作禽荒。"（《五子之歌》）

"夫人情所不能止者，圣人弗禁"，提出"人情"二字。既是情，或发泄，或压抑，在浪漫之诗人、文人主张发泄。鲁迅先生亦说青年应当敢说敢笑。——宗教主张压抑，儒家既不取发泄，亦不取压抑，在二者之间取以节制，礼之"兴"即如此。礼乃所以节情也。（鲁迅不满意儒家之处，"都不可以不革，亦不可以太革"。讽刺语也。）

"此贾竖之事"，"贾竖"，下等人。"贾"，商人；"竖"，下等人。（竖子，奴竖，皆骂人之词。）

"下流之人"，《红楼梦》贾环即下流人。人不能力争上游，只好甘居下流。人往高处长，水往低处流，人力争上游而不可、而不得，于是甘居下流，自暴自弃矣。

"不寒而栗"，心怀恐惧。五臣注："不寒而怀战栗，言惧也。"

"虽雅知恽者"，"雅知"，犹言深知、甚知也。

"犹随风而靡"，"靡"，披靡，倒也。

"董生不云乎……今子尚安得以卿大夫之制而责仆哉"，教训气太重，无感动人之力。此段盛气，并非气盛，盛气凌人。

文章末段——"夫西河魏土，文侯所兴，……方当盛汉之隆，愿勉旃，无多谈。""西河"，西河即河东、山西，借指孙会宗之故乡。"文侯"，魏文侯。"禀然"，严肃。"节概"，知当为与不当为之别。"安定"，在今甘肃西部。"旃"，"之焉"的和声。

此结尾，近于谩骂，不好，不可为法，不可为训。（鲁迅先生一写文章就骂人，他骂人是没办法，身有病，脾气与病互为因果。）杨恽一肚子牢骚不平，一触即发，故骂起来了。

五　孔融（文举）《论盛孝章书》

岁月不居，时节如流。五十之年，忽焉已至，公为始满，融又过二。海内知识，零落殆尽，惟有会稽盛孝章尚存。其人困于孙氏，妻孥湮没，单子独立，孤危愁苦。若使忧能伤人，此子不得永年矣！《春秋传》曰："诸侯有相灭亡者，桓公不能救，则桓公耻之。"今孝章实丈夫之雄也，天下谈士，依以扬声，而身不免于幽絷，命不期于旦夕。吾祖不当复论损益之友，而朱穆所以绝交也。公诚能驰一介之使，加咫尺之书，则孝章可致，友道可弘矣。

今之少年，喜谤前辈，或能讥评孝章。孝章要为有天下大名，九牧之人，所共称叹。燕君市骏马之骨，非欲以骋道里，乃当以招绝足也。惟公匡复汉室，宗社将绝，又能正之。正之之术，实须得贤。珠玉无胫而自至者，以人好之也，况贤者之有足乎？昭王筑台以尊郭隗，隗虽小才而逢大遇，竟能发明主之至心，故乐毅自魏往，剧辛自赵往，邹衍自齐往。嚮使郭隗倒悬而王不解，临难而王不拯，则士亦将高翔远引，莫有北首燕路者矣。凡所称引，自公所知，而复有云者，欲公崇笃斯义也。因表不悉。

一讲《论盛孝章书》

《昭明文选》卷第四十一"书上"载《论盛孝章书》。

法郎斯（France）曰：

旧时代转入新时代，纵使有勇往直前、百折不挠之精神，然亦不免伤感凄怆。

知人论世，以破成见。成见：（一）先天的遗传（传统）；（二）后天之习气。然“药病相治”，天下药多而饭少，当用之得当。

鲁迅《而已集》有《论魏晋风度及文章与药及酒之关系》一文，乃心理之解剖。刘师培有《中古文学史》论及汉、魏之文。

汉、魏之文不同：

汉：铺张、华丽、气盛，于天气似夏；

魏：收敛、清俊、意深，于天气似秋。

“不为已甚”“排除异己”。

宋太祖灭南唐，谓李后主曰：“卧榻之侧岂容他人鼾睡。”故孙策必死孝章。孝章对孙策轻视固不成，漠然亦不成。因其有离心力，不能团结合作。

“此子不得永年矣”，“得”下五臣本有“复”字。不必从。

“惟有会稽盛孝章尚存”，“惟”下李善本有“有”字，可从。

“吾祖不当复论损益之友”，“吾祖”上五臣本有“是”字。

“或能讥评孝章”，“评”五臣作“平”，是。“平”本字，“评”，后起。

“孝章要为有天下大名”，“要”，究，毕竟。

“所共称叹”，叹，叹赏、赞赏。

“正之术”，五臣本有“之”字，宜从。

“竟能发明主之至心”，“发”，发挥，使其理想成为事实，成就。

“凡所称引”，“称”，述义；“引”，举事。

“欲公崇笃斯义也”，“义”下五臣本有“也”字，宜从。“斯义”，五臣注：“招贤之意。”

“因表不悉”，“表”，白；“不悉”，不备、不具。

此书信可分五小节：

第一节：开端至“此子不得永年矣”，写孝章之近况。是“系驴橛”。

第二节：“《春秋传》曰”至“友道可弘矣”，论孝章宜救。

第三节：“今之少年”至“所共称叹”，更申明前意。

第四节：以人才之招致歆动曹公之心。以言意当从，不如使之乐从。

末尾：结。

二讲《论盛孝章书》

《昭明文选》卷第四十一“书上”载《论盛孝章书》。

“此子不得永年矣”，“不得”下五臣本有“复”字。

“今孝章实丈夫之雄也……吾祖不当复论损益之友，而朱穆所以绝交也。”此言孝章必当救。“谈士”，文人也。五臣注：“孝章好士，故天下谈文史之士皆依傍孝章，以发扬美声。”“吾祖”，孔子。“朱穆所以绝交”，朱穆作《绝交论》。

“今之少年，喜谤前辈，或能讥评孝章。孝章要为有天下大名，九牧之人，所共称叹”，以驳时论，以坚曹公之志。

“嚮使郭隗倒悬而王不解”，“嚮使”，“嚮”亦作“向”，往昔。向，本义“方向”。

“不知足”，已足而不满足（坏）；“知不足”，自知不足（好）。

写人、事、物，最好以一字形容之、区别之，没有两个字的意义完全相同。（动物，不但猫与狗有区别，即猫与猫、狗与狗也有区别。）

“其”与“岂”。韩退之《马说》“其真无马耶”之“其”，表语气，怀疑，大概是无马，近于无马，并非真无马也。若“岂真无马耶”之“岂”，非无马，有马。

“其知”，所有格。“知”音智。“其人”指示形容词。

“其”有时做句主角，然必用于附属之句子中。“其来也”，无此种话。只用“来矣”便可，实无法便写其名可矣。“我见其来矣”，可以。

“彼”，瞧不起之词。如《论语》：“彼哉！彼哉！”（《宪问》）

学问、事业，没有不劳而获的，这是真理。

余读任何书皆是文学。立志学文，须养成此习惯。

天地间无不成文。读《史记》《汉书》《国语》《战国策》《庄子》《左传》，自然好，但能受用否？读《古文观止》总觉得很好笑。但，死店须让活人开，看如何读法。《水浒传》，白话，易讲易了解，以助同学欣赏。

六　朱浮（叔元）《为幽州牧与彭宠书》

盖闻智者顺时而谋，愚者逆理而动，常窃悲京城太叔以不知足而无贤辅，卒自弃于郑也。伯通以名字典郡，有佐命之功，临民亲职，爱惜仓库，而浮秉征伐之任，欲权时救急，二者皆为国耳。即疑浮相谮，何不诣阙自陈，而为灭族之计乎？

朝廷之于伯通，恩亦厚矣，委以大郡，任以威武，事有柱石之寄，情同子孙之亲。匹夫媵母尚能致命一餐，岂有身带三绶，职典大邦，而不顾恩义，生心外叛者乎！伯通与吏民语，何以为颜？行步拜起，何以为容？坐卧念之，何以为心？引镜窥景，何以施眉目？举厝建功，何以为人？惜乎！弃休令之嘉名，造枭鸱之逆谋，捐传叶之庆祚，招破败之重灾，高论尧舜之道，不忍桀纣之性，生为世笑，死为愚鬼，不亦哀乎！

伯通与耿侠游俱起佐命，同被国恩。侠游谦让，屡有降挹之言，而伯通自伐，以为功高天下。往时辽东有豕，生子白头，异而献之。行至河东，见群豕皆白，怀惭而还。若以子之功高论于朝廷，则为辽东豕也。今乃愚妄，自比六国。六国之时，其势各盛，廓土数千里，胜兵将百万，故能据国相持，多历年所。今天下几里，列郡几城，奈何以区区渔阳而结怨天子？此犹河滨之民，捧土以塞孟津，多见其不知量也！

方今天下适定，海内愿安，士无贤不肖，皆乐立名于世。而伯通独中风狂走，自捐盛时，内听娇妇之失计，外信谗邪之谀言，长为群后恶法，永为功臣鉴戒，岂不误哉！定海内者无私仇，勿以前事自疑，愿留意顾老母少弟。凡举事无为亲厚者所痛，而为见仇者所快。

《昭明文选》卷第四十一“书上”载《为幽州牧与彭宠书》。

彭宠，汉世祖光武时为渔阳太守，事幽州（幽州即今河北、北京及辽宁一带）。

朱浮《为幽州牧与彭宠书》首用两骈句——“智者顺时而谋，愚者逆理而动”——做大前提，再用故实以证明之。此为一篇总起，好。“智者顺时而谋，愚者逆理而动”，实则“智”为陪、为宾；“愚”为要、为主。“愚”，一是不知足；二是无贤辅：

“多见其不如量也”	“不知足”	愚
“内听娇妇之失计，外信谗邪之谀言”	“无贤辅”	

结尾再以骈句结——“无为亲厚者所病，而为见仇者所快”——仍好。此等文字少见，甚好。除“文”好外，言中之物亦好，可做格言。

在文中用骈句以求凝练有二条件：一须有真知灼见，二须有成熟技术。二者缺一不可。否则不是凝练，是勉强。无技术，不能表现；无知见，则成滥调。

文中“辽东白豕”一段，真是神来之笔。文学之好处全在枝繁，不可但记要点。“辽东白豕”以下至“岂不误哉”——气太盛；结尾“愿留意顾老母少弟”——气落下。

“若以子之功高论于朝廷”一句，“功高”，五臣本无“高”字，较佳。

此篇虽未免滥调，但好处亦有一二。

鹤见祐辅《思想·山水·人物》（鲁迅先生译）有“读书的方

法”一节，开篇说道：

> 先前，算作“人类的殃祸”的，是老、病、贫、死。近来更有了别样的算法，将浪费、无智这些事，都列为人类之敌了。

其后，鹤见祐辅则指出：

> 但在我们以为好事情的事情之中，也往往有犯了意外的浪费的。例如：读书的事，便是其一。

> 我在这里所要说起的读书，并不是指聊慰车中的长旅，来看稗史小说那样，或者要排解一日的疲劳，来诵诗人的诗那样，当作消闲的方法的读书。乃是想由书籍得到什么启发，拿书来读的时候的读书。

我们于普通应酬当如走马观花、行云流水，须留精神以修胜业，从读书中要得到启发。而要读书，须讲方法。鹤见祐辅于文中提及若干，其中方法之一“是一面读，一面摘录，做成拔萃簿”。而“比拔萃法更有功效的读书法，是再读”：

> 因为拔萃势必至于照自己写，往往和原文的意义会有不同。再读则不但没有这流弊，且有初读时未曾看出的原文的真意，这才获得的利益。尤其是含蓄深奥的书籍，愈是反复地看，主旨也愈加见得分明。

余之见：书可再读，然要保持新鲜。读书，还须有读后之反省。另外，鹤见祐辅亦谈及“乱读”而引穆来（Morley）之言：

> 在初学者，乱读之癖虽然颇有害，但既经修得一定的专门的人，则关于那问题的乱读，未必定是应加非议的事。因

为他的思想，是有了系统的，所以即使漫读着怎样的书，那断片底知识，便自然编入他的思想底系统里，归属于有秩序的系体中。

虽乱读，然所得片断自可编入思想、知识系统中。

七　曹丕（子桓）《与朝歌令吴质书》

五月十八日，丕白：季重无恙。途路虽局，官守有限，愿言之怀，良不可任。足下所治僻左，书问致简，益用增劳。每念昔日南皮之游，诚不可忘。既妙思六经，逍遥百氏，弹棋闲设，终以六博，高谈娱心，哀筝顺耳。驰骋北场，旅食南馆，浮甘瓜于清泉，沉朱李于寒水。白日既匿，继以朗月，同乘并载，以游后园，舆轮徐动，参从无声，清风夜起，悲笳微吟，乐往哀来，怆然伤怀。余顾而言，斯乐难常，足下之徒，咸以为然。今果分别，各在一方。元瑜长逝，化为异物，每一念至，何时可言！

方今蕤宾纪时，景风扇物，天气和暖，众果具繁。时驾而游，北遵河曲，从者鸣笳以启路，文学托乘于后车。节同时异，物是人非，我劳如何！今遣骑到邺，故使枉道相过。行矣自爱。丕白。

《昭明文选》卷第四十二“书中”载《与朝歌令吴质书》。

一讲《与朝歌令吴质书》

魏文帝曹丕——中国文学批评与散文之开山大师。

前所讲《答苏武书》《为幽州牧与彭宠书》《报孙会宗书》诸篇，文章好，而其中皆有说理。魏文帝之《与朝歌令吴质书》（五月十八日）只是抒情，虽为散文而有诗之美，可称散文诗。

中国文字整齐、凝练，乃其特长。如四六骈体，真美，为外国文字所无。可是整齐、凝练，结果易走向死板，只馀形式而无精神。

文帝之《与朝歌令吴质书》虽整齐、凝练，而又有弹性、有生气、有生命。鲁迅先生的文章即整齐、凝练中有弹性、有生气。而如明清八股无弹性、无生气。《答苏武书》《报孙会宗书》则有弹性、少凝练。

人与文均须有情操。曹子桓此文真有情操。情，情感；操，纪律中有活动，活动中有纪律，即所谓操。意志要能训练感情，可是不能无感情。如沈尹默先生论书诗句所言："使笔如调生马驹。"（《论书诗》）李陵做人、作文皆少情操，《答苏武书》太不能"调"。曹子建满腹怨望之气，诗文让人读了不高兴。

魏文帝《与朝歌令吴质书》之开端，寒暄、感旧：

> 途路虽局，官守有限，愿言之怀，良不可任。足下所治僻左，书问致简，益用增劳。

"愿言之怀"，出于"愿言思子"（《诗经·邶风·二子乘舟》）。"愿言"，语词，补足语气。此但言"愿言"，实不可代"思子"成歇后语矣。

有法可学者必有弊，法未学成，反学成其弊习。无法可学反要去学，方为真法。

"妙思"数句，音节好，不关平仄，且有层次：

> 妙思六经，逍遥百氏，弹棋闲设，终以六博，高谈娱心，哀筝顺耳。

六朝时人性命不保，生活困难。文人敏感，于此时读书真是"苦行"，而于"苦行"中能得"法喜"（禅悦）。别人视为苦，而为者自得其乐。人在安乐中生出，不了解人生；人在苦行中生出，才能真正了解人生。

太平时文章，多叫嚣、夸大；六朝人文章静，一点叫嚣气没有。

沈约《宋书》最可代表六朝作风。人皆谓六朝文章浮华，而沈约《宋书》虽不失六朝风格，然无浮华之病。

六朝人字面华丽、整齐，而要于其中看出他的伤心来。《世说新语》《水经注》《洛阳伽蓝记》（伽蓝为梵文音译，庙），皆可看。北魏杨衒之作《洛阳伽蓝记》漂亮中有沉痛，杨衒之写建筑、写佛教，实写亡国之痛，不可只以浮华视之。（老年人说伤心事与说高兴事，实同最大沉痛。）

若以叫嚣写沉痛感情，必非真伤心。要拿伤心换人同情，必将伤心换为寂寞心，从寂寞中走出一种东西，才能打动人心弦。魏文帝虽贵为天子，而真抱有寂寞心，真敏感，如清代早亡之纳兰性德。

谈话最融洽时是心的接触，故曰“高谈娱心”，下字实在好。

“哀筝顺耳”，“哀”，五臣注：“哀筝，谓筝声清也。”清，即凄清之清。“顺耳”，五臣注：“所欲则奏，故曰顺耳。”此乃世法，甚浮浅。筝“哀”，故能“顺耳”，哀与顺有关。（喜剧是浮浅。）“顺耳”，实声音与灵魂已交响。

公教之赞美歌、佛教之梵呗，皆此故，以音乐表现最高精神。平日谈话虽有音，亦有字，字有字义。乐则仅有音，以音之高下、长短、疾徐表现灵魂的最高境界，此乃语言、文字所不能表现。故每宗教皆曰救灵魂，所谓净土、天堂，皆最高境界，然此究离人太远。儒家大同，是要在尘世上实现净土。罪恶中见出天堂，地狱中见出天堂，此皆最高境界。孔子亦注意乐，“乐云乐云，钟鼓云乎哉”（《论语·阳货》）。可见，音乐可与灵魂交响，岂非顺耳?

“文章本天成，妙手偶得之。”此放翁《文章》诗句，诗不好，道理是。那么，“哀筝顺耳”（平、平、去、上），瞎猫碰上死老鼠吗？——死猫连死老鼠都碰不上。

创作是快乐，而讲出来难。创作只是心一动便出来了。知、行乃二事。

驰骋北场，旅食南馆，浮甘瓜于清泉，沉朱李于寒水。

“旅食南馆”之“旅”，有“不当居而居”之义。古诗“墙上生旅葵”（汉乐府《十五从军征》），或曰旅葵者，葵不当生于此而生于此谓之旅，盖暂居非常居也。

六朝骈文贵上下句不重复，“浮甘瓜于清泉，沉朱李于寒水”二句嫌复。且人多用之，陈陈相因，了无生气。

《韩非子》曾记晋平公之言曰：“莫乐为人君，惟其言而莫之违。”（《难一》）然乐与哀又与权位何干？接下，魏文帝即云：

> 白日既匿，继以朗月，……舆轮徐动，参从无声，清风夜起，悲笳微吟，乐往哀来，怆然伤怀。

“清风夜起，悲笳微吟，乐往哀来，怆然伤怀”四句，比之李陵《答苏武书》“牧马悲鸣，吟啸成群，边声四起。晨坐听之，不觉泪下”，先别其异同，然后可言优劣。李陵是扛枪杆的，是愤慨；文帝是沉静的，是敏感的。愤慨、沉静，汉魏两朝之文章分野即在此。

汉人文章使“力”。（胡适先生以为汉人文章除王充《论衡》外，无思想。）盖汉人注意事功，思想亦基于事实，是“力”的表现。总欲有所作为，向外的多。至魏文帝曹丕不是“力”，而是“韵”。“力”与“韵”皆非思想，然“韵”盖与“感”有关。“感”有二种：一为感情，心灵的（灵、心）；一为感觉，肉体的（肉、物）。佛说“六根（六触）”：眼、耳、鼻、舌、身、意。前五根属于肉，后一根属于灵。“韵”与感觉、感情有关。“月”“笳”“风”，眼、耳、身，一感，心一动（意），则“乐往哀来，怆然伤怀”。

“乐往哀来，怆然伤怀”，是无名悲哀。多怀善感，在此处或尚非多怀，实是善感。

> 余顾而言，斯乐难常，足下之徒，咸以为然。

得意时心满意足而不骄傲，不得意时羡慕人而不嫉妒；而又非不要好、不上进。得意时自然心满意足而不骄傲。“余顾而言”，将其得意及身份皆写出。

《阅微草堂笔记》，腐。

《聊斋志异》，贫。不是无才气、无感觉、无功夫、无思想，而是小器。贫，此盖与人品有关。

行文至末尾，叙修书之情形：

> 方今蕤宾纪时，景风扇物，天气和暖，众果具繁。时驾而游，北遵河曲，从者鸣笳以启路，文学托乘于后车。节同时异，物是人非，我劳如何！今遣骑到邺，故使枉道相过。行矣自爱。

写文章要有中心，讲照应。文章行文须如常山之蛇，击首而尾应，击尾而首应；常山之蛇，首尾相应，牵一发而动全身。此番文字作结，一一叙出“方今之游”：时——“方今蕤宾”，事——“时驾而游”，地——“北遵河曲”，人——“从者”“文学”（文学之臣），正呼应昔日“南皮之游”，点明“物是人非”之慨，诚如所言“常山之蛇，首尾相应”。

文章要力的表现、动的姿态（气象峥嵘），如岑参诗句“风头如刀面如割”（《走马川行奉送封大夫出师西征》），但要“诚”。凡诚的表现都好，只要不是故意自显，应是内心的要求，是“诗法”，不是“世法”。西洋所说“生命的跳舞”，the dance of life，即余所谓“力的表现、动的姿态”，东坡所谓“气象峥嵘”。力——内，动——外。内在的力（生命），文字的技术（节奏），二者缺一不可。如：

> 西海之曲东海东，阴云惨淡卷阴风。
> 交河骨朽草自白，战地血殷花倍红。
> ……

跳舞是“力”，是“动”，而且有节奏、步伐；溜冰虽有技术而无节奏。有节奏即有纪律——情操。情是热烈的，而操是有节奏的、有纪律的。使热烈的人之感情合乎纪律，即诗之最高境界。

魏文帝感情热烈而又有情操，且是用极冷静的理智驾驭（支配、管理）极热烈的情感，故有情操，有节奏。此需要天才，也需要修养。功深养到，学养功深。

魏文帝《与钟大理书》云：

> 近日南阳宗惠叔称君侯昔有美玦，闻之惊喜，笑与抃会。当自白书，恐传言未审，是以令舍弟子建因荀仲茂时从容喻鄙旨。

在历史上，人皆痛恨文帝而同情曹植。所谓“盖棺论定”，只要批评者不换，则其生前不认识此人，老死后仍不能认识。（虽然批评只是向人家宣布自己偏见，然必须有思想、有感情，人始有偏见。）沈尹默亦有言：

> 史编要是他人笔，争比当家语意亲。

然难做翻案文字，如人形容春夏秋冬，必言“熙春、炎夏（朱夏，《尔雅》有‘夏日朱明’之语）、凉秋、穷冬”。若必为翻案文字，盖有二因：理智与情感。陆游《追感往事》其五即是如此：

> 诸公可叹善谋身，误国当时岂一秦。
> 不望夷吾出江左，新亭对泣亦无人。

禅语云：“金佛不度炉，木佛不度火。”然“豪华落尽见真淳”（元遗山《论诗三十首》其四），金佛度过炉来、木佛度过火来，方见真淳。然真天才不在其内，天才是敏感、早熟。如法郎斯（France）。

法郎斯《波那尔之罪》，三十岁人写老年人心情，真好。老年人精力衰颓还不要紧，怕的是情绪干枯。不过，衰老没办法，而情绪干枯有办法。人当写一本日记，于老年时察见自己少年心情，便能了解少年心理。而老年人多不肯察觉少年心理，察出也不认账。人之交友多取年龄、性格、心情相同。老年人当了解少年人心情，其不了解是健忘；少年人了解老年人心情难，而又非绝对不能了解。能了解是有天才的人。（余不说天才，一是怕挫折锐气，一是怕助长狂妄。而天才之有，必须承认。）屠格涅夫（Turgenev）著《父与子》，父与子代表两个时代，除去天性的爱以外，谈不到了解。子对父，不用说知道，即使知道而并不谅解；父对子则根本不了解。（中国就没有一本给儿童、给青年读的书。）

负气任性是青年人的勇气，也是青年人的不通。大概不通才有勇气，通了就没有勇气了。

法郎斯天才，敏感、早熟。文帝亦然。

二讲《与朝歌令吴质书》

魏文帝曹丕（子桓）散文真是抒情诗，有天才，也有苦心。其《与朝歌令吴质书》即如此。

人皆以为写散文较诗易，实则不然。“人莫踬于山而踬于垤”（《淮南子·尧戒》），写散文易于大胆，大步跑，易有漏洞。

魏文帝散文之用字，可为吾人学文模范教师。如“途路虽局，官守有限，愿言之怀，良不可任”数句及“妙思六经，逍遥百氏，弹棋闲设，终以六博”数句。“妙思六经”之“妙”字，有深、远、高之意；“逍遥”二字叠韵；“优游”与“逍遥”意近似，“优游”亦叠韵。“游”，即孔子所谓“游于艺”（《论语·述而》）之“游”。文中记游曰“高谈娱心，哀筝顺耳”，曰“哀筝”而曰“顺耳”，真是顺耳。如京剧反二黄《乌盆记》《碰碑》，一拉过门，真悲，真顺耳。至“驰骋北场，旅食南馆”，则至屋外矣。“旅食”之“旅”即“墙上生旅葵”（“古诗十九首”之《十五从军征》）之旅。不当居而居者曰“旅”，“旅食”或谓野餐picnic之类。“浮甘瓜于清泉，沉朱李于寒水”二句，人皆喜之。“瓜浮”“李沉”固然矣，实不甚好。（今有冰箱，此典已不恰。）六朝文讲对句而上下句意义不同，或为一因一果。如“途路虽局，官守有限”乃六朝文正宗，而非后世之堆砌。而以曹子桓一位散文大师，写到“浮甘瓜于清泉，沉朱李于寒水”，“清泉”“寒水”，二名词一意义，不好，如曰“久矣夫千百年非一日矣”，真废话。一篇文章只此二句有缝子，而不能改，没法改，能改曹子桓早改了。

描写时必须找得其惟一恰当之形容词。《与朝歌令吴质书》中间忆旧一段写“昔日南皮之游”，而以学问始——“既妙思六经，逍遥百氏”，庄重严肃。非文帝故意夸大、虚伪，盖当时与游者皆学者，故以学问始乃自然。而此一段论文学乃“主中宾”，故用一“既”字一点即去，其“主中主”仍为游；若主中主为学，绝不能两句就完。

文帝虽写散文而用写诗之严谨笔法，其用字切合且叙述有层次。其《与朝歌令吴质书》有层次，一步紧似一步，一步深似一步，绝非堆砌。写文章一堆砌便完了。

中国散文家内，古今之中无一人感觉如文帝之锐敏，而感情又如此其热烈者。在历史上人皆痛恨文帝而同情曹植，其实他那位弟弟近之则不逊，远之则怨。故文帝不杀陈王已为仁至义尽。而文帝人真厉害，知陈王无大作为，只能骂街，“秀才造反，三年不成”，故留之，而任城王黄须儿曹彰被杀。

文帝感觉锐敏、感情热烈，而理智又非常发达。人欲成一伟大思想家、文学家，此三条件必须具备。

曹氏父子，在诗，子桓、子建不及武帝；在文，武帝、子建不及子桓。此篇《与朝歌令吴质书》叙游部分，先屋内后屋外，先昼后夜，先学后游，由静而动，真有层次，可见其理智。至写到夜间，真写得好，真是文学：

> 白日既匿，继以朗月，……舆轮徐动，参从无声，清风夜起，悲笳微吟，乐往哀来，怆然伤怀。

试问何哀？哀者，乐之极也。必感觉锐敏、感情热烈之人始能写出。真是诗一般的散文，是抒情诗。文章写到这儿，不但响，且越来越高、越来越深、越来越远。高已好，深、远尤难。至“余顾而言，斯乐难常，足下之徒，咸以为然”，文帝以老大哥自居，而一点不觉得他骄傲，真可爱。至“今果分别，各在一方”，乃汝皆不觉，吾独觉之。“每一念至，何时可言”，感情真烧起来。文帝真能操纵自己的感情，压便下去，提便起来，后之诗人有此功夫否？有此修养否？最后几句泛语——“今遣骑到邺，故使枉道相过。行矣自爱”，也好。

抒情诗的散文是很好的文人的自白，可看出其生活及内心。

八　曹丕（子桓）《与吴质书》

二月三日，丕白：岁月易得，别来行复四年。三年不见，《东山》犹叹其远，况乃过之，思何可支！虽书疏往返，未足解其劳结。

昔年疾疫，亲故多离其灾，徐陈应刘，一时俱逝，痛可言邪！昔日游处，行则连舆，止则接席，何曾须臾相失。每至觞酌流行，丝竹并奏，酒酣耳热，仰而赋诗，当此之时，忽然不自知乐也。谓百年己分，可长共相保。何图数年之间，零落略尽，言之伤心！顷撰其遗文，都为一集。观其姓名，已为鬼录。追思昔游，犹在心目，而此诸子，化为粪壤，可复道哉！

观古今文人，类不护细行，鲜能以名节自立。而伟长独怀文抱质，恬淡寡欲，有箕山之志，可谓彬彬君子者矣。著《中论》二十馀篇，成一家之言，辞义典雅，足传于后，此子为不朽矣。德琏常斐然有述作之意，其才学足以著书，美志不遂，良可痛惜。间者历览诸子之文，对之抆泪，既痛逝者，行自念也。孔璋章表殊健，微为繁富。公干有逸气，但未遒耳；其五言诗之善者，妙绝时人。元瑜书记翩翩，致足乐也。仲宣续自善于辞赋，惜其体弱，不足起其文，至于所善，古人无以远过。昔伯牙绝弦于钟期，仲尼覆醢于子路，痛知音之难遇，伤门人之莫逮。诸子但为未及古人，自一时之儁也。今之存者，已不逮矣。后生可畏，来者难诬，然恐吾与足下不及见也。

年行已长大，所怀万端。时有所虑，至通夜不瞑，志意何时复类昔日？已成老翁，但未白头耳。光武言：“年三十馀，在兵中十岁，所更非一。”吾德不及之，年与之齐矣。以犬羊之质，服虎豹之文；无众星之明，假日月之光；动见瞻观，何时易乎？恐永不复得为昔日游也。少壮真当努力，年一过往，何可攀援！古人思炳烛夜游，良有以也。顷何以自娱？颇复有所述造不？东望于邑，裁书叙心。丕白。

《昭明文选》卷第四十二“书中”载《与吴质书》。

文帝《与吴质书》当作于汉献帝建安二十二年。

文各有其作风（style）、文气。作风，文章美之显于外者也；文气，文章美之蕴于内者也。

文章美包括：（一）音节美（念）；（二）文字美（思）。

声调，乃音节美，用口念；字形，乃文字美，用心念、用目观；合为文章美，即所谓物外之言。譬若“兰生幽谷，不为莫服而不芳”（《淮南子·说山训》），使人之意也远。

声调——音节美，念，用口念，用耳听，是口耳之学；字形——文字美，写，用目视，是眼目之学。合口与目更须以心思之，然后可成文章，可言创作、欣赏。

文章美中音节美最重要，故学文须朗读、背诵。学佛须亲眼见佛，念的好坏可代表懂的深浅。

《与吴质书》真是美文。

此文之开端：

岁月易得，别来行复四年。三年不见，《东山》犹叹其远，况乃过之，思何可支！

文帝有冷静头脑、锐敏感觉、热烈情感，文人条件具备。首叙寒暄，短短几语，亦觉韵长。

文人早熟——先衰，敏感——多悲。文帝亦然。

文帝善用对比contrast，长短、黑白、乐悲。信中“昔日游处”以下，先写乐，后写悲，才更悲。其中有“言中之物”与“物外之言”：

> 言中之物——“徐陈应刘，一时俱逝”，“顷撰其遗文，都为一集”。“都为一集”之后按“言中之物”，当接“观古今文人”。

> 物外之言——“一时俱逝”之后至“顷撰其遗文”之前一节是。“都为一集”与“观古今文人”中加之数句，亦物外之言。

此真是文之所以为“文”，而非说理文字。

第三段评伟长、德琏、孔璋、公干、元瑜、仲宣诸人之作。

“仲宣续自善于辞赋”，“续”，五臣作“独”。

“既痛逝者，行自念也”，二句加于诸人之间，好，可注意。此一断，乃有意。此亦可分二者来讲：（一）理智，对伟长、德琏二人有褒无贬；（二）感情，因二人而感到自己有才。人有成有不成，成与不成，皆不免死。文帝理智极清楚，感情极热烈。

“自一时之儁也”，“自”，五臣本作“亦”。“儁”，五臣作“儁”。儁，俊。如“千人俊、万人杰”。

至“恐吾与足下不及见也”以上，论文坛之过去、现在、将来。

以上论文竟，以下论文颇多伤感之音。

“至通夜不瞑”，“至”下，五臣本有“乃”字。“瞑”，五臣注：“睡也。”瞑、眠古通。（如螟虫，乡音读眠。）

“年三十馀”，“年”下，五臣本有“已”字。

“所更非一”，“更”，五臣注：“历也。”《汉书》有“少不更事”。

“动见瞻观”，五臣注：“言既非材，而处重位，兴动出入，顾眄甚难。”（盼，视；眄，斜视也。）按“见”有“被”义。文帝之意谓己之举动出入多为人所注视耳。

“颇复有所述造不”，“述”，述前人之言；“造”，作也，创作也。

“东望于邑”，“于邑”，不快，今书作“郁悒”。

“裁书叙心。丕白”，六字为结。

文帝最能以冷静头脑驾驭热烈感情。而六朝多只有冷静头脑没有热烈感情，所写只是很漂亮的一些话，我们并不能受其感动。

《宗门武库》有如下两段文字：

> 叶县省和尚，严冷枯淡，衲子敬畏之。浮山远、天衣怀在众时，特往参。时正值雪寒，省诃骂驱逐，以至将水泼旦过，衣服皆湿。其他僧皆怒而去，惟远、怀并叠敷具，整衣复坐于旦过中。省到，诃曰：“你更不去，我打你！”远近前云：“某二人数千里，特来参和尚禅。岂以一杓水泼之便去！若打杀也不去。”省笑曰：“你两个要参禅，即去挂搭。”续请远充典座。

> 师云：“圆通秀禅师因雪下，云：‘雪下有三种僧：上等底僧堂中坐禅，中等磨墨点笔作雪诗，下等围炉说食。’”

“在众”，尚未出世说法时。

“旦过”，印度语音译，即僧堂。

“敷具”，犹言坐具。“敷”，布也，铺也。如禅宗言“筑”犹今言“搂”。

“挂搭”，挂单。

《宗门武库》乃系大慧宗杲之语录，盖其弟子道谦所记。（大慧禅师，即宗杲大师，盖中国最后大师。）唐宋文体不能表现禅家精神。史书中录人言语，亦多有白话。如：《史记》之“夥颐”，《晋书》之“宁馨儿”。（晋人作文法如掘地及泉，自地心冒出。）不用白话不能传出当日精神，故史书雅文亦用之。

一种文字只可表现一种精神。吾人只是稗贩、趸卖、零沽、零售，不对。

九　曹植（子建）《与吴季重书》

植白：季重足下。前日虽因常调，得为密坐。虽燕饮弥日，其于别远会稀，犹不尽其劳积也。若夫觞酌凌波于前，箫笳发音于后，足下鹰扬其体，凤叹虎视，谓萧曹不足俦，卫霍不足侔也。左顾右眄，谓若无人，岂非吾子壮志哉！过屠门而大嚼，虽不得肉，贵且快意。当斯之时，愿举太山以为肉，倾东海以为酒，伐云梦之竹以为笛，斩泗滨之梓以为筝，食若填巨壑，饮若灌漏卮，其乐固难量，岂非大丈夫之乐哉！然日不我与，曜灵急节。面有逸景之速，别有参商之阔。思欲抑六龙之首，顿羲和之辔，折若木之华，闭蒙汜之谷。天路高邈，良久无缘，怀恋反侧，如何如何！

得所来讯，文采委曲，晔若春荣，浏若清风，申咏反复，旷若复面。其诸贤所著文章，想还所治，复申咏之也，可令憙事小吏讽而诵之。夫文章之难，非独今也。古之君子，犹亦病诸。家有千里，骥而不珍焉；人怀盈尺，和氏无贵矣。夫君子而知音乐，古之达论，谓之通而蔽。墨翟不好伎，何为过朝歌而回车乎？足下好伎，值墨翟回车之县，想足下助我张目也。

又闻足下在彼，自有佳政。夫求而不得者有之矣，未有不求而得者也。且改辙易行，非良乐之御；易民而治，非楚郑之政，愿足下勉之而已矣。适对嘉宾，口授不悉，往来数相闻。曹植白。

《昭明文选》卷第四十二“书中”载《与吴季重书》。

第一段：

“前日虽因常调”，“常调”，谓常戏。

“觞酌凌波于前，箫笳发音于后”二句，即文帝“觞酌流行，丝竹并奏”（《与吴质书》），而文帝简练。

“足下鹰扬其体，凤叹虎视”，“凤叹”，李善注：“叹犹歌也。”五臣本作“凤观”，注：“言有和容也。”

“岂非吾子壮志哉”，“吾子”五臣本作“君子”。

文艺上夸大，生活上奢华，性也。

心上要有秤、尺，然须闭门造车，出门合辙。自本心而出是闭门造车；《水浒传》所谓“普天下伏侍看官”，元遗山《论诗三十首》末章所谓“老来留得诗千首，却被何人校短长”，是出门合辙。不要管观众，只要自本心称量而出，如此方为文学表现正路。尽可不管观众、听众，而无论如何总得有观众、听众，这是文艺上的“悲哀”。

文艺上的夸大是自本心称量而出，其人美恶未必如此，而在你心上是如此。李白《于阗采花》诗云：

> 乃知汉地多名姝，胡中无花可方比。

此是夸大，乃是太白心中称量而出，而我们听了承认，此夸大便成功了。李白又有句：

> 咳唾落九天，随风成珠玉。（《妾薄命》）

夸大到极点，而我们承认它，不讨厌。

利用想象与联想，可创造出文艺上之夸大。然文艺上的夸大不可太过，须有情操、节制；否则任其自由，则如禅家所言“堕坑落堑”。

子建之情操、节制不及子桓，其夸大太过，不合辙；渺渺茫茫，不可靠。文艺上夸大可以，然要有情趣。放肆不是情趣。情趣多生自情操、节制。

“面有逸景之速”，“面”，会面；“逸”，急驰；“景”，影也，景、影古通。

“抑六龙之首，顿羲和之辔，折若木之华，闭蒙汜之谷”，四句重复，但不是夸大，是浪费。

第二段：

“旷若复面”，“旷”，五臣注：“远也。”

“其诸贤所著文章”，“其”，不做主词，若做主词当在subordinate（从属状态）。如：

其来也，我见之；其去也，我未之见也。

“我未之见也”，否定词在前（“吾谁欺？欺天乎？”——《论语·子罕》）。文言文中，第三身做主词多省。如：

某甲者江南人，（其、彼）有田园在江北，其弟欲有之，某甲患之。

“可令憙事小吏讽而诵之”，“小吏”，五臣作“小史”。

“夫君子而知音乐”，“知”上，五臣有“不”字。

描写有二种。一为绘画的。如《左传》，似水墨画，有飘逸之致；如云龙，得其神气。然此须高手始能生动，否则易成模糊。一为雕刻的。如《水经注》之写景，近于雕刻，形态清楚、逼真。柳宗元山水游记出自《水经注》，故生动、飘逸之致少，长处在清楚、逼真。如《小石潭记》写鱼：

潭中鱼可百许头，皆若空游无所依。日光下澈，影布石上，佁然不动。

又《小丘记》写石：

其嵚然相累而下者，若牛马之饮于溪；其冲然角列而上者，若熊罴之登于山。

用雕刻的表现法写逼真的形态。用“若”字已有点儿笨，不如“日光下澈，影布石上，佁然不动”十二字。《袁家渴记》：

每风自四山而下，振动大木，掩苒众草，纷红骇绿。

“纷红骇绿”四字，不但不像文，且不像诗；像词，且为二等小词。真固真，而品不高。大概凡逼真的，品就不易高。《始得西山宴游记》之“萦青缭白”四字与“纷红骇绿”句法同，而此句比前句高得太多，“青”“白”之色就比“红”“绿”高，“萦”“缭”又比“纷”“骇”好，再加还有“外与天际，四外如一”。柳子厚游记有“萦青缭白”句，东坡诗有“山耶云耶远莫知”（《书王定国所藏烟江叠嶂图》），二者意境相近，而柳文高于苏诗远矣，融四字成一境界，千言万语只是一义。

绘画的，神品；雕刻的，能品。《水浒传》近于前者，《红楼梦》近于后者。

鲁迅先生受西洋作品影响，加以本人之刻峭，且曾学医，故下笔如解剖刀。

十　嵇康（叔夜）《与山巨源绝交书》

康白：足下昔称吾于颍川，吾常谓之知言。然经怪此意，尚未熟悉于足下，何从便得之也？前年从河东还，显宗、阿都说足下议以吾自代，事虽不行，知足下固不知之。足下傍通，多可而少怪，吾直性狭中，多所不堪，偶与足下相知耳。间闻足下迁，惕然不喜，恐足下羞庖人之独割，引尸祝以自助，手荐鸾刀，漫之膻腥，故具为足下陈其可否？

吾昔读书，得并介之人，或谓无之，今乃信其真有耳。性有所不堪，真不可强。今空语同知有达人，无所不堪，外不殊俗，而内不失正，与一世同其波流，而悔吝不生耳。老子、庄周，吾之师也，亲居贱职；柳下惠、东方朔，达人也，安乎卑位。吾岂敢短之哉！又仲尼兼爱，不羞执鞭；子文无欲卿相，而三登令尹，是乃君子思济物之意也。所谓达能兼善而不渝，穷则自得而无闷。以此观之，故尧舜之君世，许由之岩栖，子房之佐汉，接舆之行歌，其揆一也。仰瞻数君，可谓能遂其志者也。故君子百行，殊途而同致，循性而动，各附所安。故有处朝廷而不出，入山林而不反之论。且延陵高子臧之风，长卿慕相如之节，志气所托，不可夺也。

吾每读尚子平、台孝威传，慨然慕之，想其为人。少加孤露，母兄见骄，不涉经学。性复疏懒，筋驽肉缓，头面常一月十五日不洗，不大闷痒，不能沐也。每常小便，而忍不起，令胞中略转乃起耳。又纵逸来久，情意傲散。简与礼相背，懒与慢相成，而为侪类见宽，不攻其过。又读庄老，重增其放。故使荣进之心日颓，任实之情转笃。此由禽鹿少见驯育，则服从教制；长而见羁，则狂顾顿缨，赴蹈汤火。虽饰以金镳，飨以嘉肴，逾思长林而志在丰草也。

阮嗣宗口不论人过，吾每师之，而未能及。至性过人，与物无伤，惟饮酒过差耳。至为礼法之士所绳，疾之如仇，幸赖大将军保持之耳。吾不如嗣宗之贤，而有慢弛之阙；又不识人情，暗于机宜；无万石之慎，而有好尽之累。久与事接，疵衅日兴，虽欲无患，其可得乎？

又人伦有礼，朝廷有法，自惟至熟，有必不堪者七，甚不可者二：卧喜晚起，而当关呼之不置，一不堪也。抱琴行吟，弋钓草野，而吏卒守之，不得妄动，二不堪也。危坐一时，痹不得摇，性复多虱，把搔无已，而当裹以章服，揖拜上官，三不堪也。素不便书，又不喜作书，而人间多事，堆案盈机，不相酬答，则犯教伤义，欲自勉强，则不能久，四不堪也。不喜吊丧，而人道以此为重，已为未见恕者所怨，至欲见中伤者，虽瞿然自责，然性不可化，欲降心顺俗，则诡故不情，亦终不能获无咎无誉如此，五不堪也。不喜俗人，而当与之共事，或宾客盈坐，鸣声聒耳，嚣尘臭处，千变百伎，在人目前，六不堪也。心不耐烦，而官事鞅掌，机务缠其心，世故繁其虑，七不堪也。又每非汤武而薄周孔，在人间不止，此事会显世教所不容，此甚不可一也。刚肠疾恶，轻肆直言，遇事便发，此甚不可二也。以促中小心之性，统此九患，不有外难，当有内病，宁可久处人间邪！又闻道士遗言，饵术黄精，令人久寿，意甚信之；游山泽，观鱼鸟，心甚乐之。一行作吏，此事便废，安能舍其所乐，而从其所惧哉！

夫人之相知，贵识其天性，因而济之。禹不偪伯成子高，全其节也；仲尼不假盖于子夏，护其短也；近诸葛孔明不偪元直以入蜀，华子鱼不强幼安以卿相。此可谓能相终始，真相知者也。足下见直木必不可以为轮，曲者不可以为桷，盖不欲以枉其天才，令得其所也。故四民有业，各以得志为乐，惟达者为能通之，此足下度内耳。不可自见好章甫，强越人以文冕也；已嗜臭腐，养鸳雏以死鼠也。吾顷学养生之术，方外荣华，去滋味，游心于寂寞，以无为为贵。纵无九患，尚不顾足下所好者，又有心闷疾，顷转增笃，私意自试，不能堪其所不乐。自卜已审，若道尽途穷则已耳。足下无事冤之，令转于沟壑也。

吾新失母兄之欢，意常凄切。女年十三，男年八岁，未及成人，况复多病，顾此悢悢，如何可言！今但愿守陋巷，教养子孙，时与亲旧叙阔，陈说平生，浊酒一杯，弹琴一曲，志愿毕矣。足下若嬲之不置，不过欲为官得人，以益时用耳。足下旧知吾潦倒粗疏，不切事情，自惟亦皆不如今日之贤能也。若以俗人皆喜荣华，独能离之，以此为快，此最近之，可得言耳。然使长才广度，无所不淹，而能不营，乃可贵耳。若吾多病困，欲离事自全，以保馀年，此真所乏耳，岂可见黄门而称贞哉！若趣欲共登王途，期于相致，时为欢益，一旦迫之，必发其狂疾，自非重怨，不至于此也。

野人有快炙背而美芹子者，欲献之至尊，虽有区区之意，亦已疏矣，愿足下勿似之。其意如此，既以解足下，并以为别。嵇康白。

《昭明文选》卷第四十三“书下”载《与山巨源绝交书》。

嵇叔夜好锻。凡有思想、有感觉的人，其嗜好、其习惯皆是有意的、自觉的、象征的。世上许多事无法改善，硬得和铁一样，怎样能拿来放到火里烧一烧，用钳锤在砧子上凿一凿，炼得它软得如同面条子一样，要它怎样便怎样，岂不痛快！

黄山谷曰：“士大夫处世，可以百为，惟不可俗，俗便不可医也。”（《书缯卷后》）子弟们处世，可以百为，惟不可真，一真，便行不通。

鲁迅《野草·立论》讲一个故事：小儿弥月，汤饼会客（饼、面、饵，有甜味的）。客见小儿，或曰将来做官，或曰将来发财。一客谓将来要死的，主人怒掴之。前二人皆假话，后者乃实话却被打。鲁迅接着说："我不想说谎恭维人，也不想说真话挨打。"文中老师回答：

> 那么，你得说："啊呀！这孩子呵！您瞧！多么……阿唷！哈哈！He he！he，he he he he！"

周作人说，这年头里尽说我爱你不成，最好说天气，还不与人相干。然而天气好坏在个人也有不同处，所以只好"今天天气哈哈哈"。

俗云：打人别打脸，揭人别揭短。此是与世无患、与人无争。又云：西瓜皮打秃子，王八盖刻格子。此则情理难容。

鲁迅先生有与嵇叔夜相似处，他们专拿西瓜皮打秃子的脸，所以到处是仇敌。（鲁迅《论魏晋风度及文章与药及酒之关系》，收于《而已集》，北新有活叶。）老杜写李白：

> 不见李生久，佯狂真可哀。
> 世人皆欲杀，吾意独怜才。（《不见》）

其实李白尚不致如此，嵇叔夜才真是如此，就因为他爱说真话，好揭人的短处，戳破人的纸老虎。（其实一年三百六十日，百年三万六千场，人都是护着短处生活，人就是在虚伪中鬼混。个人是在护短中生活，社会是在虚伪中过活。）你揭人的短，戳破人的虚伪，虽是求真，却行不通。这样人有四字送他："愤世疾邪"。这样人看着人都不顺眼，别人看了他也不会顺眼，"你眼中的人，就是人人眼中的你自己"。

然愤世疾邪的人是世上不可少的。这与无聊的名士、狂人截然不同。后者骂世是自我出发，自命不凡，嫌人不称他是天才。这种名士、文人，要说杀就该杀，他们一不如意便使酒骂座。无以名之，只好名曰疯狗，既是疯狗，还是打杀为妙。然要像嵇康、鲁迅他们，说真话，是社会的良医，世人欲杀，哀哉！

为文不可不会利用骈句，此乃中国文字特长，而不可用死。

骈句，parallel sentence，不一定是四六对句。如汪中（容甫）自述：

俯仰异趣，哀乐由人。（《经旧苑吊马守真》）

汪中为人做秘书，故云。此乃四六骈句，较为自由。骈句意思“对”，句法不甚“对”。又如《礼记·礼运》：

货，恶其弃于地也，不必藏于己；力，恶其不出于身也，不必为己。

这是骈句，不是对句。

凡骈句多为警句（佳句），可为格言、座右铭；对句则分量上差。曹丕《典论·论文》：

贫贱则慑于饥寒，富贵则流于逸乐。遂营目前之务，而忽百世之功。

此亦骈句，且字数较整齐。（上古则纯朴，from hand to mouth，糊口度日，目前之务。）欧阳修《五代史·伶官传序》：

夫祸患常积于忽微，而智勇多困于所溺。

人有所嗜，必为之累。佛无所溺，故曰大雄、大勇、大智。欧氏此二句是骈句，近于格言，而非警句。读书要看警句，必有与一己之心相合者。

格言是教训，没有感情。如朱用纯《朱子家训》：

黎明即起，洒扫庭除。（第一章）

警句有哲理，凡哲理多带有感情。格言没有感情，是干枯，不是严肃。《礼记》“货，恶其弃于地也，不必藏于己；力，恶其不出于身也，不必为己”二句，也许带有教训意味，然而又有些“劝”的意味。教训不必有感情；劝，要有感情色彩，才能感动人心。古圣先贤悲天悯人之心，是多么大的感情。

文中散句过多，易于散漫。后人文章散漫，多因不会用骈句。鲁迅、周作人的白话文都有骈句。白话文不是白话，如同京剧中的“京白”不是“京话”，京话是散行，京白便有骈句、有锤炼了。而鲁迅、周作人并非有意如此，一写便如此，且便该如此。如《论语》，孔子以为话便该如此说，理便该如此讲。凡自以为了不起的人，都是很浮浅的人。用骈句成心也不成，需瓜熟蒂落，水到渠成，是人工而又要自然。如空手对白刃，必须纯熟，稍一生疏，便害事不浅。然亦不可过熟，过熟易成滥调。熟，易至于烂，乃因不用心；若用心，熟不至烂熟。在有心无心之间来了，便因极熟。

骈文又不可用死。

骈散，即骈中带散。文用散句，文气流畅。

上所举《典论·论文》“贫贱则慑于饥寒，富贵则流于逸乐”二句是骈；“遂营目前之务，而忽百世之功”二句是骈散。“遂营目前之务”是因，“而忽百世之功”是果。杜甫：

> 朝回日日典春衣，每日江头尽醉归。
> 酒债寻常行处有，人生七十古来稀。（《曲江二首》其二）

此后二句不但“骈”，简直是“对”，但是上下的，不是平行的；字句是平行，意思是上下，亦骈中带散。义山诗：

> 露如微霰下前池，风过回塘万竹悲。
> 浮世本来多聚散，红蕖何事亦离披。（《七月二十九日崇让宅宴作》）

“浮世”二句亦骈中带散。义山学老杜而比老杜还美，且美中有力。柳子厚“纷红骇绿”（《袁家渴记》）自己骈。

散——流动，如水；骈——凝练，如石。只散不好，只骈亦不成，应骈散相间。大自然中无美过水与石者，而中国人最能欣赏水与石之美。

处世不可真，而文人是表现性情的，必须真。“世人皆欲杀”，不必世人杀，亦必自杀。“若使忧能伤人，此子为不得永年矣”（孔融《论盛孝章书》），岂但忧能伤人，凡感情皆能伤人。现在世上真没有真的感情了，诗人以不说强说、不笑强笑为苦，世人以不说强说、不笑强笑为本分，将本性已剥削殆尽。

不但忧愤能伤人，欢乐亦能伤人，除非不是真欢喜。每日欢喜，摇散精神，如日消雪。然此与夫子所谓“乐天知命”、与颜渊“不改其乐”之“乐”不同。夫子、颜回之乐，如花之开、水之流，不是摇散精神，是生长，即禅家所谓法喜，即西洋宗教所谓ecstasy。一人写一快乐的人，说，我今天真高兴，我的心如氢气球一样—— 一碰就崩了。这是摇散精神。凡真的感情都是侵蚀人的生命的。故佛教、道教皆要人压制感情，感情是学道的对头、魔头。

爱能伤人，只说到一面。而学文必须助长之不可。这两面不是不能调和，而终有点儿抵触。学文要助长感情，才能有创作表现；学道必须打倒之，才能有真我、真乐。文人有真性情、真感情，不必世人欲杀，便足以自杀。西洋说文人是蜡烛，由两头点起来，比别人加一倍亮，而不能延长，以其加一倍消耗。

第一段：

“吾常谓之知言”，常，always，永远；尝，sometimes，或，时而、曾经。“常”，五臣作“尝”。

“知足下固不知之”，“故”，就；“固”，绝对。

“足下傍通”，“傍通”，知己知彼。“傍”字便从自我中心出发。

"直性狭中"，"中"，衷心；"狭中"，narrow-minded；"直性狭中"意谓个性太强，知有己、不知有人。

"足下傍通，多可而少怪，吾直性狭中，多所不堪"，是骈，意骈。

"偶与足下相知耳"句，字法、修辞、意思都好。

"间闻足下迁"，"间"，近来，五臣注："顷也。"

从"足下昔称吾于颍川"至"故具为足下陈其可否"，是开端，而关系、性情、近日事情都说清楚了。写文当如此。

第二段：

"得并介之人"，"并介之人"，不让人帮，然亦不妨碍人。"并"，狂、进取，好帮人忙，好做事；"介"，狷，有所不为。"并""介"在一句，自己骈。

"或谓无之，今乃信其真有耳"，"无""有"，亦骈。

骈散不在字数、句法，有似骈而非骈、似非骈而实骈者。如：

> 子曰："富贵而可求也，虽执鞭之士，吾亦为之；如不可求，从吾所好。"（《论语·述而》）

> 美而艳。（《左传》）

陶渊明"纡辔诚可学，违己讵非迷。且共欢此饮，吾驾不可回"（《饮酒二十首》其九）、杨恽"人生行乐耳，须富贵何时"（《报孙会宗书》），与孔子"从吾所好"不同。孔子有吃苦忍辱的精神，杨恽只是放纵。儒家"修其天爵而人爵从之"（《孟子·尽心上》），"天爵"，可，是情势；"人爵"，能，是能力。六朝时陶渊明大诗人真是儒家精神，比韩愈、杜甫通。陶渊明够圆通、冲淡了，而所说仍不及孔子缓和。陶究竟是诗人，负气得很（士多有志，斯固然矣）；孔子"从吾所好"，是伟大哲人、诗人的态度。

道德是内心的约束，礼法是外身的约束。由身的放纵、礼法的约束，便可看出其精神已散漫懈怠。"坐如钟，立如松"是礼法，由此精神才能集中。而“礼法岂为吾辈设”？六朝人就犯这劲，不可为法。然若替他做心理分析，则亦自有其故。鲁迅先生以为乃由愤激生出之矣，世人讲道德、仁义，都是假面具，所以有志之士（血性人）便故意不守礼法。世事不坏于真小人，而坏于伪君子。《水浒传》一百单八人是真强盗，而不是伪君子。鲁智深是大诗人，“人生行乐耳”“从吾所好”。六朝人对礼法不敬，已成无理由的了。鲁迅论魏晋人，六朝已是末流，故不论。

魏武帝比始皇还狠、还辣。蜀、吴二敌手比六国厉害，若是始皇，或者还叫二人给灭了。做皇帝不得不摧残文人，当时文人受老曹收拾最厉害，故志士必激愤而反抗。到晋初司马氏父子，则成“害人之心不可有，防人之心不可无”。（不可太忠厚，司马炎忠厚，其子惠帝傻。）

嵇叔夜反对司马氏父子。然何不“外不殊俗，而内不失正”，外圆内方？都知有这样人，嵇叔夜自己也说了，可自己做不到。

“而悔吝不生耳”，“悔吝”，犹言悔恨。《易传·系辞》言“吉凶悔吝生于动”，此乃中国最早人生哲学。“好事不如无”（云门文偃禅师语），亦是人生哲学。

悔吝，天下无悔吝之人，一种是阿Q式人物，不算。一种是理想人物，所做过事无不对者，圣贤事无不可对人言。常人岂但不敢对人言，简直怕想。另一种则是英雄，如曹操一流人物，错就错了，我负责任，绝不后悔。我们既不像阿Q那样糊涂，又没有圣贤那样健全人格，又不能像英雄那样坚决，真是平凡的悲哀，具是凡夫。而人味（人情味）最充足的还是那种有平凡的悲哀的“具是凡夫”。圣贤真来了，你和他一起舒服吗？神仙更了不得，英雄也令人害怕，还是“具是凡夫”令人可亲了。

王静安云：

> 人生过处惟存悔，知识增时只益疑。（《六月二十七日宿硖石》）

以诗论不佳，以内容论可取，上句是，下句可商量。“知识增时只益疑”，还是不是真知识？静安先生治哲学，对人生总之是想过的。“外不殊俗，而内不失正”，已是难事，“与一世同其波流，而悔吝不生”，更难！

宋真宗时，宰相王旦临殁不着朝服，衣着僧衣，可见真后悔了也，遗命以僧服入殓。又明末吴伟业临死，作《贺新郎·病中有感》词，言“竟一钱、不值何须说”，可见其后怕。不降清也罢，降就降了，何必后悔？与一世同其波流，而悔吝生了，不成。

曹操是担荷；叔夜所说老子、颜回、柳下惠、东方朔是达人，只是完成自我，如行云流水，是“随喜”。完成自我，一般人易成玩世不恭。常人有人格的分裂，自己骂自己，反对自己，常人一做坏事而有内心牵涉。仲尼、子文是牺牲自己济世，释、耶都是。老子、庄周无所作为。济世，有所作为；玩世不能做什么，而完成自我，自己一点儿不受屈；释迦是自己受苦，真伟大。干事的人非是牺牲自己不可，不像圣贤豪杰。现在人，事做不好，就因其但想升官发财、完成自我。

叔夜两种都不能学，玩世不能圆，济世又不能完全无我，我的意识太强，不能牺牲。

“所谓达能兼善而不渝”，“渝”，变也，自动。夺，使之变也。

庄子以为人得自天，惟足以能全。得于天者不当破坏，故赞美婴儿是天是全。庄子对婴儿是物格，儿科医生对婴儿是格物。物格不见得真懂，只是“于我心有戚戚焉”（《孟子·梁惠王上》）。“戚戚”是心动了，喜欢的人不见得是好。既然慕之，可见心如何戚戚，心动。老子是机心，庄子无机心，六朝乃末流。

“仰瞻数君，可谓能遂其志者也”，“遂”，副词，亦可用为动词。

“且延陵高子臧之风，长卿慕相如之节，志气所托，不可夺也”，以上，历举前贤事迹而加以说明。

以下第三段，乃自述。

“少加孤露”。《诗经》：“舍彼有罪，予之佗矣。”（《小雅·小弁》）毛传：“佗，加也。”马瑞辰《毛诗传笺通释》：“驼、佗古通用。中国古无骆驼，亦无驼字。”驼、驰，朱熹注楚辞《涉江》“高驰而不顾”。驰，加也。“少加孤露”，“加”，驰也，被也，受也。

“母兄见骄”，“见”，被动语气passive voice，如“见欺”“动见观瞻”；又用作助动词，加重语气。（auxiliary verb：must、will、shall、can、ought to.）

“筋驽肉缓”，五臣注：“谓宽缓如驽马也。”

“不攻其过”，“攻”，五臣注：“击也。”

“故使荣进之心日颓”，“颓”，五臣注：“坠也。”“从善如登，从恶如崩。”（《国语·周语下》）“欲求生富贵，须下死功夫。”（《增广贤文》）

“任实之情转笃”，“任实”，五臣注：“用本情也。”盖不勉强之意。“任实”，用本情，信意。学文、学道，须在意，不能信意。

“此由禽鹿”，“由”“犹”通。“禽”，古擒字，飞禽；“兽”，鸟兽之总名。

“狂顾顿缨”，“缨”，缰。“顿”不是“断”，而“断”是“顿”的结果。

“虽饰以金镳”，“镳”，马衔。

美丽、简明，六朝文兼之。简明乃美丽之本。如嵇叔夜此段中所言：

> 简与礼相背，懒与慢相成。

二句简明、美丽。至若李谔所言：

> 连篇累牍不出月露之形，积案盈箱惟是风云之状。（《上隋高祖革文华书》）

廿字一个意思。又有一段文字：

夫人莫大于为善，为善莫大于修庙，而尤莫大于修二郎庙。夫二郎者，乃大郎之弟、三郎之兄，而老郎之子也。庙有树一株，人皆曰树在庙前，余独谓庙在树后。是为记。（《二郎神庙碑记》）[1]

像《二郎神庙碑记》，多数作家都不免堕坑落堑。读鲁迅文章，是使死尸站起来看见自己的腐烂，锤炼，坚实，有弹性。

散文是因果相生，纵的；骈文是并列的。散，因果相生；骈，甲乙并立，不但无因果关系，简直无关。

“简与礼相背，懒与慢相成”二句，寓散于骈。

“少见驯育，则服从教制；长而见羁，则狂顾顿缨，赴蹈汤火”，二句寓骈于散，是因果相生；“虽饰以金镳，飨以嘉肴，逾思长林而志在丰草也”，亦寓骈于散，因果相生。

以上二长句以图示：

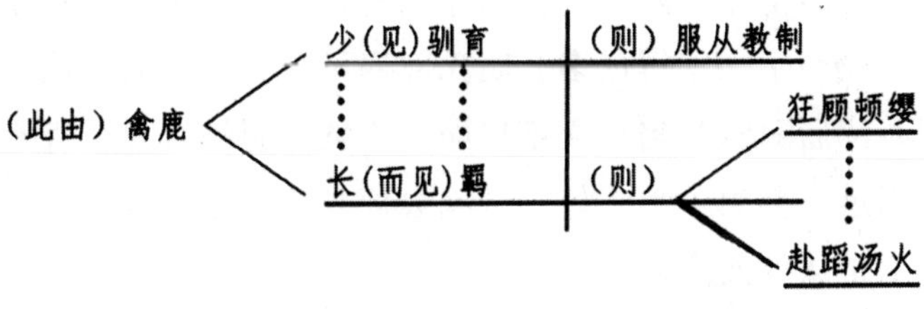

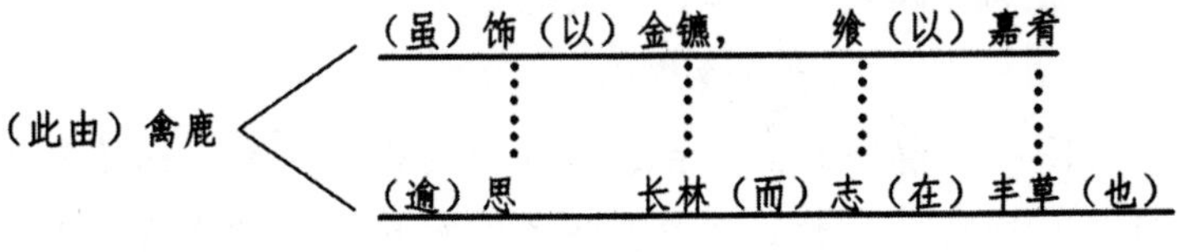

“狂顾顿缨，赴蹈汤火”二句，本可对而不对。凡物反常必贵，而反常又可为妖，差以毫厘，谬以千里。反常而须看不出。

“骈”，惟中国有，刘师培《中古文学史》所谓“华夏所独”。

① 此文盖为晚清淮阳县令韩好古手笔。

韩愈“文起八代之衰”（苏轼《潮州韩文公庙碑》），改骈为散，而如《原道》：

博爱之谓仁，行而宜之之谓义，由是而之焉之谓道。

仍是骈。苦苦思之，骈、散二者应同时并用。柳子厚深于六朝，其《种树郭橐驼传》：

虽曰爱之，其实害之；虽曰忧之，其实仇之，故不我若也。

不但骈，不但能把诗的情调融入散文，且能将诗的格律、形式融入散文。韩、柳文实乃寓骈于散，寓散于骈；方散方骈，方骈方散；即骈即散，即散即骈。

六朝的骈文与唐之“四六”不同，“四六”太匠气。而六朝末庾信已匠气，只注意骈，没有散了。其最大的毛病是好用代字，如写桃用“红雨”，写柳用“灞岸”。始作俑者，其无后乎？用代字固不始于庾子山，而庾子山用得最多。庾氏境遇可怜，写《哀江南赋》应能动人，而人读后只觉其美，文字华丽，不觉其感情真挚，外有所馀者而内有所不足。美男子美，好，试问去掉其美，还有什么？应从内生出光彩，不是从外面涂上。

骈文成为“四六”，实是骈文的堕落。

民一日谓悟曰：“古人道如一滴投于巨壑，殊不知大海投于一滴耳。老和尚还肯此语否？”悟曰：“你看，争奈他何！”（道行《雪堂行拾遗录》）

禅家语录文章美，似《世说新语》，伟大或不如泰山恒岳，而明秀过之。一丘一壑虽小，而明秀驾泰山恒岳之上。

“大海投于一滴”，由博返约。

人有不知、知、忘三种情况：

（一）习矣而不察焉，终身由之而
不知其道（《孟子·尽心上》）　　不知

（二）日知其所亡，月无忘其所能
（《论语·子张》）　　知

（三）不知不识，顺帝之则
（《诗经·大雅·皇矣》）　　忘
鱼“相忘于江湖”
（《庄子·大宗师》）

人都带点阿Q气，是知道好，还是不知道好？往积极说，还是知道好，去得一分是一分。人言“高山仰止，景行行止”（《诗经·小雅·车辖》），然禅宗忌讳“从门入”，要跳墙过去。

旧作品已失去刺激性，不能启发。启发是生，生于其心。西洋只有从“不知”到“知”，没有“忘”。鱼鱼相忘，鱼水相忘。

文章中言中之物——内容，物外之言——文章美。

初学者当先懂言中之物，后懂物外之言。读书之过程：（一）茫然；（二）了解（言中之物，内容）；（三）欣赏（物外之言，文章美）。创作亦然：（一）茫然；（二）表达情意；（三）文章美之表现。第二步只是“是”，不是“美”。如唱戏，合板眼未必好。《儿女英雄传》，八股气，骈而不化。

“盖所能言者，具于此云。”（陆机《文赋》）

“不诚无物”（《中庸》廿五章），“不打诳语”，作文以诚。

嵇康《与山巨源绝交书》，事既不足为训，文亦不足为法。仅“此由禽鹿少见驯育，则服从教制；长而见羁，则狂顾顿缨，赴蹈汤火。虽饰以金镳，飨以嘉肴，逾思长林而志在丰草也”一节好。只是

“诚”，可取，可爱。

谎与诚非二事，文人最善于说谎。《大学》言“正心，诚意，修身，齐家，治国，平天下”，文人没有下半截功夫，主要是正心、诚意。文人有思想、有感觉、有感情，而无能力、无作为。嵇氏在文中第五段历述“有必不堪者七，甚不可者二”，说不成，真是不成。文人若不能正心、诚意，从根坏起，便不可救药了。文人说谎亦自正心、诚意出发，是虚伪，不是欺骗。

虚伪是文学艺术，欺骗是罪恶。文学艺术从说谎来，而心是“诚”。“大藏”中有佛说《百喻经》，每段故事后皆说明此故事是何用意。（有人标点《百喻经》，改名为《痴花鬘》，删去其说明。）如：

> 昔有一人，有二百五十头牛，常驱逐水草随时喂食。时有一虎，啖食一牛。尔时牛主即作念言：“已失一牛，俱不全足，用是牛为？”即便驱至深坑高岸，排著坑底，尽皆杀之。凡夫愚人亦复如是。受持如来具足之戒，若犯一戒，不生惭愧清净忏悔，便作念言：“我已破一戒，既不具足，何用持为？”一切都破无一在者。如彼愚人尽杀群牛无一在者。

前为故事，后为说明。文人则不然，只说故事，不做说明。各子书亦好说故事，皆是诚，借说谎达意。且一个人若不诚，说谎也不会。

第四段：

“惟饮酒过差耳”，“过差”，五臣注：“差，失也。”过差，盖过量意。

“幸赖大将军保持之耳”，“大将军”，善注：“太祖。”五臣注：“司马文王。”二人所指皆司马昭。

自然无情，社会更是无情。自然花落，明年尚可重开；社会则一槌打倒，永世不得翻身。

人最好没有感觉，没有血性，像阿Q似的，否则自取苦恼。人是要管闲事的，即如圣贤之悲天悯人，亦岂非好管闲事？

第五段：

“自惟至熟”，“惟”，思，亦可作“维”。

“有必不堪者七，甚不可者二”，“不堪”者，就个性而言；“不可”者，就情势而言。

“而当关呼之不置”，“当关”，五臣注：“汉置当关之职，欲晓，即至门，呼人使起。”

“素不便书”，“便”，善也。

“则诡故不情”，“诡”，五臣注：“诳。”“故”当是做意，即“故意”之“故”也。

“每非汤武而薄周孔”，五臣注：“汤与武王以臣伐君，故非之。周公、孔子立礼使人浇竞，故薄之。”

此一段言“七不堪、二不可”，概言之如下：

七不堪：

（一）喜晚起；

（二）行吟弋钓（爱自然）；

（三）不拘形迹；

（四）不喜做书；

（五）不喜吊丧；

（六）不喜俗人；

（七）心不耐烦。

二不可：

（一）非汤武而薄周孔；

（二）刚肠疾恶，轻肆直言。

嵇叔夜是任性纵情，不愿受约束限制，不能勉强；而社会是束缚，是勉强。用两大剪子修理庭树之办法，则叔夜不得有；若一切任之亦可，而又知其不可，此叔夜之所以痛苦。耳不闻不厌，目不见不烦，难奈者有耳目在也。害人之心不可有，防人之心不可无；害人之心是机心，防人之心何尝不是机心？人自欺犹可，欺人难容；自杀尚可，杀人难容。（其实自杀也不该。）人有时活着要有点儿自欺，如此还有活着的勇气。六不堪、七不堪，是真不堪，欲入世首须打破此二关。而高洁如蝉，又有何用？人须入世，而不得不磨炼。若有感觉，谅人情则多事矣。

“以促中小心之性”，“促中小心”，narrow-minded。此数句，不但愤慨，直是悲哀。

“千斤之弩不为鼷鼠发机”，鲁迅千斤之弩竟为鼷鼠而发机，真可怜，真是受不了。

“巧迟不如拙速”，而天下道理总是药多而饭少。左思《三都赋》十年而成，凡一部伟大作品皆是巧迟，决无拙速。著作是要巧迟，而练习要拙速。如此，方不致视作为畏途，而“潦倒不能横飞”（蒲松龄《聊斋志异·八大王》）。

“涓涓不塞，将为江河”（《六韬》）、“泉涓涓而始流”（《归去来兮辞》），星星之火可以燎原。人要爱惜自己，不可娇惯自己，由爱惜所生是上进，由娇惯所生是懒散。作文还是小事。

文章可分为两类：一类，为读诵（朗诵）的文章；一类，为玩味（欣赏）的文章。前者念着好，而往往说理不周，是音乐的，可以催眠。中国字方块、独体、单音，很难写成音乐性，而若于此中写出音乐性，便成功了。

三代两汉散文著作是有音乐性的；文章发展到六朝，有音乐性，而是用骈；至韩愈退之始能用散文写出音乐性。韩愈是革新也是复古，日光下无新事。凡革新的事情，其中往往有复古精神。若只提倡革新，其中没有复古精神，是飘摇不定的；若只提倡复古，其中没有革新精神，是失败的。韩退之有革新精神，有复古意义。退之文不见得好，而有独到之处。“文起八代之衰”（苏轼《潮州韩文公庙碑》），此语至少有一部分是对的。

陶渊明文章好，而切忌滑口读过，是玩味的；柳子厚文也是玩味的，不宜朗诵，眼看心惟，不可用口。柳子厚山水游记出自《水经注》，而与《水经注》不同。《水经注》是自然而然，如生于旷野沃土之树木；柳氏游记是不自然的，如生于石罅瘠土中的树木，臃肿蜷曲；柳氏游记是受压迫的，如生于严厉暴虐父母膝下的子女；《水经注》条达畅茂，即如生于慈爱贤明父母之下的子女。生于石罅瘠土中之树木折枝偃抑，是病态的。《水经注》是健康的，柳子厚游记是病态的，何能滑口读过？

文章无论读诵（音乐）的，还是玩味（造型）的，没有一个好的造型是不会有很深意义的，不能动人。六朝文是偏于音乐的，若更能值得人玩味，便是了不起的文章，如《洛阳伽蓝记》《水经注》。

鲁迅先生文章是病态的，胡适说理文章条达畅茂，而抒情写景不成，胡先生过不掩功。归震川文集肤浅，而条达畅茂。条达畅茂的文章是富于音乐性的，而易成为滥调。

内容——言中之物，须看，了解（看不能只一遍）。凡说理周密、思想深刻之文章，多不宜朗诵。文气、作风——物外之言，须读，欣赏。欣赏不是了解。如看花，不必知其名目、种类，而不妨碍我们欣赏。而有时欣赏所得之了解，比了解之了解更了解。欣赏非了解，但其为了解或在寻常了解之上。

文人所了解的有时为植物学家、科学家所不能了解的。柳子厚山水游记之好，便因其看到了、了解了别人所未见到、未了解的东西。

“气盛则言之短长与声之高下者皆宜”（韩退之《答李翊书》），魏文帝文章宜看，气舒则言之长短与声之高下亦皆宜。苏辙说“气可以养而致”（《上枢密韩太尉书》），而养气要读，而且要整篇整段读，不可一句一句读。“群居终日，言不及义，好行小慧，难矣哉！”（《论语・卫灵公》）说话顶碍学道、学文。“难矣”，难于为仁为道了。

以上第五段“七不堪”“二不可”，乃自白；以下第六段乃对山公而言。

“仲尼不假盖于子夏”，小善。“勿以善小而不为”，泰山不让土壤，故能成其高。

“护其短也”，护人之短，难。

“曲者不可以为桷”，“桷”，椽也。

“此足下度内耳”，“度内”，犹言推己以及人。

《与山巨源绝交书》第二段中有“外不殊俗，而内不失正”之语，嵇叔夜自己承认办不到。至第七段中嵇氏说：

今但愿守陋巷，教养子孙，时与亲旧叙阔，陈说平生，浊酒一杯，弹琴一曲，志愿毕矣。

“浊酒一杯，弹琴一曲”，不是坏人心术，而是堕人志气，可是真舒服。潦倒，不整饬。人之吃苦是为了愉快，宗教上苦行也是为了精神上愉快、灵魂上自由。天下没有为吃苦而吃苦的。“一箪食，一瓢饮，居陋巷，人不堪其忧，回也不改其乐”（《论语·雍也》），此语句子很长，而真好：（一）思想丰富；（二）修辞技巧好。

狂，乃进取，然此必须有真气，否则狂妄是“客”气。狷者，有所不为，而结果易成为自私。凡狷而不成为自私的，都是有反省的。“己所不欲，勿施于人”（《论语·颜渊》），此即有反省之狷，是消极的；“己所欲者，施之于人”（《心经》），此也仍是反省，惟其积极，是狂。

“大音希声”（《道德经》四十一章），人之聪明不可使尽。

陶渊明十二分力量只使十分，老杜十分力量使十二分，《庄子》十二分力量使十二分。《论语》十二分力量只使六七分，有多少话没说出来。词中大晏、欧阳高过稼轩，便因力不使尽。文章中《左传》比《史记》高，便因《史记》有多少说多少。不过，所谓“十分聪明别使尽”，亦有两种：一是有机心，一是自然的。

日人小泉八云（L. Hearn）《论读书》说，大文章要速读得其气势，小文章要细读得其滋味，读完之后要合上书想我们所得到的印象。《与山巨源绝交书》是大文章，以下讲小文章《重答刘秣陵沼书》。

十一　丘迟（希范）《与陈伯之书》

迟顿首。陈将军足下：无恙，幸甚幸甚！将军勇冠三军，才为世出，弃燕雀之小志，慕鸿鹄以高翔。昔因机变化，遭遇明主，立功立事，开国称孤，朱轮华毂，拥旄万里，何其壮也！如何一旦为奔亡之虏，闻鸣镝而股战，对穹庐以屈膝，又何劣邪！

寻君去就之际，非有他故，直以不能内审诸己，外受流言，沉迷猖獗，以至于此。圣朝赦罪责功，弃瑕录用，推赤心于天下，安反侧于万物，将军之所知，不假仆一二谈也。朱鲔涉血于友于，张绣剚刃于爱子，汉主不以为疑，魏君待之若旧。况将军无昔人之罪，而勋重于当世。夫迷途知返，往哲是与；不远而复，先典攸高。主上屈法申恩，吞舟是漏；将军松柏不翦，亲戚安居，高台未倾，爱妾尚在。悠悠尔心，亦何可言！

今功臣名将，雁行有序，佩紫怀黄，赞帷幄之谋，乘轺建节，奉疆埸之任，并刑马作誓，传之子孙。将军独腼颜借命，驱驰毡裘之长，宁不哀哉！夫以慕容超之强，身送东市；姚泓之盛，面缚西都。故知霜露所均，不育异类；姬汉旧邦，无取杂种。北虏僭盗中原，多历年所，恶积祸盈，理至燋烂。况伪孽昏狡，自相夷戮；部落携离，酋豪猜贰。方当系颈蛮邸，悬首藁街。而将军鱼游于沸鼎之中，燕巢于飞幕之上，不亦惑乎！

暮春三月，江南草长，杂花生树，群莺乱飞。见故国之旗鼓，感平生于畴日，抚弦登陴，岂不怆悢！所以廉公之思赵将，吴子之泣西河，人之情也。将军独无情哉？

想早励良规，自求多福。当今皇帝盛明，天下安乐。白环西献，楛矢东来；夜郎滇池，解辫请职；朝鲜昌海，蹶角受化。惟北狄野心，掘强沙塞之间，欲延岁月之命耳。中军临川殿下，明德茂亲，总兹戎重，吊民洛汭，伐罪秦中。若遂不改，方思仆言。聊布往怀，君其详之。丘迟顿首。

《昭明文选》卷第四十三“书下”载《与陈伯之书》。

丘迟，萧梁时人，武帝萧衍时人也。

萧氏父子如曹氏父子，皆有文学天才。曹魏时文坛上之中心是曹氏父子，同样，梁时文学中心是萧氏父子。武帝有子：（一）昭明太子；（二）简文帝；（三）元帝。曹植是秀才，作酸文而已，无能干。萧氏父子差不多都成了秀才。昭明早死；简文帝最可怜，为侯景所逼死；梁元帝虽为父兄报侯景之仇，然北朝兵进来，将其掳去。

北魏至末年，分
- 东魏 ⟶ 齐（高）
- 西魏 ⟶ 周（宇文）

陈伯之，南朝人，降北魏。梁武帝令丘迟与之书。

此篇文章好，然文风一变。

文，上古至两汉而一变：两汉之文厚重，浑厚朴实（有人说典雅，不然）；至三国与晋而一变：清刚，三国时偏于刚，晋时偏于清；至六朝而一变：华丽，特别是南朝。究其原因：

（一）用典。此派至庾信而集大成，庾乃六朝最后一大文学家。余最不喜其文，烂熟烂熟。老杜云：“庾信平生最萧瑟，暮年诗赋动江关。”（《咏怀古迹》其一）老杜诗萧瑟有劲，庾之文实无此劲。老杜又云：“清新庾开府。”（《春日忆李白》）庾信或有清新。

（二）抒情。此与南渡有关，南方人情感缠绵。

（三）写景。此亦因江南山水明秀，故写出之文秀丽。北方水深土厚，生长在黄沙大风中，固有苍苍茫茫之气。故地理与文学亦有莫大之关系焉。

六朝之文学发展至齐梁，已至成熟之期，由丘迟《与陈伯之书》即可见出。然到成熟之期，即到了烂熟、腐败、灭亡之时了。

> 莫从高古论风雅，体制何曾有故常。
> 寂寞心情谁会得，齐梁中晚待平章。
> （沈尹默《题儿岛氏所作〈中国文学史〉》）

沈尹默有《秋明集》，上卷诗，下卷词。日人儿岛氏著有《中国文学史》，辗转托人为题词。沈高兴，作诗八首，论诗词曲，此其一。沈尹默之思想情感与守旧者不同。黄侃在文学方面，主张古雅高远，故尹默诗首句即驳之。“体制”者，文章之作法也。“寂寞心情”出自元遗山论诗绝句“朱弦一拂遗音在，却是当年寂寞心”（《论诗三十首》其二十），“遗音”者，馀韵也。非是寂寞心不能有遗音，但并非说寂寞心没有感情（寂寞，不是心如槁木死灰也）。“中晚”，中唐、晚唐也。“待平章”，待重新估价、批评。

有关《与陈伯之书》之本事背景，五臣有注：

> 梁平南将军陈伯之，初仕齐，齐东昏侯遣伯之将兵拒梁武。伯之知势屈，乃降梁。至是又以众归北魏，故（丘）迟与此书以喻之。

“迟与此书以喻之”，“喻之”，使其明白也。东昏侯，齐最后一帝。陈伯之，《梁书》有传，此信即见其本传中。陈小时无赖，目不识丁，以战争勇武，官封侯爵。得迟书，率兵八千又归梁，梁武帝仍用之。其子虎牙未归，为魏所杀。

首段：

“不世出之才”，世上不常出之才也。“才为世出”，亦是此意。出世与世出不同。文字就是习惯，须与其发生关系，并没有死法子。如，说“无聊”，不说“有聊”；说“左近”，不说“右近”。

“弃燕雀之小志”，背齐；“慕鸿鹄以高翔”，归梁。

“昔因机变化，遭遇明主”，“因机变化”亦言其背齐归梁；“明主”，指梁武帝。

“立功立事，开国称孤”，“事”，五臣注：“事，职也。”“孤”，王侯之称。

“拥旄万里”，“旄”，旗之类，旗上有旄故谓之旄。

“一旦为奔亡之虏”，“奔亡”，逃亡也。“虏”，《史记》《汉书》称匈奴为虏，后成骂人语。

“闻鸣镝而股战，对穹庐以屈膝”，“鸣镝”，响箭也；“穹庐”，帐篷。

“又何劣邪”，对“何其壮也”而言。

“弓开如满月，箭去似流星”，作文之道。“立功立事，开国称孤，朱轮华毂，拥旄万里”，如“弓开如满月”；而“何其壮也”即“箭去似流星”。

此篇文章虽有名，然没有什么，求言中之物没有什么。感觉与思想，不必新，真的就行。有许多感觉在中国文章中还没有说出来。韩退之之文大帽子砍人，此种文摧残生机。读文应读感觉锐敏之文，此可长生机，可为作文之助。（简文帝感觉锐敏。）

丘迟对于文字之使用技巧甚为成熟。但成熟易成滥调，如作八股文即说：“天地乃宇宙之乾坤，吾心实中怀之在抱，久矣夫，千百年来，已非一日矣。”写文章无调子不可，成滥调亦不可。丘迟之信颇有麻醉性，调子好。

欣赏文章时不必用理智，然而欣赏时失掉了理智是麻醉。了解诚然需要理智，然不要成为干枯的、硬性的穿凿附会。

第二段：

“寻君去就之际”，“寻”，推求。

“直以不能内审诸己”，“审”，详、想。

“沉迷猖獗”，疯子。“沉迷”，糊涂；“猖獗”，胡来。丘迟之文有层次。如首段先言“立功立事，开国称孤……何其壮也”，而

“如何一旦为奔亡之虏……又何劣也”一转。“沉迷猖獗”，沉迷者可以不猖獗，而猖獗者无不沉迷，有层次，有因果。

“圣朝赦罪责功”，“责”，与“斥”有不同。责，求。

“安反侧于万物”，“反侧”，不安也。

中国文字上、言语上常用之技术，乃俗所言“您早知道了”。凡所称引皆自知也，故丘迟文中言“将军所知，不假仆一二谈也……”“假”，借也。

打老虎要打死，但一杠子打死也没劲，“武松打虎”才有劲：

> 那个大虫又饥又渴，把两只爪在地下略按一按，和身望上一扑，从半空里撺将下来。……武松见大虫扑来，只一闪，闪在大虫背后。那大虫背后看人最难，便把前爪搭在地下，把腰胯一掀，掀将起来。武松只一躲，躲在一边。大虫见掀他不着，吼一声，却似半天里起个霹雳，振得那山冈也动。把这铁棒也似虎尾倒竖起来，只一剪，武松却又闪在一边。……那大虫又剪不着，再吼了一声，一兜兜将回来，武松见那大虫复翻身回来，双手轮起梢棒，尽平生气力，只一棒，从半空劈将下来。……正打在枯树上，把那条梢棒折做两截，只拿得一半在手里。那大虫咆哮，性发起来，翻身又只一扑，扑将来。武松又只一跳，却退了十步远。那大虫恰好把两只前爪搭在武松面前。武松将半截棒丢在一边，两只手就势把大虫顶花皮肐膊地揪住，一按按将下来。那只大虫急要挣扎，早没了气力。被武松尽气力纳定，那里肯放半点儿松宽。武松把只脚望大虫面门上、眼睛里只顾乱踢。那大虫咆哮起来，把身底下扒起两堆黄泥，做了一个土坑。武松把那大虫嘴直按下黄泥坑里去。那大虫吃武松奈何得没了些气力。武松把左手紧紧地揪住顶花皮，偷出右手来，提起铁锤般大小拳头，尽平生之力，只顾打。打得五七十拳，那大虫眼里、口里、鼻子里、耳朵里，都迸出鲜血来。那武松尽平昔神威，仗胸中武艺，半歇儿把大虫打作一块，却似躺着一个锦布袋。（《水浒传》第二十三回）

“说大人，则藐之，勿视其巍巍然”（《孟子·尽心下》），然后可以说出。有人喂猫，猫一叫，梁上耗子掉下来。作文应如此，应有敲山震虎之力，“为题所缚”不成。猫玩耗子（猫斗耗子，残忍），应注意此一类之“小事”，对哲理、文学、做人有助。

“朱鲔涉血于友于，张绣剚刃于爱子，汉主不以为疑，魏君待之若旧”，“涉”“喋”同。“友于”，“友于兄弟”（《论语·为政》），友于即兄弟。此四句，语法关系如下：

①朱鲔涉血于友于　　③汉主不以为疑

②张绣剚刃于爱子　　④魏君待之若旧

此四句，①③连，②④连。此诚然是小手法，然有小手腕即应学。文论班上讲文学最高之理想，文选班上咬文嚼字乃起手之功夫。着眼不得不高，在文论；着手不得不低，在文选，“勿以善小而不为”（《三国志·蜀志·先主传》裴松之注）。

“朱鲔涉血于友于，张绣剚刃于爱子，汉主不以为疑，魏君待之若旧。”突来之笔，干脆。《文赋》之多用语词“其”“也”“然”“而”，华丽、结实、漂亮、生动，海立云垂，千斤之力。而此四句无“然后”“是故”等句首语词，好。无句首语词，亦无句终语词，此因前面之文太缠绵——“何其壮也……又何劣也……”“不假仆一二谈也”，缠绵，故此凝练。缠绵如水，凝练如山，山水交流，始成好风景。

缠绵之中以伸见长，伸，应有尽有；凝练之处以缩见长，缩，应无尽无。“立功立事……不假仆一二谈也”，伸；“朱鲔涉血于友于……而勋重于当世”，缩，似乎仿佛应有下文，但没有，铁案如此，两言而绝耳。

“不远而复”，用《易经》“不远复，无祇悔”（《复》）。

"复"，回归正路也。"不远而复"，五臣注："谓迷者，不远而能回，是不迷也。"

"先典攸高"，"典"，书也；"攸"，所也。"往哲是与"，就人而言；"先典攸高"，就书而言。

"主上屈法申恩，吞舟是漏"，"屈法"，用法不严。"吞舟是漏"，"吞舟"，大鱼。五臣注："谓法网之疏，漏于吞舟之鱼也。"

> ①"夫迷途知返……先典攸高"，就前贤古迹而言之；
> ②"主上屈法申恩，吞舟是漏"，就武帝人言之；
> ③"将军松柏不翦……亦何可言"，就伯之言之。

此三层真结实，从"朱鲔涉血于友于"至"亦何可言"，以"悠悠尔心，亦何可言"缩，两句话就完了，老虎又打死了，无下文。但还怕不结实，又追下去。

第三段：

"佩紫怀黄，赞帷幄之谋"二句，言文臣（功臣）。"佩紫怀黄"，"紫"，紫绶也；"黄"，黄金印。

"乘轺建节，奉疆场之任"二句，言武将（名将）。"乘轺建节"，"轺"，使车；"节"，旌旗。

"将军独靦颜借命"，"借命"，犹言偷生也、苟活也。

"驱驰毡裘之长"，为外国君主出力。长，ㄓㄤˇ[①]。

本段"今功臣名将"直至"宁不哀哉"，几乎成了滥调。文从生硬到成熟，简直到华丽，此种文已是成熟、华丽。

陈伯之，反复小人也，看理不真，用情不专。此种人非反复不可，只看利害不看理。利害有变化，理是天经地义，不可变的。

辩护，人总是用语言、文字为自己辩护，但不知用事实来辩护，真可怜。子曰："始吾于人也，听其言而信其行。今吾于人也，听其言而观其行。"（《论语·公冶长》）事实胜雄辩，在中国永远是雄

---

① ㄓㄤˇ，为注音符号，对应汉语拼音"zhǎng"。

辩胜事实。（《世界日报》之副刊尚佳。[1]）

一人唱高调，他所说的话就是盾，以金碧辉煌的话来耀人，金字招牌，其货物一无可取，说话成了工具而非表现。表现，语言、行为皆可表现，现在人语言、文字成了挡箭牌，是工具，并非表现也。越是糊涂人，越狡猾，“今之愚也诈而已矣。”（《论语·阳货》）有许多人在社会上总想用欺诈手段取得其欲望，久之，人皆知道，也就要失败了。

> 夫以慕容超之强，身送东市；姚泓之盛，面缚西都。故知霜露所均，不育异类；姬汉旧邦，无取杂种。北虏僭盗中原，多历年所，恶积祸盈，理至燋烂。况伪昏狡，自相夷戮；部落携离，酋豪猜贰。方当系颈蛮邸，悬首藁街。而将军鱼游于沸鼎之中，燕巢于飞幕之上，不亦惑乎！

此段喻身在北朝之害。

“慕容超”，燕人；“姚泓”，秦人。宋高祖刘裕（南北朝时）雄才大略，北伐成功，虽南渡几乎回不来，虽无赖出身，不识字，然是英雄。

“故知霜露所均，不育异类”，“霜露”，天地；“异类”，外国人。

“多历年所”，多历年数。

“况伪孽昏狡”，“孽”，孽。“恶积祸盈，理至燋烂。况伪孽昏狡，自相夷戮”，此语又活起来了，可送给今日战败之日本。但不希望日本再活，再活起来，人便活不了。

“方当系颈蛮邸，悬首藁街”，“蛮邸”“藁街”，外国人在中国之住处；“悬首”，枭首。

“燕巢于飞幕之上”，“飞幕”，五臣注：“军幕也。”（不结实，待不久。）

“不亦惑乎”，“惑”，不明白，浑，糊涂。

前段既晓以在南朝之利，此段复喻以在北朝之害。

---

① 此句话疑为评价《世界日报》副刊之文章“事实胜雄辩”。

第四段：

暮春三月，江南草长，杂花生树，群莺乱飞。见故国之旗鼓，感平生于畴日，抚弦登陴，岂不怆悢！所以廉公之思赵将，吴子之泣西河，人之情也。将军独无情哉？

“暮春三月，江南草长，杂花生树，群莺乱飞”，此段无典，完全是修辞，美如散文诗。（一乡下妇女欲跳井自杀，盛妆，天有雨，打伞而去。妇女爱美之心理成了习惯。“暮春三月”一段正如此故事。陈伯之连字都不认识，用得着写此等文章吗？）

六朝人写景之文、写景之诗，有后人不及处，因其有一立脚点——永远是由近及远或由远及近，绝不会忽远忽近。远近由作者所站之处说也：

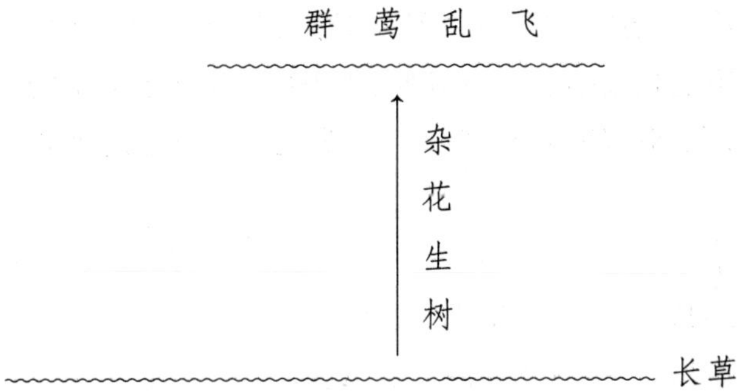

“千里之行，始于足下。”（《老子》）写文章应注重些小之处。

“感平生于畴日”，“畴日”，往日、昔日。

“抚弦登陴，岂不怆悢”，“弦”，弓弦；“陴”，女墙（城垛口）；“怆悢”，悲恨之意。

“吴子之泣西河”，“西河”，今山西。

上文既晓谕之以利害，此段复动之以感情，而辞胜乎情。此乃所以成乎其为齐梁间之作风也。

辞——物外之言，情——言中之物（固然并非思想）。辞情相称，水乳交融，铢两悉称。辞，古今中外之文皆努力于此，然成功者太少。“夫兵，犹火也，弗戢，将自焚也。”（《左传·隐公四年》）文字在文人手中如兵之在国家，一朝权在手，便把令来行。大将军八面威风，指挥如意，写文章亦应如此。

文字，练来练去会生毛病，此真文人之悲哀。在周秦时，中国文字光华灿烂，到齐梁中国文字发达成美丽圆润。勉强地说，晚唐之诗有点似齐梁之文风，然未如齐梁之普遍，但始终使我们感觉到辞胜乎情。文人而受文字之累矣。禅宗大师法演对其弟子圆悟言其病曰：“只是禅忒多。”又曰：“只似寻常说话时，多少好！”（《宗门武库》）现在白话文不是寻常说话的样子，走的是死路子。

中国文字简单明了，不使人难懂。（似平常说话，不是平常说话。）六朝之文，用典太多，辞藻太多，此不能到达简单明了之地步。西洋、日本之文学皆无齐梁时之喜用典。用典是辞胜乎情最显著的现象，也可以说是最大之毛病。庄子、墨子、列子、韩非子，偶亦用典，然皆平常之典，当时最善于说故事；庄子思想、文字皆极佳。以后，说故事之风气渐消，而用典之风盛行。说故事与用典，二者誓不两立，善说故事者绝不善用典，善用典之人绝不会造故事。

末段：

“想早励良规”，“良规”，善计。

“自求多福”，打算好结果，自然能好。

“当今皇帝盛明，天下安乐。白环西献，楛矢东来；夜郎滇池，解辫请职；朝鲜昌海，蹶角受化”，数句以图示：

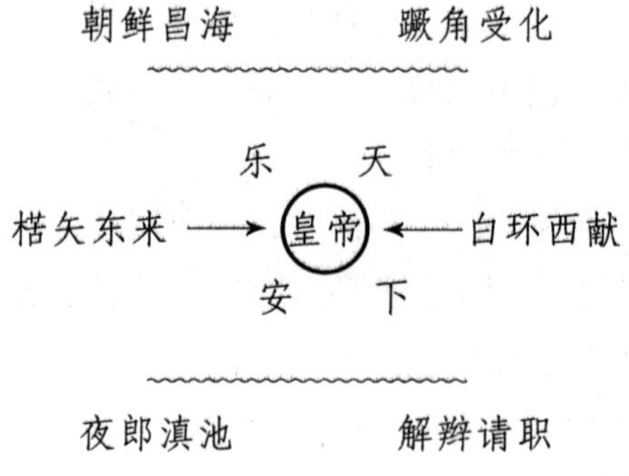

“暮春三月，江南草长，杂花生树，群莺乱飞”，时、地、意态皆是诗，是无韵诗。而“当今皇帝盛明”数句，非诗的意境而写成了诗，平仄虽不调和然音节调和。

“皇帝盛明……蹶角受化”，在修辞上可说是到了家，有层次。但言中之物，夸大而空洞（物外之言是有的）。

文章概念太多，不实在。如：“仁”“义”仿佛很熟悉，举事实言之，便不行了。没有事实，不能成思想；没有事实，感情是无根之木、无源之水，是不能发生、茂盛的。观察事实，描写事实，乃文人之基本工作，不会此，则更谈不到思想。

一个人心里一个天平，这天平也许是戥利害的，戥是非的，戥苦乐的，戥美丑的……以历史为镜子，不是发现古人之好丑，不是给别人算闲账，乃是看见自己之好丑，其善者从之，其不善者改之。文学史即历史（不是记日记事，乃了解当时社会情形）。

“中军临川殿下”，“临川”，临川王萧宏，武帝之弟。

“总兹戎重”，“戎重”，大兵。

“吊民洛汭”，“汭”，洛北曰汭。

“若遂不改”，“遂”，顺也。改过，有过改之不再犯。“遂过”，有过不改，依然如此做下去。

末段含有警告之意，前面是以利动之，以情感之，此段是以害怵之。

“暮春三月……群莺乱飞”，伸，写得热闹，不但眼花缭乱，耳朵也应接不暇。“若遂不改，方思仆言”，缩，有话在其中。

十二　刘峻（孝标）《重答刘秣陵沼书》

刘侯既重有斯难，值余有天伦之戚，竟未之致也。寻而此君长逝，化为异物，绪言馀论，蕴而莫传。或有自其家得而示余者，余悲其音徽未沫，而其人已亡；青简尚新，而宿草将列，泫然不知涕之无从也。虽隙驷不留，尺波电谢，而秋菊春兰，英华靡绝。故存其梗概，更酬其旨。若使墨翟之言无爽，宣室之谈有征，冀东平之树，望咸阳而西靡；盖山之泉，闻弦歌而赴节。但悬剑空垄，有恨如何！

一讲《重答刘秣陵沼书》

《文选》卷第四十三“书下”载《重答刘秣陵沼书》。

文章有的痛快淋漓（老杜诗痛而不快），有的蕴藉缠绵，有的晦涩艰深。蕴藉不是半吞半吐，不是含糊，不是适可而止，不是想做不做，也不是做而不肯干。《史记》有思想，《左传》无思想，可欣赏其文艺。《左氏传》《公羊传》《穀梁传》皆蕴藉，《世说新语》蕴藉。后世宋人笔记近之，陆游《入蜀记》、范成大《吴船录》皆好。蕴藉是自然；痛快、晦涩皆是力，一用力放，一用力敛。鲁迅先生文章骂人真是痛快淋漓；周作人先生文章是蕴藉。鲁迅先生文章虽非保养品，而是防腐剂。（三代而后，诸葛亮盖第一蕴藉人物。司马懿曰：诸葛是真名士也。三国司马懿真是诸葛亮知己。）

嵇叔夜是魏晋人，《与山巨源绝交书》是魏晋文，刘孝标此文是六朝文。六朝文华丽，不易蕴藉，而此文收得真蕴藉，一点儿也不觉得秃，不觉其不足。

沈尹默《题儿岛氏所作〈中国文学史〉》云：

> 莫从高古论风雅，体制何曾有故常。
> 寂寞心情谁会得，齐梁中晚待平章。

人皆以为六朝至齐梁、唐至中晚是衰落，不然。

《重答刘秣陵沼书》一文，刘孝标作。见《昭明文选》卷四十三。五臣注曰：

> 初，孝标以仕不得志，作《辩命论》，秣陵令刘沼作书难之，言不由命，由人行之。书答往来非一，其后沼作书未出而死，有人于沼家得书以示孝标，孝标乃作此书答之，故云“重”也。

刘孝标作《重答刘秣陵沼书》时，刘沼已死。活人给死人写信，不是无聊，必是寂寞。人写东西，有人赞成固然好，有人反对也好，最怕无响应。孝标所作，沼虽不赞成，而究竟还有人反对，今沼一死，无人言之。

刘孝标《重答刘秣陵沼书》真是寂寞心情。

禅家有“颂语”云：

> 彩云影里神仙现，手把红罗扇遮面。
> 急须著眼看仙人，莫看仙人手中扇。（鉴勤和尚语）

此意即《庄子》所谓“用志不分，乃凝于神”（《达生》）。人类最大的盲目、最大的痛苦莫过于看着这个想着那个。人凡在专一之时，都是一颗寂寞心。青年、中年不甘于寂寞，老年则甘于寂寞，而人在寂寞中未始不有一点儿小小受用——寂寞中心是静的，可以做事，可以思想。能做轰轰烈烈事业之人，多是冷静的人。

沈兼士先生诗云：

轮囷胆气惟宜酒，寂寞心情好著书。

在文人来说，寂寞心是文人的静的功夫。要静，必须清净，由净得到静，而有所受用。有人以为至此而已，余以为由净得到静、有所受用，还当有所作为。余常说“天下药多饭少”，清导有馀，滋补不足，故当有所作为。鲁迅先生文章若不如炮亦如锥，而本人满面是寂寞。鲁迅先生寂寞心情寂寞得阴森森的，怕人。天机最敏、生机最旺时读此种作品是否合适？可惜的是鲁迅先生不早十年写《呐喊》《彷徨》，如今只是“夕阳无限好，只是近黄昏”（李商隐《登乐游原》），如菊花，虽好，终不免凄凉。

《重答刘秣陵沼书》一文，全文仅148字。

自“刘侯既重有斯难”至“蕴而莫传”为第一部分，写答书之由；

自“或有自其家得而示余者”至“泫然不知涕之无从也”为第二部分，承上义；

自“虽隙驷不留”至“更酬其旨”为第三部分，述答书之旨；

自“若使墨翟之言无爽”至“闻弦歌而赴节”为第四部分，述希望；

末二句，写幻灭。

写文章先要清顺，文章一坑一块不成，成糨子也不成，清顺又要有顿挫。（胡适之文清顺，流利有馀，顿挫不足，有物内之言，也能表现，只是少文章美。）此文“寻而”后有四个短句：

此君长逝，化为异物，绪言馀论，蕴而莫传。

“绪”，《文选》五臣注曰：“遗也。”“绪言”与“馀论”同义，而必须如此写，此中国方块字声音的必然现象。若只说“绪言”，改为“绪言蕴而莫传”，六字句，便顿挫不足矣。六朝文多四字一读（句用“。”，读用“，”。读，音逗），有顿挫。顿挫好，而有时少年不易做到，少年文字，气象峥嵘。少年老成，老年癫狂，真无道理。

写文章首先要流利，然后始可求顿挫。文章尺幅有千里之势，尤其短篇要如此。《公羊》《穀梁》短，《左氏传》长，而读《公羊》《穀梁》并不觉其短，全在顿挫，个个字锤炼而出。此在曹子桓已最成熟，六朝乃汉末遗风，承其馀绪。六朝人坚刚不如曹子桓，而优美或过之。

第一部分中，“蕴而莫传”，蕴，藏也，《论语》有“韫椟而藏诸”（《子罕》），又常言“蕴藉风流”。

下段“音徽未沫”，徽，美也。音形于外，徽藏于内。“沫”，止也，楚辞有“身服义而未沫”（《招魂》）之语。“音徽未沫，而其人已亡”，沉痛。

刘氏此文多处用典。一般用典是偷懒，而杰出的天才用之不在此列，他用典给我们的是象征，是暗示。用典有两种：其一，for example；其二，for indication。for example是抄录，例如嵇叔夜《与山巨源绝交书》中举“元直入蜀”一段。for indication是暗示，我们要知道原来典故，然后在文章中别人一说，我们想起从前印象，如此才成为象征。文中“尺波电谢”之“谢”有拒绝接受之意。而花开花谢，人死，亦谢也。中国一切都是象征。象征，symbol，是符号（symbolism，象征主义）。外国除形的象征外，还有声的象征。汉字有形、音、义，形、音、义皆有象征，中国戏曲之勾脸是象征，不是野蛮。而此文整个文章是象征，刘氏此文象征寂寞心，不然何必给死人写信？即因活人便无一知己。（司马懿知诸葛最深，知之极故恨之深，因处在敌位。）

“一个死人要不活在活人的心上，是真的死了。”所谓三不朽——立德、立功、立言（立德，思想；立功，事业；立言，文章）——是瞎说，必须能活在活人心上才算没死，否则纵使有书在也是死了，如《王文成公全书》虽在，王氏在中国是死了，而在日本还活着。烈士殉国、人之守节，便因死人活在活人心上。

音徽未沫，而其人已亡；青简尚新，而宿草将列，泫然不知涕之无从也。

数句写来，真是动人，真是悲哀。

文中言刘秣陵文章真是：

秋菊春兰，英华靡绝。

此二句出自屈原《九歌·礼魂》“春兰兮秋菊，长无绝兮终古”。《九歌》中女巫祀神，传花而舞，春兰、秋菊，是各时有各时美好的东西。现在祀神一点儿象征也没有，象征唤起人的精神。刘氏此二句虽自《九歌》来，而意义不同，不是说花开不谢，人永不死。人总是要死的，春兰秋菊是生命的延续，生的延续，是自然的。五臣注此二句曰：

言文章之美，如兰菊英妙之华，永无绝也。

人死而文章不死，精神不死，给人的影响永存。《九歌》及刘氏此文用春兰秋菊，虽意义不同，但皆是唤起精神，给予暗示。

俗谓六朝文浮华——浮而不沉，华而不实。沉实要有内容、有思想、有感觉。近来余觉得此评不对。六朝文章美，有内容，沉痛得很。人是死了，虽然书还在，然究竟能看到兰菊之美的有几人？能欣赏兰菊之美的有几人？能有几人真能知道花之美？花开给我们看，真是冤枉！它对得起我们，我们对不起它！“时人见此一株花，如梦相似”，此南泉语陆亘言。南泉俗家姓王，真是大师。此言美丽、沉痛、深刻。秋菊春兰，人人说好，而人人看此一株也与梦相似。

虽隙驷不留，尺波电谢，而秋菊春兰，英华靡绝。故存其梗概，更酬其旨。

“虽”“而”“故”，用得真好。可惜活人虽是活着的，而死人是死了；活人虽有“存其梗概，更酬其旨”之心，而死人未必有知，故有下面“若使墨翟之言……”一段。

墨家重鬼神，“墨翟之言无爽，宣室之谈有征”，谓魂而有灵，死而有知。“东平之树，望咸阳而西靡；盖山之泉，闻弦歌而赴节”，亦神而有灵之意。人最大的快乐、安定是信、信仰，最痛苦是希望而不相信。希望是痛苦的，不是快乐的；是动摇的，不是安定的。安定虽非积极快乐，而是消极快乐。鲁迅先生《彷徨·伤逝》写希望而害怕，即因希望而无定。刘氏此文写“若使”“墨翟之言”“宣室之谈”，“冀”“东平之树”“盖山之泉”，是希望而不相信，是最痛苦的。

刘氏此文在表现上真好。表现是自然，作者是无心的自然流露，而读者是有意的领会；表现不是暴露。诗人见到花想到美人，禅师见到花悟到禅机，而花本无意，诗人、禅师见到花，说是便都是，说不是便都不是。陆机《文赋》谓：

石韫玉而山辉，水怀珠而川媚。

“蕴”“怀”与表现正是两面，“蕴”“怀”是作者无心流露，“山辉”“川媚”则是读者有意领会，山无意于辉，水无意于媚。无心流露、有心领会是遇合，是机缘，佛与基督尚不能说法使所有人感动，何况凡人？（而其实遇合、机缘是极简单的事。）刘氏写此文若真正绝望，一了百了，也就完了。有希望是痛苦，孝标有此等希望而痛苦，是“石韫玉”“水怀珠”，其文章的表现力自然如彼之凝重。

骈文到凝重已不易，而做到凝重只做到一半，最难的是要使人感到颤动。此在作者是最大成功，在读者是最大欢喜。（律诗凝重，老杜律诗《春望》“国破山河在，城春草木深”，凝重而颤动。）

文之结束二句，向死者赠剑。死者无知，则不必赠剑；死者有知，则赠剑死者可知。今明知死者虽无知而还要“悬剑空垄”，真是“有恨如何”，令人颤动！故开头余即说：“此文收得真蕴藉，一点儿也不觉得秃，不觉其不足。”

二讲《重答刘秣陵沼书》

《文选》卷第四十三“书下”载《重答刘秣陵沼书》。

五臣注曰：

> 初，孝标以仕不得志，作《辩命论》。秣陵令刘沼作书难之，言不由命，由人行之。书答往来非一。其后沼作书未出而死，有人于沼家得书以示孝标，孝标乃作此书答之，故云“重”也。

“刘侯既重有斯难”，“侯”，尊称也；“难”，辩难也。

“竟未之致也”，“致”，致送。

“绪言馀论”，已发而未尽的详细之言。

“余悲其音徽未沫”，“音徽”，“音”，言论也，文字也；“徽”，美德也。“沫”，晦也。（沫、晦互训。）

“宿草将列”，“宿草”，陈根之草。

“泫然不知涕之无从也”，“无从”，不自知其所以然，不禁不由。

“隙驷不留”，言时光快。

“尺波电谢”，言人命短。

“秋菊春兰，英华靡绝”，真美，真结实，是真理。这就是人生，就是人生的真理，是人生的意义，人类是不会灭绝的，然人是不会常在的。明乎此，则不必悲哀，本自己之力量干去就是了。

“虽隙驷不留，尺波电谢”，生命有限；“而秋菊春兰，英华靡绝”，精神不死。有征，可信。

此篇文辞情相称，情真。

十三　干宝（令升）《晋纪总论》

史臣曰：昔高祖宣皇帝以雄才硕量，应运而仕，值魏太祖创基之初，筹画军国，嘉谋屡中，遂服舆轸，驱驰三世。性深阻有如城府，而能宽绰以容纳，行任数以御物，而知人善采拔。故贤愚咸怀，小大毕力，尔乃取邓艾于农隙，引州泰于行役，委以文武，各善其事。故能西禽孟达，东举公孙渊，内夷曹爽，外袭王陵，神略独断，征伐四克。维御群后，大权在己。屡拒诸葛亮节制之兵，而东支吴人辅车之势。世宗承基，太祖继业，军旅屡动，边鄙无亏，于是百姓与能，大象始构矣。玄丰乱内，钦诞寇外，潜谋虽密，而在几必兆。淮浦再扰，而许洛不震，咸黜异图，用融前烈。然后推毂钟邓，长驱庸蜀，三关电扫，刘禅入臣，天符人事，于是信矣。始当非常之礼，终受备物之锡，名器崇于周公，权制严于伊尹。至于世祖，遂享皇极。正位居体，重言慎法，仁以厚下，俭以足用；和而不弛，宽而能断。故民咏惟新，四海悦劝矣。聿修祖宗之志，思辑战国之苦，腹心不同，公卿异议，而独纳羊祜之策，以从善为众。故至于咸宁之末，遂排群议而杖王杜之决，泛舟三峡，介马桂阳，役不二时，江湘来同。夷吴蜀之垒垣，通二方之险塞，掩唐虞之旧域，班正朔于八荒。太康之中，天下书同文，车同轨。牛马被野，馀粮栖亩，行旅草舍，外闾不闭。民相遇者如亲，其匮乏者，取资于道路，故于时有天下无穷人之谚。虽太平未洽，亦足以明吏奉其法，民乐其生，百代之一时也。

武皇既崩，山陵未干，杨骏被诛，母后废黜，朝士旧臣，夷灭者数十族。寻以二公楚王之变，宗子无维城之助，而阏伯实沈之郤岁构；师尹无具瞻之贵，而颠坠戮辱之祸日有。至乃易天子以太上之号，而有免官之谣，民不见德，惟乱是闻，朝为伊周，夕为桀跖，善恶陷于成败，毁誉胁于势利。于是轻薄干纪之士，役奸智以投之，如夜虫之赴火。内外混淆，庶官失才，名实反错，天网解纽。国政迭移于乱人，禁兵外散于四方，方岳无钧石之镇，关门无结草之固。李辰石冰，倾之于荆扬，刘渊王弥，挠之于青冀，二十馀年而河洛为墟。戎羯称制，二帝失尊，山陵无所。何哉？树立失权，托付非才，四维不张，而苟且之政多也。夫作法于治，其弊犹乱；作法于乱，谁能救之？故于时天下非暂弱也，军旅非无素也。彼刘渊者，离石之将兵都尉；王弥者，青州之散吏也。盖皆弓马之士，驱走之人，凡庸之才，非有吴先主诸葛孔明之能也。新起之寇，乌合之众，非吴蜀之敌也。脱耒为兵，裂裳为旗，非战国之器也。自下逆上，非邻国之势也。然而成败异效，扰天下如驱群羊，举二都如拾遗。将相侯王，连头受戮，乞为奴仆而犹不获。后嫔妃主，虏辱于戎卒，岂不哀哉！夫天下，大器也；群生，重畜也。爱恶相攻，利害相夺，其势常也；若积水于防，燎火于原，未尝暂静也。器大者不可以小道治，势动者不可以争竞扰，古先哲王，知其然也。是以扞其大患而不有其功，御其大灾而不尸其利。百姓皆知上德之生己，而不谓浚己以生也。是以感而应之，悦而归之，如晨风之郁北林，龙鱼之趣渊泽也。顺乎天而享其运，应乎人而和其义，然后设礼文以治之，断刑罚以威之，谨好恶以示之，审祸福以喻之，求明察以官之，笃慈爱以固之，故众知向方，皆乐其生而哀其死，悦其教而安其俗，君子勤礼，小人尽力，廉耻笃于家闾，邪僻销于胸怀。故其民有见危以授命，而不求生以害义，又况可奋臂大呼，聚之以干纪作乱之事乎？基广则难倾，根深则难拔，理节则不乱，胶结则不迁。是以昔之有天下者，所以长久也。夫岂无僻主，赖道德典刑以维持之也。故延陵季子听乐以知诸侯存亡之数，短长之期者，盖民情风教，国家安危之本也。

昔周之兴也，后稷生于姜嫄，而天命昭显，文武之功，起于后稷。故其诗曰："思文后稷，克配彼天。"又曰："立我蒸民，莫匪尔极。"又曰："实颖实栗，即有邰家室。"至于公刘遭狄人之乱，去邰之豳，身服厥劳。故其诗曰："乃裹糇粮，于橐于囊。""陟则在巘，复降在原。以处其民。"以至于太王为戎翟所逼，而不忍百姓之命，杖策而去之。故其诗曰："来朝走马，帅西水浒，至于岐下。"周民从而思之，曰："仁人不可失也。"故从之如归市。居之一年成邑，二年成都，三年五倍其初，每劳来而安集之。故其诗曰："乃慰乃止，乃左乃右，乃疆乃理，乃宣乃亩。"以至于王季，能貊其德音。故其诗曰："克明克类，克长克君，载锡之光。"至于文王，备修旧德，而惟新其命。故其诗曰："惟此文王，小心翼翼，昭事上帝，聿怀多福。"由此观之，周家世积忠厚，仁及草木，内睦九族，外尊事黄耇，养老乞言，以成其福禄者也。而其妃后躬行四教，尊敬师傅，服浣濯之衣，修烦辱之事，化天下以妇道。故其诗曰："刑于寡妻，至于兄弟，以御于家邦。"是以汉滨之女，守洁白之志；中林之士，有纯一之德。故曰："文武自《天保》以上治内，《采薇》以下治外，始于忧勤，终于逸乐。"于是天下三分有二，犹以服事殷，诸侯不期而会者八百，犹曰天命未至。以三圣之智，伐独夫之纣，犹正其名教曰"逆取顺守，保大定功，安民和众"，犹著《大武》之容曰"未尽善也"。及周公遭变，陈后稷先公风化之所由，致王业之艰难者，则皆农夫女工衣食之事也。故自后稷之始基静民，十五王而文始平之，十六王而武始居之，十八王而康克安之，故其积基树本，经纬礼俗，节理人情，恤隐民事，如此之缠绵也。爰及上代，虽文质异时，功业不同，及其安民立政者，其揆一也。

今晋之兴也，功烈于百王，事捷于三代，盖有为以为之矣。宣景遭多难之时，务伐英雄，诛庶桀以便事，不及修公刘太王之仁也。受遗辅政，屡遇废置，故齐王不明，不获思庸于亳；高贵冲人，不得复子明辟；二祖逼禅代之期，不暇待三分八百之会也。是其创基立本，异于先代者也。又加之以朝寡纯德之士，乡乏不二之老。风俗淫僻，耻尚失所，学者以庄老为宗，而黜六经，谈者以虚薄为辩，而贱名俭，行身者以放浊为通，而狭节信，进仕者以苟得为贵，而鄙居正，当官者以望空为高，而笑勤恪。是以目三公以萧杌之称，标上议以虚谈之名，刘颂屡言治道，傅咸每纠邪正，皆谓之俗吏。其倚杖虚旷，依阿无心者，皆名重海内。若夫文王日昃不暇食，仲山甫夙夜匪懈者，盖共嗤点以为灰尘，而相诟病矣。由是毁誉乱于善恶之实，情慝奔于货欲之涂，选者为人择官，官者为身择利。而秉钧当轴之士，身兼官以十数。大极其尊，小录其要，机事之失，十恒八九。而世族贵戚之子弟，陵迈超越，不拘资次，悠悠风尘，皆奔竞之士，列官千百，无让贤之举。子真著《崇让》而莫之省，子雅制九班而不得用，长虞数直笔而不能纠。其妇女庄栉织纴，皆取成于婢仆，未尝知女工丝枲之业，中馈酒食之事也。先时而婚，任情而动，故皆不耻淫逸之过，不拘妒忌之恶。有逆于舅姑，有反易刚柔，有杀戮妾媵，有黩乱上下，父兄弗之罪也，天下莫之非也。又况责之闻四教于古，修贞顺于今，以辅佐君子者哉！礼法刑政，于此大坏，如室斯构而去其凿契，如水斯积而决其堤防，如火斯畜而离其薪燎也。国之将亡，本必先颠，其此之谓乎！

故观阮籍之行，而觉礼教崩弛之所由；察庾纯贾充之事，而见师尹之多僻。考平吴之功，知将帅之不让；思郭钦之谋，而悟戎狄之有衅。览傅玄刘毅之言，而得百官之邪；核傅咸之奏，《钱神》之论，而睹宠赂之彰。民风国势如此，虽以中庸之才，守文之主治之，辛有必见之于祭祀，季札必得之于声乐，范燮必为之请死，贾谊必为之痛哭。又况我惠帝以荡荡之德临之哉！故贾后肆虐于六宫，韩午助乱于外内，其所由来者渐矣，岂特系一妇人之恶乎？怀帝承乱之后得位，羁于强臣。愍帝奔播之后，徒厕其虚名。天下之政，既已去矣，非命世之雄，不能取之矣。然怀帝初载，嘉禾生于南昌。望气者又云豫章有天子气。及国家多难，宗室迭兴，以愍怀之正，淮南之壮，成都之功，长沙之权，皆卒于倾覆。而怀帝以豫章王登天位，刘向之谶云，灭亡之后，有少如水名者得之，起事者据秦川，西南乃得其朋。案愍帝，盖秦王之子也，得位于长安，长安，固秦地也，而西以南阳王为右丞相，东以琅邪王为左丞相。上讳业，故改邺为临漳。漳，水名也。由此推之，亦有征祥，而皇极不建，祸辱及身。岂上帝临我而贰其心，将由人能弘道，非道弘人者乎？淳耀之烈未渝，故大命重集于中宗元皇帝。

《昭明文选》卷第四十九“史论上”载《晋纪总论》。

干宝有《搜神记》，属小说类。《晋纪总论》五臣注：此论自宣帝至愍帝，合其善恶而论之，是名总论也。（二十四史中有《晋书》，唐太宗御撰。）

自开头至“大象始构矣”，述晋高祖（司马懿）创业之基。

“昔高祖宣皇帝以雄才硕量，应运而仕”，“硕”，大也；“硕量”，大略。“运”，气数也。

“嘉谋屡中”，“中”，去声，准也。

“遂服舆轸，驱驰三世”，“服舆轸”，五臣注：“舆轸，车也。”“服”，用也。“三世”，五臣注：“三世谓文帝时为丞相，明帝即位，迁骠骑大将军，兼武帝文学掾也。”

“性深阻有如城府”，“深阻”，别人看不透。“城府”，府库也。

“行任数以御物，而知人善采拔”，“任数”，五臣注：“数，术也。”“御”，使也，用也，驾驭。“采拔”，提拔。

作文莫妙于“知无不言，言无不尽”（苏洵《衡论·远虑》），如胡适之说，要说什么就说什么，要怎么说就怎么说。但，人是可怜的，历来文人有几个能“知无不言，言无不尽”？就在社会上、家庭中也办不到。不但中国如此，外国也如此，不能想说什么就说什么。

三国时期曹孟德是头一个人才，其次是诸葛亮、司马懿。紧、狠、稳、准。狠，曹孟德，紧也够上了；稳、准是诸葛亮；司马懿狠而不紧，稳而不准，而曹孟德、诸葛亮都被司马懿给治了。（紧走赶不上暗不憩。）争斗，操之过急则必败。

大器晚成，积少成多，智慧也是储蓄的。求知识、做学问，应如守财奴之守财然，并且要一个变俩，要生息。攒钱的人、做学问的人都有，积累智慧者却没有。然老成练达，因所见所知者多，归纳出一个东西来，此亦即智慧，此种智慧是真的有价值。物老则成精（狐狸），若以象征视之，不但物老成精，人老亦能成精。此当然也指好的方面说。特殊天才多失败，碌碌无能、无声无臭的却渐渐成了了不起之人物。司马懿可以说是大器晚成。

现在的世界，什么都要“新”，如新民主、新英雄主义。

不论在平民或集团的立场上说，英雄都应当打倒。英雄出来是个人出风头，大众遭殃。一个民族出一个英雄，实是此民族之不幸。如家贫显孝子，国乱出忠臣，这样，宁肯无孝子、无忠臣也罢。《庄子》云“圣人生而大盗起”“为之仁义以矫之，则并与仁义而窃之”（《胠箧》），仁义、英雄与不幸互相为因果。

英雄是可以有的。一个群众、民族，不能无领袖，犹之人之不能无脑子，故无论是民主或独裁，都须有领袖。但英雄不是为了表现自己，而是为大众出力，此始是真英雄。秦始皇吞并六国，不可一世之雄，后来坏在求长生及希为子孙永久之业，故秦二世而亡。英雄不过是一个领袖罢了，做领袖的人不应老表现自己。如果如此，则恐怕将众叛心离，且其手下必定是奴才而无人才，此便悬得很。最好的英雄是牺牲自己，为民族、国家、大众，然而在英雄中很少有此种人，惟教主中始有此种人。

新英雄主义应是为多数人之幸福利益而牺牲了自己之幸福利益。

曹孟德是极欲表现其自己，如其《让县自明本志令》（有其苦，爬上去，费劲不说）。曹之文人气很重，后居然掌军政权，此其苦斗，然爬上去下不来台了。但还不好意思自受，想做周文王而不愿做周武王，“设使国家无有孤，不知当有几人称帝，几人称王”，此真是英雄表现自己。如诸葛亮之英雄是牺牲，旧传统下之奴隶，刘备之奴才。此说在现在说起来还可以，若在当时便不能如此说。先不说这些，只说诸葛亮之牺牲，明知蜀不能取东汉，但不敢完得更快。所以说，他与其说是为国、为刘为奴隶，不如说是为朋友（刘备）而尽心，为知己而牺牲。诸葛亮是可取的。

司马懿稳而不准，狠而不紧。的确，物老则成精，没什么了不起，便多年的经验则了不得。其讨诸葛亮之方策：你来则关门，走则作揖。

（笔记至此，下缺）

十四　范晔（蔚宗）《逸民传论》

《易》称："遯之时义大矣哉。"又曰："不事王侯，高尚其事。"是以尧称则天，而不屈颍阳之高；武尽美矣，终全孤竹之洁。自兹以降，风流弥繁，长往之轨未殊，而感致之数匪一。或隐居以求其志，或回避以全其道，或静己以镇其躁，或去危以图其安，或垢俗以动其概，或疵物以激其清。然观其甘心畎亩之中，憔悴江海之上，岂必亲鱼鸟乐林草哉，亦云介性所至而已。故蒙耻之宾，屡黜不去其国；蹈海之节，千乘莫移其情。适使矫易去就，则不能相为矣。彼虽硁硁有类沽名者，然而蝉蜕嚣埃之中，自致寰区之外，异夫饰智巧以逐浮利者乎！荀卿有言曰"志意修则骄富贵，道义重则轻王公"也。

汉室中微，王莽篡位，士之蕴藉义愤甚矣。是时裂冠毁冕，相携持而去之者，盖不可胜数。扬雄曰："鸿飞冥冥，弋人何篡焉。"言其违患之远也。光武侧席幽人，求之若不及，旌帛蒲车之所征贲，相望于岩中矣。若薛方、逢萌聘而不肯至，严光、周党、王霸至而不能屈。群方咸遂，志士怀仁，斯固所谓举逸人则天下归心者乎？肃宗亦礼郑均而征高凤，以成其节。自后帝德稍衰，邪孽当朝，处子耿介，与卿相等列，至乃抗愤而不顾，多失其中行焉。盖录其绝尘不及，同夫作者，列之此篇。

《昭明文选》卷第五十"史论下"载《逸民传论》。

避世，西洋隐士与中国隐士在此点上相同。既曰避世，当然是个人的。惟西洋之避世是宗教的，故要为人类做一点儿事；中国的避世是无所为的，且狂妄自傲、自以为高。西洋之隐士是吃苦的；中国之隐士是享福的，林间月下，看花饮酒。而伯夷、叔齐饿死首阳，不食周食，也颇有宗教的精神；清之逸民是“腰缠十万贯，骑鹤上扬州”，此种逸老谁也愿意做。

隐士是避世的，是个人主义，以《易》所称“遯之时义大矣哉”“不事王侯，高尚其事”而论。王侯者，一国之主，领袖元首，人民应从其令。“溥天之下，莫非王土，率土之滨，莫非王臣。”（《诗经·小雅·北山》，溥亦作普）人民既为其臣，便应侍奉王者。我们有时没有个人之人格，个人不能成立，国家令我们死战，不敢偷生存。古之国家以王侯、帝为代表，故效死而不去，此爱国也。忠、孝并列，夫孝，天之经、地之义，孝与忠既并列，且忠亦是天之经、地之义也，故古有云“求忠臣于孝子门”，可见忠孝一体，君亲一体。上古之人是如此看、如此想、如此说。一个人若不事王侯，往消极地说是“此率民而出于无用者也”（《战国策·齐策·赵威后问齐使》）。古代圣明之君主往往降礼而推崇隐逸之臣，何故？此王侯之政策。王、帝尊隐者，皆天下太平之时。若在干戈之际，天下扰扰，兵荒马乱之时不及推崇隐者，因乃用人之际也。“太平本是将军定，不许将军见太平。”（元杂剧《赚蒯通》）宁可我负人，勿人负我。太平之时，不要臣下做人才，而须做奴才。一般奴才，在用人之际是奴才。奴才，无本事者也，只会花言巧语以悦人。太平时，人前有几个奴才很舒服，而有人才在前未必舒服；有事时，人才必定与之辩理反驳，若不听则拂袖而去。由此可知，古之皇帝都喜欢奴才而杀人才。一般庸主昏君是喜欢奴才的，昏天黑地，什么也不明白。亡国之君手下皆有几个奴才，此亡国之由也。然一般大有为之君，也杀了功臣，纵不见得喜奴才，然杀功臣自然是不喜人才了。当国家太平之际，为君者只希望为臣者舞蹈扬尘，山呼万岁，此亦是望其做奴才也。隐士虽不服从，然绝不反对；虽未为之做事，然亦未坏事，故推重隐士也。清人关后，希望明人为之做事，不然，做逸老去可也。八年沦陷，日人对中国亦如此。有名气者出来为之做事是一等人，如王克敏、王荫堂，在日人眼中，王克敏曾为国民政府代表，王荫堂以前亦是国民政府之人。第二，未替日人做事，然老实待着。第三是杀无赦（地下工作者）。

首段：

“遯之时义大矣哉”，“遯”、“遁”通，即避世也。“时义”，《易经》上常连用成一名词，“时义”仿佛夏葛而冬裘。孰对孰不对，孰好孰劣？这很难说。然好坏有客观条件，有时间性，今之所谓“合时宜”与“时义”意近，义者，时之宜也。天下无一定不变之道理。商鞅之法，统一中国，商鞅之法是第一个改变上古政策的，上古统民讲仁义，商鞅讲功利。汤武变揖让为征伐，商鞅变仁义为功利，皆有其“时义”在也。遯，并不好，然在某一时，有其好处在。

“高尚其事”，“尚”“上”通。

“自兹以降”，“兹”，指上古三代而言。许由指上古，伯夷指三代。

“风流弥繁”，“风流”，犹言流风、风气，与文采风流之意不同，与风流蕴藉亦不同。文采风流、风流蕴藉，指人之品性。

“长往之轨未殊”，“长往”，一去不回。

“而感致之数匪一”，“感致”，有感于中而致如此。“致”，使也。“数”，方式也。

五臣注：“自兹以降，谓许由、伯夷以下也。风流，谓隐居之流也……不殊，言隐逸同也。感致匪一，谓以下事。”

接下文章一连六个“或……”，有层次先后，不仅求字句整齐，音节高亢。不仅文章美，亦有思想：

（一）“或隐居以求其志”。“志”，意志，本意志而做事不易，往往因受环境人事之影响而打折扣，“何意百炼钢，化为绕指柔”（刘琨《寄赠别驾卢谌》）。

两个朋友在一起，必须此一人为彼一人之奴隶，或自觉或不自觉地。人连自由意志都没有（人没有完全、没有自由），两人须彼此将就，始可过两人以上之生活。要团结须服从，此岂非为他人之奴隶？人在党中如运轮然，没有个人之意志。

有感觉、有思想之人感到人生之艰难，以渊明之冲淡尚说：“人生实难，死如之何！”（陶渊明《自祭文》）一个天才或一个有思想、有感觉之人，不愿受羁勒，要求有个人自由，求意志完全，如此便不能处世或为人，故“隐居以求其志”，爱求怎样求怎样。

中国人不是舒服是麻木，西洋人说话如针刺：你死，死以后我还诅咒你，我连死都死不起，有这些孩子……在法律上、道德上，都不允许自杀。人有时死都死不起。

（二）“或回避以全其道”。“道”，“道”言行；“志”言心，在心为志。“道之将行也与？命也。”（《论语·宪问》）此句“或回避以全其道”与上句“或隐居以求其志”，无甚大区别。

（三）“或静己以镇其躁”。人若无火性便苟安，不求上进，萎靡不振。“静己以镇其躁”，可真正做一点儿事，要去火性留血气。范蔚宗之言，或是消极的，谓如此可以不在社会上奔走也。不论消极地为善或积极地为我，总要“静己以镇其躁”。

（四）“或去危以图其安”。此就利害言。

（五）“或垢俗以动其概”。李善注：“或垢秽时俗以动其概，概，犹操也。”操，节操、操守、操行、操持。五臣注：“垢，秽也。概，节概也。”

（六）“或疵物以激其清”。“疵”，骂；“激”，激发。“白眼看他世上人”（王维《与卢员外象过崔处士兴宗林亭》）、“安能以身之察察受物之汶汶者乎”（楚辞《渔父》）即“疵物以激其清”。

“垢俗”即老子所谓之混俗也，外圆而内方。“疵物以激其清”，根本就不改也。传说一国有狂泉，只有一人未喝而未疯。然一群疯子说他是疯子，无法，此人也喝了。

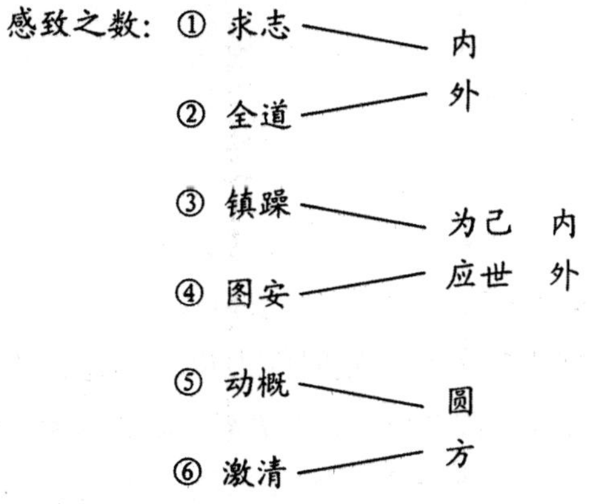

看事情最难窥见全圆。“凝视人生，窥见全圆”（厨川白村语），如此思想可透彻，思想才不至偏激。

“然观其甘心畎亩之中”，五臣本无“观”字。“甘心”，至死不悔。

“憔悴江海之上”，“憔悴”，生活甚艰。

“亦云介性所至而已”，“介性”，五臣注：“耿介之性。”因光明坚固，故不能改变。然或有他义：介，古通“个”，此或误。（犹如汩与汨，古抄书易错。）如：一介之使 = 一个之使；一介不取、一介不与 = 一个不取、一个不与。

前言“长往之轨未殊”，此云“介性所至而已”，“长往之轨”与“介性所至”以图示：

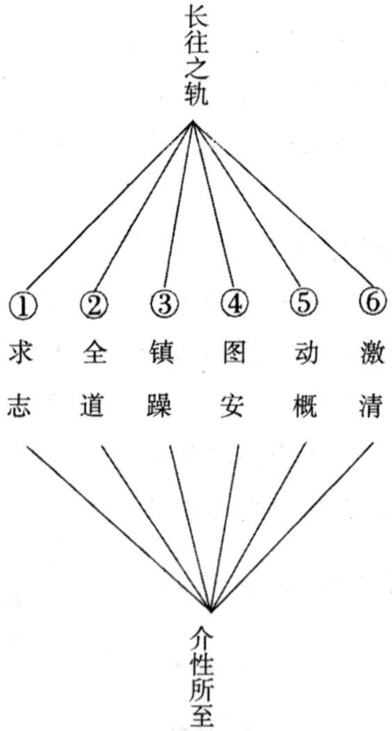

“适使矫易去就”，“适”，五臣注：“向也。”嚮、向通。方向、方嚮，此就空间上言；就时间上说，亦通，皆言过去。嚮者、向者、昔者、古者，古者最长；昔者较古者短；嚮者，三天前亦可谓之嚮，很古则不可。“适”，方才、刚（过去）。“适见之不知何往"，亦是过去式。"矫易"，改变。

"则不能相为矣"，干不了。

"彼虽硁硁有类沽名者"，"硁硁"，不变通，五臣注："坚劲貌。"即今俗言"死心眼儿"。亚里士多德（Aristotle）对亚历山大（Alexander）大帝言："我还不至于无聊得非说你的坏话而没有话说。"此亦硁硁之言也。

"自致寰区之外"，"致"，vt.（及物动词）；至，vi.（不及物动词），弄到、摆到。"寰区之外"，世外。

"异夫饰智巧以逐浮利者乎"，"异"，v.，动词，不同。"夫"，that，那个。

"志意修则骄富贵"，"志意修"，意志坚强。

学道之人心非狠不可，否则意志不坚便被世俗所诱。作文做事，亦皆如此。若只狠了心，瞧不起人，而已一无所能，那只是狂妄无知。"意志修而骄富贵"，还须内守充实，真有本事，有仗恃，然后才能瞧不起人。只是瞧不起人或求人怜，皆不可。

次段：

"士之蕴藉义愤甚矣"，"蕴藉"，五臣注："宽和貌。"李善注："宽博有馀。"二说俱不通。"蕴藉"，含也，含、蓄、怀、抱。"义愤"，恨也，不平也。"蕴藉义愤"，即怀恨、抱不平。

"是时裂冠毁冕"，"裂冠毁冕"，欲避世也。冠冕，象征，非写实。

"盖不可胜数"，"盖"，推原其故之辞。

"弋者何篡焉"，"弋者"，射人也；"篡"，取也。

巢父、许由，太平时代之隐士。如以心理分析psycho-analysis，太平时代之隐士，消极的就是藏拙；还有一种积极的，是嫉妒——不合作。此种心理最不好，若不嫉妒而至羡慕，往往成为谄媚。遇到比我们高的人（物质、精神），既不谄媚也不嫉妒，即中庸之道。然谈何容易！太平时代之隐士，不见得是真高真洁。乱世之隐士，一为避患，此是消极的，避敌人之患且敌人占据不能长久；一为义愤，此是积极的。藏拙与避患是无为，嫉妒与义愤是不平。

“光武侧席幽人”，“侧”，犹特也，“侧席”，特席（特席与联席相对）。中国上古之时进屋就脱鞋，所以“跪”很平常。“侧席幽人”，为幽人特设一席，待之有礼，尊重之也。“侧席”，动词。“光武侧席幽人”，五臣注：“光武侧席是忧幽人不至矣。”《礼记》云：“有忧者，侧席而坐。”（《曲礼上》）礼，不看成印版规矩，而看成有生命之艺术。先王之礼，皆合人情。“有忧者，侧席而坐”，既不打扰人，人亦不扰我，井水不犯河水。

“旌帛蒲车之所征贲”，李善注：“言招士或旌以帛也。”五臣注：“招贤之表识（识，ㄓ[①]，记号也）。帛，束帛。蒲车，招隐之车也。征，求。贲，饰也。”“旌”有二义：一是旌旗，名词；二是旌表，动词。《诗经·干旄》招贤士也，旄亦旌之类。“帛”，招贤之聘礼。“蒲车”，五臣谓招隐之车也。非，应从李善注。蒲车，蒲轮之车也。“贲”，卦名，贲者文明之象（文，文章，明光彩。其实文章就是光彩。彣、彰互训）。“征”，承蒲车；“贲”，承旌帛。此句二主语、二述语，即旌帛之所贲，蒲车之所征。“所”下之字必为动词。“谁”“孰”“何”，有时亦用于动词之前，如“谁欺”“孰与”“何知”，《论语·颜渊》“君孰与足”、“所见者何”。

“相望于岩中矣”，“相望”，不断也。

“……至而不能屈”，“不能屈”，不能曲以臣节。

“群方咸遂”，“方”，（一）方向；（二）类。“群方”，各处也。或从二讲，群方，各类。“遂”，顺也，安生。

“斯固所谓举逸人则天下归心者乎”，“逸人”，五臣本作“逸民”，是。

孔子所谓“举逸民”是积极的。（“遗民”，遗，剩下之意，前朝遗民，改朝换代而后之民曰遗民。“逸民”，逸，逃掉之意，漏网之鱼曰逸。惟逸民是好的意思。）皇帝用人，“溥天之下，莫非王土，率土之滨，莫非王臣”，每一个人都要为君主国家负责，但结果成了君令臣死，不敢不死，暴戾之君亦称之为圣明之君。若不为君为

---

① ㄓ为注音符号，对应汉语拼音“zhì”。

国效劳，而隐于远山之中，此颇似一逃债者。杀人者偿命，欠债者还钱，无所逃于天地之间。而隐士亦逃债，此之谓逸民。孔子之所谓“逸民”，言其有本事有能耐而不肯做事，此时皇帝“举逸民则天下归心”。何故？逸民想逃脱，而皇帝以礼征之，非令其一露本事，但，不是命令，不是强迫，而是请求。天下人见此情况，则觉其君真乃圣明之君，人只要有本事，不愁无官可做。逸民想逃尚逃不了，可见皇帝之圣明。

在旧日专制时代，皇帝最怕人造反，消灭之方有数种，如秦始皇之愚民、汉高祖杀戮功臣，乃消极之办法、糊涂之办法。故一个暴君摧残其臣民，不思其幸福。等其臣民被摧残至最后程度，就是他从皇座上倒颠下来之时，不及其身，便在子孙。故秦二世而亡，乃天理使然，亦是罪有应得。汉高祖杀功臣，晚年“大风起兮云飞扬”“安得猛士兮守四方”（《大风歌》）

——都杀了，哪有猛士？故汉历代受外国之压迫也。

没本事之人，乐得无事，大事化小，小事化无；有本事之人，一是不能安然无事，二是不平，惟恐天下一日无事，闲不住，待不起，此时最好给以很好之报酬、十足之面子，使其做一件合适之事。（大臣篡位，不也是给其事做了？参活句，不参死句。）在上者用人，须有用人之本事；在下者为人所用，此亦须有能耐。用人须能支配人。曹操如生于汉之高祖时，就是韩信、萧何之流；汉高祖能用人，汉献帝本身衰弱，而国势微弱，欲振亦不可。总之，大有为之君，“举逸民而天下归心”。

《史记·留侯世家》记，汉高祖为帝后，其手下大将沙中偶语。（非良好现象，出力叩头是我们的，而享福者是他。）汉高祖见之，问张良，良曰给以官位，又曰先封雍齿为侯。雍齿，高祖最不喜者，封之，别人云，安心了。此亦心理学。本文中所言“斯固所谓举逸人则天下归心者乎”，方法很近似此。

“志士怀仁”，志士怀念皇帝之仁，不可造反。

皇帝与逸民相互利用，皇帝利用逸民使天下归心，逸民利用皇帝装门面。竞争、互助，中国不讲此二点，只讲利用、互相利用。（有钱者与做官者彼此利用。）在上位者，利用隐士而使人觉其仁心；在下位之隐士，利用皇帝以表其高节。

意识，有时自怪自己之思想会突如其来。其实此意识是早已有了，不过以前不清楚，如种子经过日光、雨露而生枝长叶，经过了此因缘，而种子发生——长叶、开花、结果。

自己求知，自己爱好，此二点，互为因果。

余近来常谈《阿Q正传》，二十馀岁时即看到鲁迅欲揭示中国民族之传统上的毛病：麻木、不认真、糊涂……《阿Q正传》但挑这些，如大夫之割疮，实是大夫之慈悲。否则，虽有皮包着，里面就烂了，甚至于传布全身。

中国究竟什么是好的？什么是坏的？中国有国粹不？第一，应分清国粹与非国粹（国渣），不论从历史上看来（看事情）、哲学上看来（看道理）或文学上看来，觉得中国多少年来之……[1]余自谓有感觉而无思想。近来，思想似乎有进步，尤其三十四年起，要发掘中国的旧东西，要看看什么是国粹、国渣，应留的或应抛的……讲《逸民传论》，觉得有话可说，然究非搞思想之人，而苦于脑子没有条理。思想与语言，由思想变成语言，中间须经过一番周折。[余作散文及翻译皆学鲁迅，翻译用直译，保存原来之音节。no go，即不行、搞不通之意。余译此句非常高兴。余欲以将莎士比亚（Shakespeare）之戏剧翻成曲子。《大笑》阳历年后发表于《益世报》“君子一言”。]把思想翻译成语言，真不容易。对讲功课，余自谓：（一）预备不充分；（二）思想不成熟，现正在用功期间，心中万马奔腾，不是想人生人世，就是想自己，观察、欣赏、分析……总觉得以前不成，一年讲得比一年好些。有一分心尽一分心，有一分力尽一分力，然只尽于此，没法子。今年便觉得去年所讲的不成，盖思想不成熟，永远由此一点往前转，而不能固定于一点，故也不能安生。

传统、遗传真可怕，好的、坏的都承袭了。没有一个祖先不希望其子孙强业胜祖，子孙应发挥祖上之美德，而抛其毛病。天下之法律，没有推之四海而皆准——不变的。孔子是圣人，孟子推为“圣人

① 原笔记此处即为省略号，当是漏记当时之讲话。

之时者也”（《孟子·万章下》）。（或骂孔子投机主义，摇身而变。）《易》称“遯之时义大矣哉”，“时义”，在这儿是合适，如夏葛而冬裘。

发现什么是国粹、非国粹，是以“时”为标准。吾人生于大时代，已非闭关自守、人为夷狄我为上种之时……现在，五大强国之一……这些金字招牌，不必提了，看外国人如何对我们！把我们还看成人吗？如果不想把国家送给别人，惟有自强。

所谓国粹者，适合于此大时代之生存条件者即国粹。此岂非武断？是的，虽武断，然非如此不可。

善恶、道德、仁义、是非……现在谈不到。反正饿了得吃饭，无饭吃得想法找饭吃；不找，就得饿死。我们不是不讲是非、道德……但，现在非讲道德、仁义之时，饿了找饭吃要紧。如日本来侵略，或抗战，或投降、叩头、灭亡，用不到讲是非、善恶。《礼记·礼运·大同》篇所言“货，恶其弃于地也，不必藏于己；力，恶其不出于身也，不必为己”，是诗之道理、境界……真的过那种生活是诗的生活，但，成吗？不可不高处着眼、低处着手，先承认了事实，然后一步步走近理想，但必须有理想。

祖先为我们留下道理，是要其子孙本此哲学而生活，不是使其本此而灭亡。所以，改革哲理是我们之责任……（今人坐汽车、住大楼、吃西餐……这些吃住行都改了，而哲理不肯改。）

逸民，惟中国有之，中国隐士清高，清高的是什么？隐士，如绣花枕头、象牙饭桶，装样子。

本篇结尾曰：

> 肃宗亦礼郑均而征高凤，以成其节。自后帝德稍衰，邪孽当朝，处子耿介，与卿相等列，至乃抗愤而不顾，多失其中行焉。盖录其绝尘不及，同夫作者，列之此篇。

此段非常好。范蔚宗有史学、史识。

“处子”，“处”，不出之意。“与卿相等列”，“与”字上，五臣本有“羞”字。肃宗以后，卿相＝邪孽。“抗”，高抗。“愤”，愤慨。“中行”，中道之行，中庸之道。

此段指东汉党锢之祸，此时隐士有反抗精神。汉之隐士，在王莽时代，消极地不合作；在光武时代，积极地合作；肃宗以后，积极地不合作，故结果成了党锢之祸，都被杀了，惨极了。汉之党锢、唐之清流、宋之太学上书、明之东林……实非好现象——此就利害言之，非就事实而言之。

结句“盖录其绝尘不及，同夫作者，列之此篇”，“及”，五臣本作“反”，好。

十五　沈约（休文）《恩幸传论》

夫君子小人，类物之通称。蹈道则为君子，违之则为小人。屠钓，卑事也；版筑，贱役也。太公起为周师，傅说去为殷相。非论公侯之世，鼎食之资，明敭幽仄，惟才是与。

逮于二汉，兹道未革，胡广累世农夫，伯始致位公相；黄宪牛医之子，叔度名动京师。且士子居朝，咸有职业，虽七叶珥貂，见崇西汉，而侍中身奉奏事，又分掌御服，东方朔为黄门侍郎，执戟殿下。郡县掾史，并出豪家，负戈宿卫，皆由势族，非若晚代分为二途者也。

汉末丧乱，魏武始基，军中仓卒，权立九品，盖以论人才优劣，非为世族高卑。因此相沿，遂为成法。自魏至晋，莫之能改，州都郡正，以才品人，而举世人才，升降盖寡。徒以凭藉世资，用相陵驾，都正俗士，斟酌时宜，品目少多，随事俯仰，刘毅所云“下品无高门，上品无贱族”者也。岁月迁讹，斯风渐笃，凡厥衣冠，莫非二品，自此以还，遂成卑庶。周汉之道，以智役愚，台隶参差，用成等级。魏晋以来，以贵役贱，士庶之科，较然有辨。

夫人君南面，九重奥绝，陪奉朝夕，义隔卿士，阶闼之任，宜有司存。既而恩以狎生，信由恩固，无可惮之姿，有易亲之色。孝建泰始，主威独运，空置百司，权不外假，而刑政纠杂，理难遍通，耳目所寄，事归近习。赏罚之要，是谓国权，出纳王命，由其掌握，于是方途结轨，辐凑同奔。人主谓其身卑位薄，以为权不得重。曾不知鼠凭社贵，狐假虎威，外无逼主之嫌，内有专用之功，势倾天下，未之或悟，挟朋树党，政以贿成，鈇钺疮痏，搆于床笫之曲，服冕乘轩，出于言笑之下。南金北毳，来悉方艚，素缣丹魄，至皆兼两，西京许史，盖不足云，晋朝王石，未或能比。及太宗晚运，虑经盛衰，权幸之徒，慴惮宗戚，欲使幼主孤立，永窃国权，搆造同异，兴树祸隙，帝弟宗王，相继屠劓。民忘宋德，虽非一途，宝祚夙倾，实由于此。呜呼！《汉书》有《恩泽侯表》，又有《佞幸传》。今采其名，列以为《恩幸篇》云。

《昭明文选》卷第五十“史论下”载《恩幸传论》。

四史之作者司马迁、班固、范晔、陈寿有史才，文才亦好（史才——史法；文才——文法），故为人所推崇。四史之外，当推沈约之《宋书》。如云《史记》《汉书》为北派，则《宋书》当是南派。以血统而论，南方之血统较北方纯正，因为北方常为外族所侵，其血统较杂，南方之发达由于北方之纷乱。（客家乃得道之中原人，汉族。）余读《汉书》觉其沉闷，读《宋书》而觉其屑碎，惟读《史记》则沉着、痛快。（只沉着而不痛快，则沉闷；只痛快而不沉着，则浅薄。）

沈约，梁武帝时人，仕至侍中。中国字有平上去入，沈约开其端。著有《宋书》《略语》。清人郝懿行有《宋琐语》《晋宋书故》。

史论，谈古说今。若无思想、无意义，穷极无补，只是无聊之消遣而已。评书说《三国》《列国》没劲，以为文学之欣赏还可以。（留声机、无线电，无灵魂、无感觉。）听故事尚且需要欣赏、有意义，况读史？

为秦始皇作文论是为崇拜英雄。秦始皇，有人说其焚书坑儒，说他好的则是说书早应焚，捧之则上天，贬之则入地。这些我们都可以不管，应以整个社会、整个国家、整个世界为重心而读之。《汉书》有“志”，《史记》有“书”，是综合的，可看到整个之社会、国家。柴德庚说：“《汉书·地理志》有那地方之风土人情，读历史应如镜子，照出现在的情形来。”

《恩幸传论》亦是整个的东西，是综合的，说恩幸之由来及其结果。

本篇开端曰："夫君子小人，类物之通称。蹈道则为君子，违之则为小人。""类"，分析；"物"，人物。"蹈"，行，五臣注："蹈，履也。"（履，行也。）人之贵贱善恶，善者，君子；恶者，小人。（后之人则虽恶小人亦可贵。）

"屠钓，卑事也；版筑，贱役也。太公起为周师，傅说去为殷相"数句，以拗易顺。图示如下：

1	2	3	4
屠钓，卑事也	太公起为周师	版筑，贱役也	傅说去为殷相
a	b	c	d

语句之顺序是a、b、c、d，意义顺序是1、2、3、4。文人有才气者露才气，有功夫者露习气，都是讨厌之事。此处所写，亦沈约之习气也。

"非论公侯之世，鼎食之资"，"世"，世代流传。"鼎食之资"，"资"，凭借也。五臣注："鼎食谓三公之家。资，犹后也。"

"明敭幽仄，惟才是与"，"敭"，与"扬"字音义俱同，扬，举也；举，在上位。"幽仄"，贫也。

高尔基（Gorky）在与友人书中劝青年注意书法、文法（中国而今文章多不含此二种）。法郎斯（France，法作家）说他在中学时读拉丁文、读很古的法文，读时自然困难，且挨罚，但他一点儿也不后悔，直至老年还以为学古文是一件应当之事，因为在学古文时，可以养成人的美的品格——崇高明净之品格。（余认为一切学问可养成技术，而此技术须与品格成一，否则只是技术、知识而已，不是学问。）没有一种古典文学不明净而又崇高的。明净是崇高的原因，崇高是明净的结果。

凡学问皆有两面，同时是平民的而又是贵族的。因是平民的，故能广；因是贵族的，故能提高。合此二种为一，始是学问。如此，使人看了、听了、懂了（平民的）之后，无形中人之精神提高（贵族的）。只是平民的则是通俗的、流行的，贵族的则是孤立的、绝缘的、自取灭亡的——故现在之学问须将二者调和起来。

鲁迅先生对旧文学有很深之修养，故写出之文明净崇高，如《阿Q正传》。他希望青年自由地发展，不要如他似的改造。人人可成为一作家，但不能人人皆成为天才的作家。（天才作家是无法解释的，用肉眼去看，突然而来，亟然而去，来无影去无踪。如屈原，《离骚》以前、以后皆无比者，屈原是天才。）鲁迅先生不是天才作家，的确他是中国现代之大作家，列于世界文学家中也无愧色。他的成功完全是用功得到的，如其《中国小说史略》，考证文章，思想皆平日积累而成。其文稿都是自己抄写的；写信，邮票非自己贴不可。（这太琐碎。要知道，严肃认真与琐碎很近似，世俗之人，多有琐碎而不严肃认真。）由此，可见鲁迅先生之处处用心、用功。

鲁迅先生为什么不满意于自己之作品，而主张青年自由发展？此鲁迅先生伟大之处。凡多多少少、大大小小有一点儿才气在身，不见得即天才，而如肯用功的话，在事业上会有所成就。不过，成功之后，满意于自己之成功、停顿在一点上，那些人之死期至矣——精神死了。伟大之人不会如此，他的确是用过一番心力，但不满意停顿于此，还要向上、向前。鲁迅即如此。他在创作上、学术上皆有其成功，然并不满意，劝人不要学己。但鲁迅并不承认"才"是从天上掉下来的，或地下钻出来的。他劝人不要读线装书，多读外国书（北欧），他并不是宣传主义，那只是在品格上一种修养。北欧之作是向前的，且坚苦卓绝之精神真了不得，"坚苦卓绝"四字，正是北欧之伟大，如一大树。中国之文学则如盆景、假山，故干净、明洁，然不伟大。北欧之坚苦卓绝的精神是宗教之精神，如耶稣、释迦。鲁迅也许看出中国民族及文学之弱点，故劝中国青年不要读线装书。

"现实了理想，理想了现实。"鲁迅先生确实将其理想现实了，故其作品骨子里之精神是西洋的、近代的道德观念，而非中国的、古代的道德观念（文学家、哲学家皆是寻觅、追求、发现真理，此真理即道德观念），而他的文章绝对是中国的，故鲁迅先生绝对是中国的土产，不是外国之移植。如《阿Q正传》中他揭穿中国社会之弱点，全用西洋之攻击法；而行文之美如《左传》，真美。故鲁迅之思想受了西洋影响，而在作风上仍然是中国的传统。如France之文章即表现法文之美，高尔基亦能表现俄文之美，鲁迅最能表现中国方块单音组成的中国文字之美，《阿Q正传》之英文译本无其文字美。

文章之意义好懂，而其文章美最难懂。余读《庄子》，先了解其意义，而懂其文章美是近三四年间之事而已。如何使文字美不落于文字障中就成了，这点儿功夫是一辈子的功夫，不亦重乎？不亦远乎？

为文学而文学、为艺术而艺术，不易，然此种精神应有。文学应为人生而艺术，古来一切文学皆与人生有关，历史是记录人生，哲学是批评人生、改善人生，文学是表现人生。

《恩幸传论》之章节：

第一段：从开端至“惟才是与”以上，论上古之用人。

第二段：自“逮于二汉”至“非若晚代分为二途者也”以上，论两汉之际古风未革。

第三段：自“汉末丧乱”至“较然有辨”以上，论魏晋渐改古道，始重门第。

“兹道未革”，“兹道”指前一段而言。“道”，犹言风气也。

“胡广累世农夫，伯始致位公相；黄宪牛医之子，叔度名动京师”，胡广即伯始，黄宪即叔度，句子别扭。可改成“胡广累世农夫，黄宪牛医之子，伯始致位公相，叔度名动京师”，或“胡广累世农夫，致位公相；黄宪牛医之子，名动京师”。前段“屠钓，卑事也；版筑，贱役也。太公起为周师，傅说去为殷相”，以拗易顺，合适；此段“胡广累世农夫，伯始致位公相；黄宪牛医之子，叔度名动京师”，以顺易拗，较好。江淹《恨赋》“孤臣危涕，孽子坠心”，别扭，不通，应说“孤臣危心，孽子坠涕”。有人美其名曰此种写法是“互文”——交互成文。而“胡广累世农夫，伯始致位公相；黄宪牛医之子，叔度名动京师”，重文。

沈约之文落于文字障中。（只见而不思、只信而不知，谓之理障。）凡经学、哲学在作时皆极朴素之文章，使人一看即了然。现在读之则觉其很古，此时代久远，语言、文字有变迁故也。沈约在当时号称能文之士，今读其文，亦有文字障——自己用文字将其意义遮住了。

“七叶珥貂”，“七叶”，七辈。“珥貂”，五臣注：“珥，插也。貂，侍中之服。”（侍中，天子近臣。）

“用相陵驾”，“陵驾”，超过。

“都正俗士，斟酌时宜，品目少多，随事俯仰”，五臣注：“言州都郡正皆俗士，不能甄别好恶，但斟酌门族时宜，品录声望多少，随声望之事而高下也。”

“岁月迁讹”，“迁讹”，变化。

“凡厥衣冠”，“衣冠”，贵族。

“莫非二品”，“二品”，善注：“言衣冠之族皆居二品之中。”五臣注：“二品谓豪客势家。”应从善注。

“台隶参差”，“台隶”，阶级。“参差”，不齐也。

“士庶之科”，“科”，分也。

所谓“下品无高门，上品无贱族”，“士庶之科，较然有辨”，正如下图所示：

凡一国初兴之时，用人只取才能，不以门第论。及而封建制度产生，当权者多为贵族，如此久之，国家必将灭亡。中外国家皆有此现象。贵族专政如耗子在屋中打洞，以为如此可以安全，可繁殖子孙，传之万世，结果墙倒下来，把国家断送了，自己也赔上了。凡不为国家命运打算而为自己之命运打算，幸时人亡国存，不幸则人与国俱亡。晋初八王之乱，可以看得很清，八王本是贵族专政，皆皇帝本家，以为不至于生乱。

权利，权，地位；利，财利，权利即富贵利益。赌博场中无父子，皆为钱，故说到权利是最大之自私，有自己无人；说到赌博场中无父子，则是为钱。

有父子二人考场归来，听报单来，三声炮响，父子二人齐往外跑，其父一见不是自己中了，转头就走，向屋中睡觉去了。亲戚问之，曰："我这不喜，厢房里才喜呢！"亲戚曰："你自己中举是老爷，儿子中举是老太爷。"此人一听也高兴了，既而又说："老哥，不行，还是自己中了好。"——权利如此厉害。

秦始皇是孤立的，一人也不用。此也只有秦始皇成，然二世而亡。汉有外戚，也玩儿完了。晋用本家，狗咬狗，依然不成。故说到权利是最大的自私，两人都干就不成，或者你走了我干，或者咱俩都不干，国家完了都不管。故说到权利，亲父子、亲兄弟皆不成。宋"烛影"案，乃亲兄弟残杀；隋炀帝将其父害死；南北朝宋文帝亦为其子劭所害；《左传》载"父疑其子"——凡此种种，设身处地为之想想，真是惊心动魄。唐明皇自蜀归来，尊为太上皇，居南内，"耿耿星河欲曙天"，"孤灯挑尽未成眠"（白居易《长恨歌》），凄凉至极。宋高宗（为人厉害），只想为帝未想报父兄仇或复其国，只想做一偏安之帝，利用岳飞、韩世忠诸大将拒匪，打完土匪，用不着打外国，就将岳飞杀了，秦桧背骂名。高宗明知秦桧专权，而利用他杀大臣，办外交，既将秦桧捧上，也觉他可怕。及秦桧死，曰："朕今日始免靴中置刀矣。"秦桧曾曰："南人归南，北人归北。"宋高宗曰："朕北人，将安归？"可见其人明白。宋高宗后做太上皇（清高宗亦为太上皇，自曰"十全老人"），其子宋孝宗（高宗养子）孝顺至极。及孝宗子光宗即位，孝宗为太上皇，其子光宗即不孝。（光宗惧内。）八月节，孝宗上楼，只有一二太监，想其子必当来看。墙外小孩儿喊："赵官家，赵官家。"孝宗落泪，曰："我喊他都喊不来，何况你们！"真凄凉。故说到权利，即亲父子也不亲。

说到权利，个人最亲，其次是团体（阶级），仍是争权，不是为国家。所谓世族，家家也不过是一集团（阶级），此集团并无什么思想，只想发财、升官而已。

欧亚之先进国家，其先皆是雄才大略之君主治国，以后便是贵族专政，只为本阶级争权而已。

政治发展之途径：才能 ⟶ 贵族 ⟶ 宦官。（明朝之政治最糟，宦官专权至最高点。）

《恩幸传论》分两截：以上所讲是第一截。自“夫人君南面”以下，为第二截，乃专论宦官内侍，似与上文之势豪又有别也。

自“夫人君南面”以下至结尾，为一大段，内分五层：

第一层：自“夫人君南面”至“宜有司存”，建宦之来源。

第二层：自“既而恩以狎生”至“辐凑同奔”，述阉宦得势之由。

第三层：自“人主谓其身卑位薄”至“出于言笑之下”，言阉宦近习，人主信之而不疑，而若辈乃益乘机而大煽威福也。

“义隔卿士”，“卿士”，知识阶级。

“既而恩以狎生”，“既而”，久而久之。“狎”，习也，亲近也。“恩以狎生，信由恩固”，狎 ⟶ 恩 ⟶ 信。“孝建泰始，主威独运”，说君权。

“空置百司，权不外假”，“外假”，借。五臣注：“宋武帝、明帝事每独用，权柄不外假藉于卿士也。”

“而刑政纠杂”，“纠杂”，繁淆也。

“事归近习”，“近习”，宦官。汉之十常侍，唐之监军，皆宦官。为领袖者无耳目显着孤单，有耳目则必为其所蒙蔽。

“赏罚之要”，“要”，机枢。（要，名词，即腰。）

“出纳王命”，“出纳”，即出。

“于是方途结轨，辐凑同奔”，“方途”，“方”，比并。（比，方，比邻即方邻。）（方舟，两舟相并；方人，把自己与别人比较。）“方途结轨”，并驾齐驱也。“辐凑”，今作“辐辏”，聚集也。辏字实误。（犹缙绅之缙亦误。缙当作搢。搢，插也，插笏之意。）

“曾不知鼠凭社贵”，“曾”，与“乃”通。

“外无逼主之嫌”，“逼主之嫌”，功高震主。

唐郭子仪之子暧尚公主，暧与公主吵架，暧曰：“我父薄天子而不为。”郭子仪闻之，捆子上殿以请罪。帝曰：“不痴不聋，不作阿家阿翁。”

黄梨洲宗羲（为人思想极好）《原君》之文字好，内容更好，那样之文始是论文。其文说“家天下”。一人欲为国家做事，非忘掉了权力不可，但无权你不能做事，最好是有权后把权忘了，不要有“家天下”之思想。事业与自己打成一片，始可。

后世皇帝不是为国、为人而是为自己做皇帝。“自我得之，自我失之，亦复何恨”（《梁书·邵陵王纶传》梁武帝语），亦“家天下”之思想。古来所谓圣君尧舜禹汤文武，心心意意在国家、在人民、在百姓。禹三过家门而不入，此种精神绝非“家天下”。“彼可取而代也”（《史记·项羽本纪》项王语）、“大丈夫当如此也”（《史记·高祖本纪》刘邦语），此种思想是只为了舒服享受。“莫乐为人君，惟其言而莫之违。”（《韩非子·难一》）在高位、拥大权之人，应负大责任、尽大义务也，不是取（享受）而是与（服务），此国家始可以上轨道。天下乱、将亡国之际，官吏都是死要钱，棺材里伸手——死要钱。

“𫓧钺疮痏，搆于床笫之曲”，“搆”，构也。五臣注：“𫓧，砧。钺，斧也。疮痏喻谗谮成瑕疵也，言幸臣搆瑕于宫曲床箦（箦=笫）之间，使公卿伏𫓧钺于外也。”

第四层：自“南金北毳”至“实由于此”，言宦官之祸。

自“南金北毳”至“未或能比”，言财物之盛。

国之将亡，国穷民穷，惟做官者富，举国之财富成○（鸡蛋形），故“危若累卵”之话是有道理的。

“素缣丹魄”，“丹魄”，“魄”，琥珀，琥珀色红故曰丹魄。

“西京许史，盖不足云”，说贵。

“晋朝王石，未或能比”，说富。若说“或未能比”，语气轻；“未或能比”，语气重。范蔚宗《宦者传论》写宦官：

> 举动回山海，呼吸变霜露。阿旨曲求，则宠光三族；直情忤意，则参夷五宗。汉之纲纪大乱矣！
>
> 若夫高冠长剑，纡朱怀金者，布满宫闱；苴茅分虎，南面臣民者，盖以十数。府署第馆，棋列于都鄙；子弟支附，

过半于州国。南金、和宝、冰纨、雾縠之积，盈牣珍藏；嫱媛、侍儿、歌童、舞女之玩，充备绮室。狗马饰彫文，土木被缇绣。

沈约之文不狠不凶，不如范文。

自“及太宗晚运”至“实由于此”，言宦官专权之烈。

“及太宗晚运”，“晚运”，犹言晚年。“及其老也，血气既衰，戒之在得。”（《论语·季氏》）。老是可怕的，人越到老年越想不开，不放手，也越贪得、贪财，正因生命不久，活一天便要把持一天，此之谓“倒行逆施”。“日暮途远，倒行逆施”（《史记·伍子胥列传》），人是越老越悖晦。

“虑经盛衰”，宋太宗之世可谓之盛，而惧其子年幼不能治国、驾驭群臣，故虑其国之将由盛而衰也。如此便不相信大臣贵戚，惧其篡位也，乃尽用“权幸之徒”。

“慴惮宗戚”，“宗”，诸王。“戚”，贵戚。此句是说贵戚惧权幸，抑权幸惧贵戚，文章写得不明白。五臣注：“言诸王亲属皆畏惧佞幸之臣。”

胜败，两字之意义正相反，而“胜之”“败之”讲法相同，此中国文法不清之故。茅盾将“铭感五内”写成“铭感了我们”，不通；说“苦笑尤胜于哭不得、笑不得”，不通，（尤、犹分不清。尤犹、遂随、即既，当分清。）茅盾文中用“下一转语”（“转语”是禅宗语），用得不妥。写文章，把事实摆在那儿，无批评、论断，如俄班台莱耶夫（Panteleev）（《表》，鲁迅译，是其最大之成功作品）之类作品，乃新客观之写法，几乎连感情也不表现。另一种写法，是敢哭、敢笑、敢打、敢骂……什么都说，当然自有其理由。茅盾之“下一转语”，可想说又不想说，此在说话之技术上已是低能，何况在文中，更不能算高明。作者有时被读者给惯坏了，犹之皮黄，今不如昔，因听众之今不如昔也，观点不同。

鲁迅说，看冰心之作如听八十岁的老祖母说教训。老舍之《赵子曰》《二马》真使人摇头，但竟有人捧他，最近之老舍却颇有长进，《写与读》可见其用功之功夫。鲁迅《鸭的喜剧》写：“入芝兰之室，久而不闻其香”——讽刺；“然而我之所谓嚷嚷，或者也就是他之所谓寂寞罢”——此是真费工夫；“俄国的盲诗人爱罗先珂君带了他那六弦琴到北京之后不久，便向我诉苦说：‘寂寞呀，寂寞呀，在沙漠上似的寂寞呀！’”——如诗。鲁迅之文《阿Q正传》，古典得如《史记》《左传》，然读之如见其人，如闻其声，如视其事。

读文学作品，不是吃糖，然也不是吃药。有时作品读了比吃药还苦。鲁迅之文古典，干净至极，近来却觉得不然。如《表》《鸭的喜剧》，虽古典，还有真正的平民、人民、民众。

“搆造同异，兴树祸隙，帝弟宗王，相继屠勦。”勦，五臣本作“劋”。五臣注：“言佞幸之臣搆造同异，起立祸隙，谗谮宗王，使相继被戮，而至绝矣。劋，绝也。”

一般权臣皆愿立幼主，使其孤立，与外界绝缘，结果此领袖成为昏聩，此时距灭亡之期近矣。

“搆造同异”，党同伐异。“兴树”，动词，挑拨也。“兴树祸隙”，挑拨是非。嫌隙、衅隙之结果成为怨仇。

“宝祚夙倾”，“宝祚”，五臣注：“宝祚，国命也。”“夙倾”，早亡也。

第五层：“呜呼”以下，述恩幸一名之由来及作传之意，乃作《恩幸传》之总意。

“呜呼”，古作“於戏”“乌虖”，自韩退之《祭十二郎文》用为悲叹之词，后人多仿用之，实则即叹词。

“汉书有《恩泽侯表》，又有《佞幸传》”，“恩泽”，皇亲国戚之属；“佞幸”，爱臣得皇帝之欢心者。

十六　李康（萧远）《运命论》

夫治乱运也，穷达命也，贵贱时也。故运之将隆，必生圣明之君。圣明之君，必有忠贤之臣。其所以相遇也，不求而自合；其所以相亲也，不介而自亲。唱之而必和，谋之而必从，道德玄同，曲折合符，得失不能疑其志，谗构不能离其交，然后得成功也。其所以得然者，岂徒人事哉？授之者天也，告之者神也，成之者运也。

夫黄河清而圣人生，里社鸣而圣人出，群龙见而圣人用。故伊尹，有莘氏之媵臣也，而阿衡于商。太公，渭滨之贱老也，而尚父于周。百里奚在虞而虞亡，在秦而秦霸，非不才于虞而才于秦也。张良受黄石之符，诵三略之说，以游于群雄，其言也，如以水投石，莫之受也；及其遭汉祖，其言也，如以石投水，莫之逆也。非张良之拙说于陈项，而巧言于沛公也。然则张良之言一也，不识其所以合离？合离之由，神明之道也。故彼四贤者，名载于箓图，事应乎天人，其可格之贤愚哉？孔子曰："清明在躬，气志如神。嗜欲将至，有开必先。天降时雨，山川出云。"诗云："惟岳降神，生甫及申；惟申及甫，惟周之翰。"运命之谓也。岂惟兴主，乱亡者亦如之焉。幽王之惑褒女也，祆始于夏庭。曹伯阳之获公孙强也，征发于社宫。叔孙豹之昵竖牛也，祸成于庚宗。吉凶成败，各以数至。咸皆不求而自合，不介而自亲矣。

昔者，圣人受命河洛曰：以文命者，七九而衰；以武兴者，六八而谋。及成王定鼎于郏鄏，卜世三十，卜年七百，天所命也。故自幽厉之间，周道大坏，二霸之后，礼乐陵迟。文薄之弊，渐于灵景；辩诈之伪，成于七国。酷烈之极，积于亡秦；文章之贵，弃于汉祖。虽仲尼至圣，颜冉大贤，揖让于规矩之内，訚訚于洙、泗之上，不能遏其端；孟轲、孙卿体二希圣，从容正道，不能维其末，天下卒至于溺而不可援。夫以仲尼之才也，而器不周于鲁卫；以仲尼之辩也，而言不行于定哀；以仲尼之谦也，而见忌于子西；以仲尼之仁也，而取仇于桓魋；以仲尼之智也，而屈厄于陈蔡；以仲尼之行也，而招毁于叔孙。夫道足以济天下，而不得贵于人；言足以经万世，而不见信于时；行足以应神明，而不能弥纶于俗；应聘七十国，而不一获其主；驱骤于蛮夏之域，屈辱于公卿之门，其不遇也如此。及其孙子思，希圣备体，而未之至，封己养高，势动人主。其所游历诸侯，莫不结驷而造门；虽造门犹有不得宾者焉。其徒子夏，升堂而未入于室者也。退老于家，魏文侯师之，西河之人肃然归德，比之于夫子而莫敢问其言。故曰：治乱，运也；穷达，命也；贵贱，时也。而后之君子，区区于一主，叹息于一朝。屈原以之沉湘，贾谊以之发愤，不亦过乎！

然则圣人所以为圣者，盖在乎乐天知命矣。故遇之而不怨，居之而不疑也。其身可抑，而道不可屈；其位可排，而名不可夺。譬如水也，通之斯为川焉，塞之斯为渊焉，升之于云则雨施，沉之于地则土润。体清以洗物，不乱于浊；受浊以济物，不伤于清。是以圣人处穷达如一也。夫忠直之迕于主，独立之负于俗，理势然也。故木秀于林，风必摧之；堆出于岸，流必湍之；行高于人，众必非之。前监不远，覆车继轨。然而志士仁人，犹蹈之而弗悔，操之而弗失，何哉？将以遂志而成名也。求遂其志，而冒风波于险涂；求成其名，而历谤议于当时。彼所以处之，盖有算矣。子夏曰："死生有命，富贵在天。"故道之将行也，命之将贵也，则伊尹、吕尚之兴于商周，百里、子房之用于秦汉，不求而自得，不徼而自遇矣。道之将废也，命之将贱也，岂独君子耻之而弗为乎？盖亦知为之而弗得矣。凡希世苟合之士，蘧蒢戚施之人，俛仰尊贵之颜，逶迤势利之间，意无是非，赞之如流；言无可否，应之如响。以窥看为精神，以向背为变通。势之所集，从之如归市；势之所去，弃之如脱遗。其言曰：名与身孰亲也？得与失孰贤也？荣与辱孰珍也？故遂絜其衣服，矜其车徒，冒其货贿，淫其声色，脉脉然自以为得矣。盖见龙逢、比干之亡其身，而不惟飞廉、恶来之灭其族也。盖知伍子胥之属镂于吴，而不戒费无忌之诛夷于楚也。盖讥汲黯之白首于主爵，而不惩张汤牛车之祸也；盖笑萧望之跋踬于前，而不惧石显之绞缢于后也。

故夫达者之算也，亦各有尽矣。曰：凡人之所以奔竞于富贵，何为者哉？若夫立德必须贵乎？则幽、厉之为天子，不如仲尼之为陪臣也。必须势乎？则王莽、董贤之为三公，不如扬雄、仲舒之閴其门也。必须富乎？则齐景之千驷，不如颜回、原宪之约其身也。其为实乎？则执杓而饮河者，不过满腹；弃室而洒雨者，不过濡身；过此以往，弗能受也。其为名乎？则善恶书于史册，毁誉流于千载；赏罚悬于天道，吉凶灼乎鬼神，固可畏也。将以娱耳目、乐心意乎？譬命驾而游五都之市，则天下之货毕陈矣。褰裳而涉汶阳之丘，则天下之稼如云矣。椎紒而守敖庾、海陵之仓，则山坻之积在前矣。扱衽而登钟山、蓝田之上，则夜光玙璠之珍可观矣。夫如是也，为物甚众，为己甚寡，不爱其身，而啬其神。风惊尘起，散而不止。六疾待其前，五刑随其后。利害生其左，攻夺出其右，而自以为见身名之亲疏，分荣辱之客主哉。天地之大德曰生，圣人之大宝曰位，何以守位曰仁，何以正人曰义。故古之王者，盖以一人治天下，不以天下奉一人也。古之仕者，盖以官行其义，不以利冒其官也。古之君子，盖耻得之而弗能治也，不耻能治而弗得也。原乎天人之性，核乎邪正之分，权乎祸福之门，终乎荣辱之算，其昭然矣。故君子舍彼取此。若夫出处不违其时，默语不失其人，天动星回而辰极犹居其所，玑旋轮转，而衡轴犹执其中，既明且哲，以保其身，贻厥孙谋，以燕翼子者，昔吾先友，尝从事于斯矣。

《昭明文选》卷第五十三“论三”载《运命论》。

人有“命”，人所生的时代、环境、风气即其命运，能摆脱当时风气的，非妖怪即英雄。（文章风气亦然。）

命——由生到死，长；时——偶然，短。

“运命”，“运”，天地运流（自然的）；“命”，人命（人为的）。

对所谓运命的认识有三种：

（一）神的，一切由神主宰。

（二）自然的（玄学的）。“莫之为而为”“莫之致而致”（《孟子·万章上》），不相信有神的主宰，也不相信自己的把握，即如《庄子》所云：“适来，夫子时也；适去，夫子顺也。”（《养生主》）

（三）科学的（近代的）。

Fate，运命；fatalist，运命论者。西洋之fatalist多是悲观的，以为人在天地间是最渺小的，短短的生命，小小的身体，无论你是圣贤、英雄，终归于死，凡事之不可挽回者皆归于命。

中国古代墨家事鬼神，不是为鬼而事鬼，是为人；儒家敬鬼神而远之，也是为人；神道设宗教也仍是为人。《论语·微子》篇子夏曰：

死生有命，富贵在天。

子夏之原意谓多活不必欢喜，早死也不必悲哀。我们应把死生富贵之心抛开，做点儿别的事情，活一天干一天，把心地打扫干净。“死生有命，富贵在天”八个字，颇似佛之扫除妄念。方生方灭是妄念，妄念把人的精力凌迟了。精神的专一从统一做起，平常人只注意生命、富贵，要扫除妄念，精修胜业。儒家并非真相信运命，没有纯神的运命论，中国传统的运命论是自然的、玄的，我们要用智慧、思想对传统道德进行新评价。

王阳明提出“知行合一”，认为“知”了便能行。其实“信”了也能“行”，不“行”还是不“信”。

苏东坡有一文，说自己纵步力疲，就林止息，虽未至目的地而曰“此间有甚么歇不得处”。（《记游松风亭》）如我们夏天走路，忽然遇到有树荫清泉的地方，喝点儿泉水休息休息，岂不舒服？走长途日暮途穷忽遇乡村野店，吃点儿饭，喝三杯酒，一觉好睡，岂不舒服？舒服吗？舒服。而到家了吗？没到。庄子是只此而止，不求到家，而孔子则不然。《论语·宪问》曰：

> 子路宿于石门。晨门曰：“奚自？”子路曰：“自孔氏。”曰：“是知其不可而为之者与？”

“知其不可而为之”——此晨门评夫子者。对晨门之评，胡适曾说：“认得这个真孔丘，一部《论语》都可废。”（《尝试集·孔丘》）“知其不可而为之”，不是傻，是伟大。孔子所言“知命”是不妄求，不妄为，而不是不求、不为。

《运命论》之开篇三句曰：

> 夫治乱运也，穷达命也，贵贱时也。

此是一段总起，同时并为全篇之大旨。

文章的层次与系统不同，层次只是文字上的功夫，中国文章无层次而有系统，有中心思想。文章的中心思想，作“论”，需点明；作“纪”，可暗示；作史只是要真实、生动，不要用自己意见去征服别人，只把事实点出，自然形成别人的意见。《左氏传》并不点明中心思想，尤其末后“君子曰”。作论则不同，贾谊《过秦论》之结尾说：“一夫作难而七庙隳，身死人手，为天下笑，何也？仁义不施而攻守之势异也。”陆士衡的《辩亡论》仿之，大旨亦置于最后，此种写法冒险。《运命论》将一篇大旨置于篇首。

《运命论》首三句总起之后，“故运之将隆”至“必有忠贤之臣”数句为前提；“其所以相遇也”至“谗构不能离其交，然后得成功也”数句为发挥；“其所以得然者”至“成之者运也”数句为结束。（然，如此。此处“然”，指以上发挥之部分。）

文中用故实，在纯文学中是为求美，在议论文是举例、作证。连用典故，行文上要有排比，其顺序或依时代，或依事类。文章当用排比而又不可堆砌，“导之则泉注，顿之则山安”（孙过庭《书谱》），文如水流山立。《过秦论》即如此。排比与堆砌，真如鲁迅所谓肉麻与有趣，相去一间耳。

散文中之排比，或有因果相生，有因果相生则不显堆砌。如韩愈《原道》开篇即曰：

> 博爱之谓仁，行而宜之之谓义，由是而之焉之谓道，足乎己无待于外之谓德。

如此排比而绝无堆砌。以修辞论，此胜过《运命论》开头之前三句。

文人是冒险的。凡事皆有分际、限度。文人创作时觉得不这样写不成，此非对读者而言，是自己心里觉得不如此写不行，而写出之后由读者一看，有分际、有限度，如悬崖勒马，要分际恰好，离太远让人觉得没劲，而过了掉下去，摔死了。太史公、老杜有时皆不免“过”，《汉书》是不够，只有《左传》真了不得。

作文如蜂酿蜜，当博采。文章之表现当动人，使人相信。而读文章，若只注意形式、音节之美，则容易受其蛊惑而忽略其内容。当以近代头脑读古人书。古文形式、音节好，而说理未必是。若孙过庭《书谱》中论学书：

> 有学而不能者矣，未有不学而得者也。

形式、音节、说理，须均好。（即领袖之用人才亦如是：“有学而不能者矣，未有不学而得者也”。人溺己溺，人饥己饥。不得已而求其次，领袖亦当以事业为前提，不可以个人福利为前提。此非一手一足之力，故必有辅佐。明思宗云："朕非亡国之君，诸臣皆亡国之臣也。"就凭这句话，思宗便是亡国之君。弈棋下子，脚步一乱，求生反死。思宗求治太急，用人不专，知人不明，人才求而不得，盖亦由知人不明。）

《论语》中孔子曰：

> 学而时习之。

学，由勉强而得自然的过程谓之学。上智，不学不能；下愚，学而不能；我们是学然后勉强而得。只觉勉强、不得自然，是功夫不到；只有自然、没有勉强，不是天才就是不长进；由勉强得自然是大自在。如练拳的式子是不舒服的，功夫练到家则自在舒服；禅宗戒律束缚人，而大师则行所无事。老杜的律诗亦然。（现在的诗无格律，倒自由，可是也未能好。）自由要不妨害他人自由，自由便是很严的戒律。高深的地方不是玄，若"玄"，不是欺骗便是偷懒；或者以为玄乃高妙，实是不肯追求。即俗之迷信，亦有象征意味：红，象征吉，如花如火，是发皇；白，象征哀，如霜如雪，是冷静。禅家有"透网金鳞"之话头：

> 僧问："透网金鳞以何为食？"师曰："罗笼不肯住，呼唤不回头，并非不落网，而要透出去。"

透网之金鳞，是穿透罗网、穿梭式一直向前。而平常人活了不肯死，死了不肯活，落入罗网就透不出去。"死"的人却如何得"活"？生，有生命、生活二义，今所谓"死"是生活的死，则虽生命存在亦犹死也。透网金鳞，得大自在，而并非成为余故乡所谓"没事人儿"了。"没事人儿"，就是有生命而没有生活。透网金鳞还要精修猛进，人不可不吃饭，而不可吃饱了便成"没事人儿"。吃饭也许艰难，但绝不是伟大。

文章应有：（一）义理（内容）；（二）文字美。

英人谓英国文章至沃尔特·佩特（W．Pater）则“盛服大殓，寿终正寝”。此言虽不能说不严肃，但也很刻薄，也很公平，便因生命、生活都没有了。文字弹性的大小便是活动力的大小，六朝文便近于“盛服大殓”。而刘孝标《重答刘秣陵沼书》乃士大夫“盛服”而未“大殓”，生命力毫不减少。曹子桓文亦然。

文人写作所用语言，所走的有两条路：一是从旧书本子上学的；另一则活的语言。退之虽称“文起八代之衰”（苏轼《潮州韩文公庙碑》），而“非三代两汉之书不敢观”（《答李翊书》），尚非活的语言，与六朝文路子同，惟标准不同耳。余对史、汉、庄子只是理智上觉得好，理智、感情都觉得好的是曹子桓、鲁迅，清峻峭厉，而鲁迅走的也是古典派。韩退之革新是复古；鲁迅先生是跳过“八家”回到《文选》，是“白话”而不是活的语言；《海上花列传》《九尾龟》是用当时活的语言写的。

散文漫议

散文含义很广，凡不叶韵之散行文皆曰散文。然自狭义方面言之，散文并非散行文字，散文很似西洋之essay，极似小品文（近代小品文颇为人攻击）。说散文近似现在之小品文，然未能说出散文与小品文究竟是什么。又说“散文是无韵不骈”，然此仍未能说明散文之定义。（骈文之美发展到最后，成为四六。外国之散文诗，在形式上、音节上，都无中国之骈文美。）在形式上、音节上是散文，在内容上是散文诗poème en prose（法语），此是中国之散文。小品文亦如此。

散文既是诗，必以写景、抒情为主。景者，目之所见、耳之所闻……眼、耳、鼻、舌、身、意六根，写景离不开眼、耳、鼻、舌、身五根；意则为抒情，由己心而想而生。中国诗大部分是写景、抒情，故有人说诗中不能杂议论，杂议论则成诗论，只有诗之形式而已。杜诗有“诗史”之称，因其纪事诗特多之故。既然写成文，不论散、韵，纪事、议论、写景、抒情四者，必具其一，或兼而有之，或具有一二项；诗则以写景、抒情为主。狭义之散文、小品文、散文诗般的散文，亦以写景、抒情为主，亦或有议论或纪事，然不占主要，与诗之不以议论、纪事为主同也。简单地说，散文除无韵、不骈之外，须以写景、抒情为主，自然，亦可杂用议论及纪事。（余之散文所走之路子是写景、抒情，纪事文次之，而议论之文则少。）

以上是给散文下一谨严之定义——狭义的，即将其范围缩小。

文章内容：

议论——思想

纪事
抒情
写景

议论：

周秦诸子之文好极了。直到现在，除了翻译之文（一为外国文章之翻译，二为佛经之翻译），无能与之对抗者。说到行文，翻译之作尚不及周秦诸子。周秦诸子实前无古人后无来者，然周秦诸子其目的在发表思想，即议论也。

所谓议论即判断。议论、判断是人类的特殊本领，人所以为万物之灵，其一即人类有判断力。议论、判断应从思想而出，不应从传统上面来。“传统”一词，极为熟悉。所谓传统就是习惯，包括纵——历史的、横——社会的两方面。（所谓三纲，自古如此，如此传下来，便以为不可更改，故“君令臣死，不敢不死”，亦是数千年如此传下来的。）一切的传统的判断，是未经过思想的判断。思想最怕盲从、武断。（人云亦云，随意加评断。）没有一个盲从之人不是武断的；反之亦然。武断由己，盲从由人。盲从之人，由于自己无思想，无思考力，故无判断力；武断之人亦如是。故武断之人喜盲从，盲从之人亦喜武断。

秦始皇焚书坑儒，该死。前人文章皆如此骂他，我们作文亦是如此，此是传统。曹操、曹丕是奸臣，曹操“挟天子以令诸侯”，曹丕篡汉，前人戏曲、小说都如此骂他们，我们也骂，此亦是传统。应想秦始皇当时之环境，为之设身处地而想，若己身为始皇，是否焚书坑儒？说出理由来。如捉住小贼，打骂之后送往法庭论罪，此固然是对的，但这是传统的。对底下人不严，不使用，是奖其懒惰。在我是仁慈，然底下人并不了解，而认为是应该，甚至支使也支使不动了。此太宽。处世对人真难，脾气暴躁难处；而脾气好也应小心，易为人所欺。那么，人怎么办？做好人呢还是做坏人？所谓“宁得罪君子，不得罪小人”，真使人恨不能变为毒蛇猛兽咬人，使人不敢欺己。对底下人固不必太和气，然也不必做一暴君。对小偷而不责罚是奖励偷盗，责罚是惩罚。然若己身为盗，在三九寒天，身上无衣，腹中无食，且非止一朝一日，不偷怎办？若己身在此境亦不偷，说出理由来。对小偷若责罚之，是传统的；不责罚应有理由，此即所谓思想——议论，由思想而生之议论。

中国最好的议论文章是诸子，因其对物理人情下过一番思考，故既不盲从，亦不武断。诸子文章当然有好的文章，而其意义并不在文，乃为了表现其思想。凡思想清楚之人，其文章必佳，虽然也许不深刻、不伟大。（当然也有深刻伟大。）

纪事：

《史记》《汉书》，文章亦极佳。所谓“子”“史”，皆是很好的文章。凡是写史者皆富于思想，能思考，能判断；否则，写出来的仅是史料而非史书。一切文章亦如此，非思想清楚不可。

没有一部史书不是用极好的文章写出来的，然其意在写往古来今之史实。多读史，史是一面镜子，不但可见到古人，且可照见了自己。《左传》《史记》《汉书》，为人人信任、崇拜，以为学文言文须读此三书。然此三书之文章固是好，而作者之意不在作文乃在纪事。因其为“史”，故不能称之为散文（狭义）。

后来之散文，至魏文帝时，其内容并非无议论、纪事，然占次要地位，而抒情、写景占主要。此是魏文帝提倡的，甚至可以说是魏文帝之散文运动，因在魏文帝前尚无此种纯文艺之散文。

L’ art pour la vie，法语：为人生的艺术

L’ art pour l’ art，法语：为艺术的艺术

子、史是艺术，然其意在人生而不在艺术。议论——诸子，纪事——史汉，是为人生的艺术。史是记录人生的，子是改进人生的，不论乐天、悲天……总之，是对现世的不满而希望有一个更合理想的生活。写社会，写人群，是因其恨此社会没出息而希望社会好起来、活泼起来、光明起来。史是记录人生的，写在专制时代。贤良政治、暴君政治、民主政治……下之人民生活情况，此当然亦是为人生的艺术。

为艺术而艺术，一般人不承认，如几何学上之点是没有面积的。（是的，但没有点，面又安置于何处？）这在道理上是对的，而在事实上又是不可能的。惠施、公孙龙善辩（诡辩派），惠施谓“一尺之棰，日取其半，万世不竭”（《庄子·天下》），所说道理很对，而事实上也是不可能。

有人说为艺术的艺术在理由上能存在，而事实上亦不能存在。因为无论怎样一位为艺术而艺术的作家，其所写出之文，不能不反映作者自己的生活，既在其作品中反映出其生活，则还是为人生的艺术，而非为艺术的艺术，故为艺术的艺术亦是为人生的艺术。然为人生的艺术，其反映之人生是多数的（史）、一般的、普通的（子）。为艺术而艺术的散文家，其所反映之人生是个人的，以近代文学上之名词言之，是“自我中心self-center”。观察其自身周围与自己有关系的事物，眼光远大，可看得多；否则，看得少。但不论多少，反正是以自我为中心。魏文帝之散文即如此。

prose	poétique	et	musique
散文	诗的	和	音乐的

法恶魔派诗人波特莱尔（Baudelaire）主张散文——极美的散文，必须是诗的和音乐的。魏文帝之散文即如B氏所言。

抒情、写景最易成为诗的、音乐的。在诗中写议论、纪事甚难，尤以议论为难，但也须视作者之思想、天才。老子、庄子写思想之散文，几乎是诗。一般议论老、庄者，看其无为思想，而余则注重其文——散文诗。《论语》亦是极好的散文诗。在学习期间，写抒情、写景之文最易，议论、纪事为难。

余之讲“诗”，合天地而为诗，讲文亦如此。

文章短说

一 《史记》概说

史家须有三长：史识、史才、史学。
史识，处理史料的立场、观点；
史才，考核史料、叙述编纂的能力；
史学，深入生活，掌握史料。

司马迁有此三长，故成就《史记》。

《史记》不是编年体而是纪传体，分十二本纪、十表、八书、三十世家、七十列传。《史记》在记史、作文方面都做出了典范，为后世效法。

史家“班马”并称，实则班固只求历史的真实，司马迁并求艺术的真实。《史记》中人物有的并非实有其人，如公孙杵臼（《赵世家》，后有杂剧《赵氏孤儿》），此是司马迁深入民间采民间传说而写成。《史记》有想象，有创造。如项王被围垓下，为《垓下歌》，是非实际的，是人民的想象，此为后世史家所不能取。艺术的真实较生活的真实更真实，项王作《垓下歌》是表现项王性格的。

司马迁敢于独创地运用艺术想象记史实，为后世记史者望尘莫及。

《史记》有《项羽本纪》。项羽并非皇帝，又未立天下、传代，而《史记》将其列在“本纪”中，这就非“成者王侯败者贼”的观念。

看《项羽本纪》一遍，抓住运动发展矛盾斗争这条红线。项梁杀会稽守起事，率众叛军，胜而骄，终败死，这正是项羽的影子。项羽在章邯降后既骄且吝，正如《论语》所说“如有周公之才之美，使骄且吝，其馀不足观也已”（《泰伯》）。与汉王刘邦相较，汉王据汉中无后顾之忧，项王则进有齐后之忧；汉王笼络于人得人心，项王则自骄疏人不得人心。项羽坑降卒、屠城，杀大多数人，而手下竟无一人为其出死力。

《鸿门宴》一节，项羽放走刘邦而不杀之，是因项羽自骄若虎，视刘邦不过雏鸡耳。项伯与曹无伤均为内奸，而项羽、刘邦对此态度不同：刘邦立诛曹无伤，项羽则不问项伯。情节上的出乎意外、又在意中，这就是艺术的感染。

《史记》又有《陈涉世家》。首先树起起义大旗的陈涉，可说是亘古第一，向封建社会发出第一声否定，司马迁并未贬低他，而列之于“世家”。（《清史稿》视革命党为“贼”。）

列传，有个人单传，如《魏公子列传》；有二人合传，如《廉颇蔺相如列传》。

司马迁深入生活、深入社会，不仅注意上层，且注意下层。列传中《游侠列传》《货殖列传》《滑稽列传》，是多人合传，下层者之传。

《游侠列传》写游侠。这些游侠专事反对统治阶级的一套秩序，仅次造反一等。如《水浒传》诸英雄聚义前就是游侠。

《货殖列传》写商贾。大商贾，上左右君侯，下统治人民，列传将商人在历史上所起的作用特别指出，经济受政治制约，而政治也受影响于经济。

《滑稽列传》，“滑稽”，旧称“弄人”，较之游侠、商人地位更下一等，无社会地位，法律上不被保护，没有人格，作滑稽态求宠于王侯。旧日优伶、伶人多长于讽刺，一方面对统治者的讽刺，一方面对当时政事的讽刺，是政治性的讽刺。《滑稽列传》所写是被压迫人民表示反抗的一种艺术语言，诚如鲁迅所说“暴君统治使人变成冷嘲”。

《史记》写作上对后人影响最深、最明显的是《水浒传》。熟读《水浒传》，犹如熟读《史记》。《史记》通过表现来刻画人物，不用说明。《水浒传》亦如此。如《水浒传》中写鲁智深处处通过其言行表现其好侠尚义、粗中有细的性格，无一句说明。而就人物形象看，《史记》中项羽似《水浒传》中李逵。

二 说“赋”

赋，本《诗经》“六义”之一。“六义”中，风、雅、颂为一类（体裁），赋、比、兴为一类（创作方法）。赋者，铺也，铺张，直陈其事曰赋。如《诗经·卫风·氓》即赋的手法。

《诗经》“六义”之“赋”与“骚赋”“汉赋”有继承发展关系。发展到楚辞，赋成为独立文体。对于汉赋来说，可说仍不失赋之本义。如若骚赋，则不能尽同，骚赋义兼比、兴，故不宜以赋命名，因名“楚辞”。前人因其铺张、长篇，与诗有别，故又名之为骚赋。文学作品需要铺张，汉赋虽为直陈其事，然终不乏夸张；而较之诗，还是直陈其事。后，“赋”发展成一动词，如：赋诗。

赋，还有一义，不歌而颂谓之赋，虽为韵文而不能歌唱即为赋。但此解不完全准确，如《离骚》《九歌》则不能谓之是“不歌而颂”。

汉赋多为赋物之作，“物”有事义，古汉语物、事义同。汉赋中张衡之《西京赋》等即为赋物之作，非说理，非说情，客观色彩较浓厚，有关之事都写入，故曰夸张。

王粲《登楼赋》是抒情之赋，其抒情若《离骚》，但所抒为个人悲欢；陆机《文赋》是说理之赋。王、陆之赋，均类汉赋，但也均异于汉赋。

赋的特点，或茂密，或疏朗。汉赋多是茂密，王粲的《登楼赋》则是疏朗。赋，富丽堂皇、金碧辉煌。我们要接受过来为我们服务，取其精华，去其糟粕。学习它的茂密，用于我们的文章。时代是富丽堂皇、气魄宏伟的，而文字却落后于现实。渐修、顿悟，日积不足，月积有馀。日进日新，日疏日远，温故知新。

写作离不开联想、想象、幻想。文章应篇无闲句，句无闲字。然而长篇者下笔万言，滔滔不绝，仍能无闲句，无闲字，就是由于联想、想象、幻想。作者的写作是由思想到文字，读者的阅读是由文字到思想。傅武仲《舞赋》有句：

> 修仪操以显志兮，独驰思乎杳冥。在山峨峨，在水汤汤。与志迁化，容不虚生。

意思是修仪表以显扬己志，给美容以美的灵魂。故学道者正心诚意。正者不俗，诚者不伪；不正则俗，不诚则伪。仪表不修，志不能扬；灵魂丑恶，仪表全丧。

三　读张岱文

姚简叔画千古，人亦千古。戊寅，简叔客魏为上宾。余寓桃叶渡，往来者闵汶水、曾波臣一二人而已。简叔无半面交，访余，一见如平生欢，遂榻余寓。与余料理米盐之事，不使余知。有空儿，则拉余饮淮上馆，潦倒而归。京中诸勋戚大老、朋侪缁衲、高人名妓与简叔交者，必使交余，无或遗者。与余同起居者十日，有苍头至，方知其有妾在寓也。简叔塞渊不露聪明，为人落落难合，孤意一往，使人不可亲疏。与余交不知何缘，反而求之不得也。访友报恩寺，寺册叶百方，宋元名笔。简叔眼光透入重纸，据梧精思，面无人色。及归，为余仿苏汉臣一图：小儿方据澡盆浴，一脚入水，一脚退缩欲出；宫人蹲盆侧，一手掖儿，一手为儿擤鼻涕；旁坐宫娥，一儿浴起伏其膝，为结绣裾。一图，宫娥盛装端立有所俟，双鬟尾之；一侍儿捧盘，盘列二瓯，意色向客；一宫娥持其盘，为整茶锹，详视端谨。复视原本，一笔不失。（《姚简叔画》）

中国人固有文学美食——骈文，而后之小品文亦美。

小品文长长短短，参差不齐，先不要看它的新奇，要看它的干净。小品文之美，以简洁明净为根本，而不善学者，适得其病。

张氏此文开篇一句“姚简叔画千古，人亦千古”，可说是打破文言、白话界限而境界是古典。“画千古，人亦千古”，上句是主，下句是宾，而先经下句写，其实宾即主，主即宾，宾主合一，人不千古，画不能千古。以文讲有宾主，以意讲没宾主。接下，张岱叙与简叔之交往，“与余料理米盐之事，不使余知。有空儿，则拉余饮淮上馆，潦倒而归。”

“简叔塞渊，不露聪明，为人落落难合，孤意一往，使人不可亲疏。”“塞渊”，深厚之意，《诗经》有“其心塞渊”（《邶风·燕燕》）句。待其见书画，则“眼光透入重纸，据梧精思，面无人色。”“据梧”,出《庄子》，梧盖桌案。见宋元人册叶后，简叔乃自画一幅，“复视原本，一笔不失。”

余读《左传》《国策》《史记》《汉书》，只得其神气，而字句找不到证明；然读张氏之文，连字句也好像找到了。张氏这种文章字句，不是古人尤其不是“八家”中非有韵的白话之文字，该接近大众，而离大众甚远，非有修养之人不能得其佳处。若但看外表，一学便浑身是病，与大众无涉。这种革命不是革新。

一个大诗人、文人使用语言最自由而且完善。“赋诗必此诗，定知非诗人”（苏轼《书鄢陵王主簿所画折枝二首》其一），至少不是伟大诗人。一切最高境界是无限，但做到无限的没几个人，有能者，亦有大小之别。司马迁《史记》上至帝王将相下讫游侠滑稽，《平准书》写日常生活，以文字论，《史记》不如左氏；以包容之广大论，左氏不如《史记》。晚明人在使用文字上近于无限，而内容境界不成，不完整，所谓完整是调和。（桐城派写文章忌讳小说气、小品气、尺牍气，近人写白话文该忌讳报纸气。西洋人当教授，教授的小说，一肚子定理、教条。）

我国文字愈来离语言愈远。《史记》与语言尚接近，引用古书多所改削，其中多用汉当时俗语。大文人敢用口语中字句去写文，可是他用上便成为古典——必得有这样本领才配用俗语，才配用方言。由此观之，凡作文最善于利用方言俗语者都是身上古典气极重之人。司马迁写《史记》雅洁之至。一切古典皆雅洁。一切美的基本条件就是雅洁，所谓“白受采”（《礼记·礼器》）、“绘事后素”（《论语·八佾》）。雅洁诚然不是艺术最高境界，而是艺术起码功夫。一个大作家使用俗语用得雅洁，故能成为古典。不知文者以为大众化了，知古文的人看来是古典。

鲁迅与托尔斯泰都以为大众文学不要文人包办或代办，但这是理想。天衣无缝，这不可能。同样，想从大众中产生活的文学，过去认为这不可能，现已证明可能。所以近来能用俗语之人都是古典修养很深的人。太史公于书无所不读，上知天文，下知地理，中知人事，读破万卷书，然后能敢用方言俗语。鲁迅亦然。鲁迅先生曾写：“脖颈最细，古人则于此斫之；臀肉最肥，古人则于此打之。”（《华盖集·忽然想到》）顶粗的话而用得好，像六朝小品，用方言俗语都成古典的了。你不是鲁迅，最好不要文言、白话乱使。

蜂采百花成蜜，各种文章美都要采取。“日知其所亡，月无忘其所能”（《论语·子张》），“勿忘，勿助长”（《孟子·公孙丑上》），“欲速则不达”（《论语·子路》）。

四　翻译文学

“人愈死于自己，愈能活于天主。”（《师主篇》卷二）

人是自私的，将自私的心杀死，才能好好活着。自私使国家不成国家，团体不成团体，不但此也，甚至父子兄弟相残。

不要以为“人愈死于自己，愈能活于天主”这两句翻译得不通，其实译得太好了。翻译当如此。

佛经以南北朝姚秦鸠摩罗什（梵语Kum ā raj ī va）所译最佳。鸠摩罗什原为外国人，其所译《阿弥陀经》可一读，此乃小乘经，乃净土四经之一。《阿弥陀经》译本甚多，今所传有三四种之多。我们不是把它当宗教书看，乃是将它当文学书看，真是散文诗。一般不信佛的人对经虽不积极赞成，也不积极反对。

翻译佛经极能保存印度原文之音节与意义。佛经开头是“如是我闻”，汉语“是”字承上，佛经“是”字启下。言“如是我闻”者，确为我所闻，且我闻与你闻不同，反正“我闻如是”。然不言“我闻如是”，而言“如是我闻”，盖印度之语法。

自从译佛经，已开我国新语法，现在译洋文亦然。用外国句法创造中国句法，一面不失外国精神，一面替中国语文开一条新路。

若民族文化低落，则人连本国文字都不会使。有人说，没有一个大诗人是用外国文字写诗的，而印度的泰戈尔（Tagore）用英文写诗。印度的甘地（Gandhi）比他高，甘地的意志精神全是宗教表现，他留学英国，不穿西服，穿印度褊衫，自摇纺车。

五　文学创作之二现象

文学是人生之影像。

“功遂身退，天之道”（《道德经》九章），中国普通所说“天”是“自然”。人自少而壮、而老、而衰、而死亡，亦天之道，若于此而感慨，适见其不通（不达）而已。

现在中国文学界有两种现象：一是以文学为“玩儿票”，功成名就、名利双收之后便把文学抛在一边了；还有一种是他在文学上有点儿成就就不长进了，这就该放弃，不该永远把持此园地。其实该去了，只要你以前哪一点儿东西对得起人，人准对得起你。想保持王冕宝座，也得你自己努力呀！

文学是自由职业，爱美职业，amateur。其实就是“票友”，“大爷高乐”，可是别叫别人受不了，不要成为猪八戒啃砂锅片儿。文学谈不到什么权利义务，工作报酬。

一个作家晚年的作品绝不会和早年的完全一样，不是更好，就是较坏。不过有时虽坏，但可看出他仍在努力。

夜读鲁迅先生书简：

秉中兄：

九日惠函已收到，生丁此时此地，真如处荆棘中。国人竟有贩人命以自肥者，尤可愤叹。时亦有意去此危邦，而眷念旧乡，仍不能绝裾径去。野人怀土，小草恋山，亦可哀也。日本为旧游之地，水木明瑟，诚足怡心。然知之已稔，遂不甚向往。去年颇欲赴德国，亦仅藏于心。今则金价大增，且将三倍，我又有眷属在沪，并一婴儿，相依为命，离则两伤，故且深自韬晦，冀延馀年。倘举朝文武仍不相容，会当相偕以泛海，或相率而授命耳。盛意甚感，但今尚无恙，请释远念，并善自珍摄为幸。

此布　　即颂

曼福不尽

令夫人均此致候

迅敬上

二十一日

先生书简：愤慨、伤感、幽默。

常人在危险时不能幽默，对大人时不能幽默。

要想国家强大起来，必须我们自己先强起来。

鲁迅先生是诗人，而且是地道的中国诗人。鲁迅先生原是“个人”，是ironic，讽刺，而其后一变而为前进主义，此与高尔基（Gorky）颇相似。然二人又稍不同。G乃无产阶级，鲁迅先生则否。此外，鲁迅先生又为伤感主义，好发牢骚，发感慨。伤感之人最易改变，一阵儿过去便完了，而鲁迅非常执拗，如“脚行”（行，音杭），无论你说什么，我要这个价儿。

短篇小说，莫泊桑（Maupassant），冷；契诃夫（Chekhov），伤感；鲁迅，热烈而辛辣。不怕没话说，就怕说时没思想。鲁迅并非大天才，而能奠定新小说基础，跳过古人的境界。（唐人小说记李白见贺知章，投刺书“东海钓鳌客”，言大而无当。）

今人为诗作文，一不能跳过古人境界，二不能自创新境界，此阵线之薄弱可知。吾人应能跳出古人范围，以后创作即使不是新诗，亦应另有新体。旧诗之阵线已是不攻自破，鲁迅对旧的作品常取唾弃态度，而余对旧作品虽不唾弃，而为其悲哀。温柔敦厚是好，而不适于现在的时代环境。中国作品在道德上可尊重，而在历史上可悲观。

（史实——历史真实；臆说——臆度之辞。臆说虽与事实不合，而必合情理。如苏轼言舜为天子，将杀人，皋陶曰“杀之”三，舜曰“赦之”三。虽为臆度之辞而真合情理。）

后　记

父亲自走出校门就步上讲台，一生执教整整四十个冬春。20世纪三四十年代中的十多年里，是他登堂传道授业最为辉煌的一个时期，也是他在教坛最负盛名的时期。他的弟子杨敏如、郭预衡曾分别著文回忆老师课堂的“盛况”，都说老师的课最“叫座儿”，无论是在燕京还是在辅仁，老师课堂上座位间的走道上往往坐满了自搬座椅来听课的学生，甚至有人就坐在窗台上，热天就站在窗户外。弟子周汝昌、叶嘉莹对老师的课更有形象的描述：

> 顾先生一上台，……就像一个好角儿登台，就是一个大艺术家，具有那样的魅力。……凡曾置身先生讲座中者，无不神观飞越，灵智开通。臻于高层境界，如生春风，如聆仙乐，——盖先生实乃一位特异高超的教学艺术家。
>
> （周汝昌《怀念先师顾随先生——在顾随先生逝世30周年纪念会上的报告》）

> ……先生之讲课则纯是以感发为主，全任神行，一空依傍。是我平生所接触过的讲授诗词最能得其神髓，而且也最富于启发性的一位难得的好教师。……自上过先生之课以后，恍如一只被困在暗室中的飞蝇，蓦见门窗之开启，始脱然得睹明朗之天光，辨万物之形态。
>
> （叶嘉莹《〈顾随文集〉代跋》）

然而时过境迁，后人无缘走进他的讲堂，亲聆他天花飘坠的说法。而在他的身后，一场浩劫，讲义讲稿、讲课手记，片纸只字，荡然无存，给几代学人留下难以言表的怅憾，对于传统文化也是一个难以弥补的损失。

上苍佑人，世间的情事不只有山重水复，也会有柳暗花明。父亲的传法弟子叶嘉莹20世纪40年代在北京辅仁大学亲聆老师讲课六年之久，她虽久居海外，历经坎坷，而所记的听课笔记竟然一直完好无损地珍存在身边，这不仅称得上是教育史上的奇迹，更是传统文化的幸事、后辈学人的福气。

对于珍存全部听课笔记，嘉莹教授1999年为四卷本《顾随全集》所写的“序言”里，有一段深情的述说：

> 一般学术著作大多是知识性的、理论性的，纯客观的记叙，而先生的作品大多是源于知识却超越于知识以上的一种心灵与智慧和修养的升华。……我之所以在半生流离辗转的生活中，一直把我当年听先生讲课时的笔记始终随身携带，惟恐或失的缘故，就因为我深知先生所传述的精华妙义，是我在其他书本中所绝然无法获得的一种无价之宝。古人有言“经师易得，人师难求”，先生所予人的乃是心灵的启迪与人格的提升。

这道出了一位传法弟子尊敬老师、了解老师、承传师法的心曲，感人至深。这次我们整理全部笔记，在讲《中庸》的那一册笔记里，读到了我父亲当年在课堂所说的几句话：

> 一种学问，总要和人之生命、生活发生关系。凡讲学的若成为一种口号或一集团，则即变为一种偶像，失去其原有之意义与生命。

这显示了一位纯粹传法者的真知和苦心。老师与弟子的两段话，前后相隔半个世纪，跨越了生死离别的时空界限，情致情思相会交融。我们将这两段“名言”置于卷首，作为题词，以期读者打开书册的第一时间，得睹师生二人真正学者的学术品格与人生境界。

嘉莹教授将全部的笔记托付于我，我掂得出其中厚重的历史、人文的分量，也深深体味出她“书生报国”①的拳拳赤子之心以及薪尽火传、承传师教的浓浓情意。我感到自己是接过了一个承载着历史文化使命的重托，是要我把这份宝贵的学术遗产传播于新时代，传递到当代学人的手中。我既然接受了嘉莹教授的托付，竭尽驽钝，也要奋力前行。

时序不居，岁月去如流矢。自1982年初在嘉莹教授“手把手”地指导下摘录笔记中的片段编订成近七万言的“诗话”，到1990年代据笔记整理出单篇文稿辑结成为十余万言的“说诗”，再到如今“实录”形式的近百万言的“说诗”“说文”，已经是整整三十年过去了。

《驼庵传文录》这本新书是把嘉莹教授六十余年前听老师讲解古典散文所记下的笔记，真实地、片言未漏地保存了下来。从《论语》《中庸》到《文赋》《昭明文选》以及《史论》等几个短章，从作品讲到作家，从文学讲到人生……毫不夸张地说，呈现在读者面前的是一本名副其实的讲坛实录，庶可再现一位前辈学者半个多世纪前在讲坛上的风神情采、覃思卓识。父亲的讲课，古今中外、文史哲禅，兼容并包，雅正与通俗合糅，严肃与幽默并在，常常是诗内诗外，上下前后，谈天说地，见人所未见，发人所未发。即在当年，他的课已有“跑野马”的美誉。遗憾的是，在被扭曲了的时代里，他的“跑野马”竟无端地被包含了东拉西扯、不着边际甚至“言不及义”的贬抑之意。现在，有了这本“实录”式的“说文”，可以让我们真切地认识一下“顾随式”的“跑野马”的真面目，看一看这是怎么一个“跑”法。我们之所以能够片言不漏地整理出这部“实录”式的“说文”，就因为这“野马”不是毫无羁勒、没边际地随意狂奔。父亲在讲堂上尽管说得开、说得远，但你静下心来细细品读的时候，会发现竟是无一言一句的空话和废话！对于他的教学，正如嘉莹教授所说：

> 如果只如浅见者之以为其无途径可以依循，固然是一种错误，而如果只欣赏其当时讲课之生动活泼之情趣，或者也还不免有买椟还珠之憾……是要既有能“入”的深心体会，又有能“出”的通观妙解，才能真正有所证悟的。

---

① 叶嘉莹教授有诗句：“书生报国成何计，难忘诗骚李杜魂。”

父亲讲课虽时时“跑野马”，而他讲作家的创作时，似是并不曾以“马”为喻，却时常用“水”。他常用《庄子》“水之积也不厚，则其负大舟也无力”喻作家之修养与创作的关系。在这本书里我们还可以读到，他以江河来喻创作。他说，不要说已经干涸了的所谓枯河，即使水流不丰沛，也无行船、灌溉之利；但若水流过大、过猛，泛滥而无归，则不仅不能行船、灌溉，还会冲决堤岸，酿成大患。其深意即在于创作必须要有生命的力量、生活的色彩，才有其价值，而又万万不可脱离规范与必要的“约束”。其实，教师的讲课与作家的创作正有相同、相通之处。嘉莹教授的听课笔记把我“领”进了父亲当年的课堂，我想借父亲对创作的譬喻说一说我“坐”在那讲堂上“听”父亲讲课的感受：那正是一条条浩浩荡荡、蕴积深厚、负大舟有力的长河滚滚东逝，行船、灌溉而绝不冲堤决岸、泛滥无归。随着大河顺流而下，你会看到有时是“惊涛拍岸，卷起千堆雪”的宏奇壮丽，有时又是“山川自相映发，使人应接不暇”的华茂秀雅，有时是“日暮江河急”的迫促恣肆，有时又是“绿水去何长”的自在悠闲，有时是“飞流直下”的畅快，有时又是“水落寒沙”的悲凉……一卷在手，读者自会领略到迥异于他者的“顾随式”的“跑野马”。可惜的是，当他20世纪50年代再度出山时，“顾随式”的“跑野马”已是很少展露了！

说得远了，回到笔记整理这个话题。

前岁初春，嘉莹教授撰写了《经历了生死离别的师生情谊》怀念自己的老师，文末有一段对我这些年整理父亲遗稿给予了太高的夸奖，捧读之下，内心涌动着深深的不安。我只是做了一些我应该做的事，我清楚，若是他人在我的位置上，也会这样做——恰逢宽和开放的学术环境，有嘉莹教授的开路和引领，有新老学人的扶植和帮助，有众多读者的呼唤和期盼，有出版界的支持与努力。如果我一无所做，就将是一个有负于历史的罪人，也辜负了嘉莹教授的深情用意。父亲生前，我虽在大学中文系一读四年，却未曾真正承受过庭之训。整理他的遗稿，是我弥补自己颟顸与无知的绝好机会；否则，我亦无颜面对疼我爱我的老父之亡灵。我在做着我应该做、必须做、可能做、更是高兴做的事，嘉莹教授的夸奖我真是承受不起，我只有以之为继续前行的动力。

三十年来，嘉莹教授始终关切着、指导着笔记的整理工作。2010年初，我与女棣献红同去天津南开大学拜谒嘉莹教授，向她汇报了笔记的整理工作已基本完成，珍重地将全部笔记原件奉还给她。那时，我们从她的言谈表情上，读出了她心底的欣快与宽慰。

自整理笔记之初，嘉莹教授就对我说，书籍出版之后，版权、版税全部交由我处理。我理解嘉莹教授回报师恩的深情，依意而行，将尽管不多的收益除支付必要的资料费用外全部用于购买所出版的书籍，以期取得更为广泛的传播中华文化的效用。我想，惟有如此，方不辜负嘉莹教授承传师教的苦心与深意。

最后，我要略谈几句这本书成书的缘起与过程。将嘉莹教授的全部听课笔记全部原原本本以“实录”的形式加以整理，这个想法是我在20世纪90年代后期产生的。这是因为“诗话”与“说诗”问世之后，得到了社会广泛而深切的关注，读者呼唤这种新鲜的极具人生色彩与生命力量的讲录能更多一些，而嘉莹教授的听课笔记又确实有更多内容没有完全整理出来。当我把这个想法汇报给嘉莹教授的时候，她高兴地说“太好了”。2005年，嘉莹教授将我已交还她的所有笔记再次从加拿大寓所全部携回交付给我时，这个想法有了实现的可能。但可能之变为现实——在半尺多厚的一摞听课笔记与近百万字的“实录”文稿之间（包括“说诗”“说文”两部分），有着很长的距离，其中的工作量是我原本估计不足的。查检资料、校补引文、梳理内容、整合篇章、添加注释、总体编排，还要与旧日整理之“说诗”融汇为一，再补正当年整理之疏误，这既需要专业的功底，又要有清晰的头脑。心有嘉莹教授的榜样在前，我不敢以年龄、体力为由而心存懈怠，然不免时有力不从心之感。如若没有女棣献红的合作，整个工作不可能进行得如此顺利，也不可能整理得如现在这般完整。献红完成了大量的、关键的工作。

如今，有了这一部“实录”式的《驼庵传文录》，我们后辈学人得以透过这部书，跟从嘉莹教授的“手迹”，走进顾随“传文”的讲堂，亲睹一位教学艺术大师在讲坛上的风神情采，受教于他的道德学问，真称得上是不曾预想的难得的福气！后辈学人对嘉莹教授的钦敬、感佩之情更是言述不尽。

父亲在1948年的一次讲课后，于日记中曾发出“惜不能自写语录耳”的慨叹，愿父亲泉下有知，得见您的传法弟子叶嘉莹为您所记下的讲课“语录”！

顾之京

2012年初夏谨识

2014年12月改定